AF185600

dtv

ANTHONY POWELL

Casanovas
chinesisches Restaurant

Roman

Aus dem Englischen
von Heinz Feldmann

Von Anthony Powell sind bei dtv außerdem erschienen:

Ein Tanz zur Musik der Zeit
›Eine Frage der Erziehung‹ Band 1 (14594)
›Tendenz: steigend‹ Band 2 (14595)
›Die Welt des Wechsels‹ Band 3 (14596)
›Bei Lady Molly‹ Band 4 (14628)

**Ausführliche Informationen über
unsere Autoren und Bücher
www.dtv.de**

2018 dtv Verlagsgesellschaft mbH & Co. KG, München
Die Originalausgabe erschien 1960 unter dem Titel
›Casanova's Chinese Restaurant‹
bei William Heinemann, London.
Band 5 des Romanzyklus ›A Dance to the Music of Time‹
© John Powell und Tristram Powell, 1960
Für die deutschsprachige Ausgabe:
© 2016 Elfenbein Verlag, Berlin
Umschlaggestaltung: Wildes Blut, Atelier für Gestaltung,
Stephanie Weischer unter Verwendung
eines Fotos von Alamy Stock Photo/ClassicStock
Gesamtherstellung: Druckerei C.H.Beck, Nördlingen
(Satz nach einer Vorlage des Elfenbein Verlags)
Gedruckt auf säurefreiem, chlorfrei gebleichtem Papier
Printed in Germany · ISBN 978-3-423-14637-1

ALS ICH BEI DER ausgebombten Gastwirtschaft an der Ecke die Straße überquerte und über die Aura des Mysteriösen nachsann, die beim Blick durch den Rahmen einer zerstörten Tür vorherrscht, war ich aus irgendeinem Grund froh, dass das Haus nicht wieder aufgebaut worden war. Ein Volltreffer hatte selbst das unterste Stockwerk weggeschnitten, so dass das Kellergeschoss offen dalag wie ein abgesenkter Garten oder eine lange schon aufgegebene Stätte archäologischer Ausgrabungen. Große Büschel von Weideröschen und Jakobskreuzkraut sprossen durch die Risse in den Bodensteinen; nur ein paar zerbrochene Milchflaschen und ein senkelloser Schuh erinnerten an das gegenwärtige Leben. In der Mitte dieser trübseligen Grotte hatten fünf oder sechs gebrochene Stufen der Explosion widerstanden und eine aufragende gemauerte Insel gebildet, auf deren Gipfel sich die Tür erhob. Die Wände zu ihren beiden Seiten waren weggesunken, aber auf dem Türsturz konnte man noch das in pedantischer Schulbuchhandschrift geschriebene Wort »Ladies« erkennen. Jenseits davon, auf der anderen Seite der beiden Säulen und ihres Querbalkens, war nicht das Geringste von diesem verheißenen Ort der Zuflucht übriggeblieben; hinter der Türschwelle ging es steil ab in einen Abgrund aus Trümmern; ein Triumphbogen, mühsam errichtet von Zwergen, oder das Tor zu einem unbekannten, verbotenen Reich, dem Schlupfwinkel von Zauberern.

Dann plötzlich, als ob solche ausschweifenden Fantasien nicht schon genügten, erklang aus diesem unerforschten Land kraftvoll und wunderbar süß das Lied der blonden Frau auf Krücken, jener Wanderprimadonna der Straßen, deren Stimme ich seit jenem Tag vor Jahren, als Moreland und ich ihr in der Gerrard Street lauschten, nicht mehr gehört hatte, an jenem Nachmittag, als er davon gesprochen hatte, heiraten zu wollen; nachdem wir die Flasche mit dem Etikett »Süßwein (Portwein-Geschmack)« gekauft hatten, den selbst Moreland später nicht mehr zu trinken bereit war. Jetzt wieder erfüllte, das Rauschen des Verkehrs übertönend, genau jener Klang die rußige Luft, und es gelang ihm, diese Umgebung in die Vision eines orientalischen Traumlandes zu verwandeln, die, wenn man so will, künstlich war, doch auch verlockend genug unter den dahinziehenden Wolken eines freudlosen Himmels in Soho.

Ihr blassen Hände, die ich liebte nahe bei dem Shalimar,
Wo seid ihr jetzt, und wer erliegt nun eurem Zauber?

Letztendlich erweisen sich die meisten – vielleicht sogar alle – Dinge im Leben als miteinander verbunden. So war es auch jetzt, denn hier vor mir lagen die spärlichen Überreste des Mortimer, der Kneipe, in der wir uns kennengelernt hatten und in der unsere Freundschaft begann. Als Begleitung zu Erinnerungen an Moreland war Musik etwas ganz Natürliches, sogar Zwangsläufiges, aber die Wiederholung einer auf so erstaunliche Weise passenden Gesangsdarbietung war wohl kaum vorherzusehen gewesen. Ein fußbodenloser Winkel der Wand, an der noch ein paar Brocken Verputz und Streifen der Strukturtapete hingen, war alles, was von dem Alkoven, wo wir immer gesessen hatten, übriggeblieben war, eine Nische, die auch das elektrische Klavier beherbergt hatte, in das Moreland in regelmäßigen Abständen einen Penny zu werfen pflegte, um eine jener Fortissimo-Melodien erklingen zu lassen, die ungefähr aus der gleichen Zeit stammten wie das Repertoire der blonden Sängerin.

Diese war jetzt näher gekommen. Sie selbst war vom Gang der Zeit kaum verändert, war vielleicht eine Spur fülliger. Sie arbeitete sich auf der Mitte der leeren Straße voran, bis sie, von dem Rechteck jenes Türeingangs eingerahmt, dahinzugleiten schien unter dem Einfluss einer okkulten Macht, im Begriff, mühelos durch das verwunschene Portal zu segeln:

Ihr blassen Hände, rosa Kuppen, wie Lotusblüten, die dort trieben
Auf jenen kühlen Wassern, wo einst wir weilten…?

Moreland und ich hatten uns hinterher gefragt, wo der Shalimar wohl liege und warum die Örtlichkeit der Treffpunkt blasser Hände gewesen sein mochte, und derer, die süchtig nach ihnen waren.

»Ein Nachtclub? Was meinst du?«, hatte Moreland gesagt. »Ein Bordell vielleicht. Bestimmt ein Etablissement, das exotische Neigungen bedient, und auch nicht sehr gesunde, vermute ich. Wie sehr ich wünschte, es gäbe etwas Derartiges, wo wir heute den Nachmittag verbringen könnten. Der Gesang dieser Frau hat mich aus dem Gleichgewicht gebracht. Welch eine Nostalgie. Es war wirklich großartig. ›Wen führst du jetzt auf dem Verzückungsweg so weit?‹ Welch eine treffende Frage! Aber wo können wir jetzt hingehen? Ich hab das Gefühl, ich muss mich amüsieren. Lass dir was Brillantes einfallen. Ich bin in düsterster Stimmung, um ehrlich zu sein. Wir wollen uns dem Augenblicke hingeben!«

»Tee in Casanovas chinesischem Restaurant? Das wäre angemessen orientalisch nach dem Lied.«

»Meinst du? Ich war schon eine Ewigkeit nicht mehr da. Es war nicht besonders aufregend bei meinem letzten Besuch. Außerdem, das Casanova ist für mich nicht mehr dasselbe seit dieser Geschichte mit Barnby und der Kellnerin. Es wäre billiger, Tee zu Hause zu trinken – und nicht weniger chinesisch, denn ich habe ein Paket Lapsang.«

»Wie du willst.«

»Aber warum weilten sie *auf* den kühlen Wassern? Ich verstehe die Präposition nicht. Waren sie in einem Boot?«

Moreland hatte die Angewohnheit, ewig auf einer Sache herumzureiten, wenn sie ihm gefiel – seine typische Art, innerlich den Zugang zu ein paar Dingen zu intensivieren, nachdem er die meisten äußeren Zeichen der Ernsthaftigkeit aufgegeben hatte; eine Vorliebe für Wiederholungen, die für seine Freunde manchmal ermüdend war, wenn er immer wieder gnadenlos auf irgendeine triviale Sache zurückkam, die weniger amüsant für andere war als für ihn.

»Glaubst du, sie *waren* in einem Boot?«, fuhr er fort. »Das Gedicht hat den Titel ›Ein Kaschmiri-Liebeslied‹. Meine Tante sang es häufig. Hausboote sind typisch für den Kaschmir, nicht wahr?«

»Bei Kipling gehen Leute da hinauf, um ihren Urlaub dort zu verbringen.«

»Als wir in Fulham wohnten, sang meine Tante dieses Lied immer und begleitete sich dabei auf dem Klavier.«

Er blieb auf der Straße stehen und bot an Ort und Stelle laut eine Version des Stückes dar, wie sie von seiner Tante gesungen worden war, wobei er sich hin und wieder unterbrach, um den Kontrast zu der Vorführung zu betonen, die wir gerade gehört hatten. Morelands Eltern waren gestorben, als er ein Kind war. Diese Tante, die eine große Rolle in seiner persönlichen Mythologie spielte, hatte ihn aufgezogen. Zweifellos verängstigt wegen des schwächlichen Gesundheitszustandes ihres Neffen und des Gedankens an die Tuberkulose, an der sein Vater (der sich einen Namen als Musiklehrer gemacht hatte) gestorben war, soll sie Moreland schrecklich verwöhnt haben. Es gab eindeutige Anzeichen dafür. Sie war wohl auch eingeschüchtert durch seine jugendliche Brillanz; denn obwohl Moreland nie, wie Carolo, ein Wunderkind gewesen war – jene absonderliche, leicht unbehaglich machende Erscheinungsform allein des musikalischen Genius –, hatte er als Junge doch aufsehenerregende Erwartungen geweckt. Die Tante war ebenfalls mit einem Musiker verheiratet, einem Mann, der beträchtlich älter war als sie und dessen allgemeine Mittellosigkeit ihn nicht daran hinderte, lose Verbindungen zu einer sublimeren Welt als der zu unterhalten, in der er den größten Teil seines täglichen Lebens verbrachte. Er hatte Wagner in der Albert Hall dirigieren und Liszt im Crystal Palace spielen gehört; hatte den schwarzen Habit und die metallgraue Haarpracht des Abbé auf dessen Durchreise in Sydenham gesehen; hatte ein Glas Wein mit Tschaikowsky in Cambridge getrunken, als dem russischen Komponisten dort die Ehrendoktorwürde verliehen wurde. Man sollte diesen Höhepunkten nicht zu viel Gewicht beimessen. Moreland war ebenfalls in ärmlichen Verhältnissen aufgewachsen, aber auch in einer Tradition, in der über berühmte Menschen in einem Ton der Vertrautheit geredet wurde, nicht bloß als außerordentliche Persönlichkeiten, über die man in Büchern las, sondern auch als Personen, die sich in der Welt zurechtzufinden hatten wie jeder andere auch. Diese Herkunft war der von Barnby nicht unähnlich, wobei Musik die Stelle der darstellenden Künste einnahm.

»Vielleicht handelte es sich um ein Hausboot von schlechtem Ruf.«

»Welch ein erfreulicher Gedanke«, sagte Moreland. »Während der Momente der Verzückung, von denen der Text spricht, würde man das Wasser, wenn ich so nautisch sein darf, sanft gegen den Kiel schlagen hören. Eine überwältigende Sehnsucht nach etwas Derartigem bedrängt mich heute Nachmittag. Etwas Aktives, Emotionales – wie zum Beispiel hinter einer attraktiven Person um nasse Lorbeerbüsche herzujagen.«

»Unmöglich, leider.«

»Wie schade, dass London keinen Lunapark hat. Ich würde gern Karussell fahren und diese Monstrositäten sehen. Erinnerst du dich, wie wir mit der Geisterbahn fuhren, wenn man auf geschlossene Türen zuschießt und einen Hügel hinunterjagt auf einen Körper zu, der quer auf den Schienen liegt?«

Am Ende entschieden wir uns an diesem Tag gegen Casanovas chinesisches Restaurant und versuchten, wie ich schon sagte, unser Glück mit einem der Weine, die in der Shaftesbury Avenue angeboten wurden, der Straße, die wir auf dem Weg zu Morelands Wohnung überquerten. Diese lag in einer etwas schäbigen Gasse auf der anderen Seite der Oxford Street, nicht weit entfernt von Mr. Deacons Antiquitätengeschäft. Wenn man einmal, nach dem man eine endlos lange Treppe hochgestiegen war, dort ankam, befand man sich in einem unerwartet aufgeräumten, sauberen Zimmer. Nonkonformist, der er war, und in vieler Hinsicht disziplinlos, hatte Moreland auch eine präzise, ordentliche Seite – ihm anerzogen vielleicht von seiner Tante –, die sich, wie Maclintick häufig sagte, in seiner musikalischen Technik widerspiegelte. An den Wänden hingen gerahmte Karikaturen von Tänzern in Djagilews frühen Balletten, farbige, von den Legat-Brüdern gezeichnete Bilder, die Moreland in einer Mappe draußen vor einem Antiquariat gefunden hatte – Pawlowa; Karsawina, Fokine; andere noch, die ich vergessen habe. Unter den wenigen Büchern auf dem kleinen Regal neben dem Bett waren eine zerfledderte Ausgabe von Apollinaires »Alcools«, ein Band einer Sherlock-Holmes-Ausgabe, Grinlings »Geschichte der Großen Nordenglischen Eisenbahn«. An einer Wand stand ein Klavier, obwohl Moreland, wie er immer betonte, kein großer Könner auf diesem Instrument war. Es standen immer Blumen in der Vase auf dem Tisch, wenn Moreland sie sich leisten konnte, was damals nicht oft der Fall war.

»Macht es dir was aus, den Wein aus Teetassen zu trinken, von denen einer auch noch ein Henkel fehlt? Ziemlich scheußlich, leider. Ich war so geschickt, meine drei Gläser neulich abends zu zerbrechen, als ich von einer Party nach Hause kam und sie wegstellen wollte, damit die Wohnung vielleicht bewohnbarer aussehe, wenn ich am Morgen aufwachen würde.«

Nachdem wir den Wein erst einmal probiert hatten, schütteten wir den Rest der Flasche die Toilette hinunter.

»Wenn es gesetzlich erlaubt wäre, drei Frauen zu haben«, fragte Moreland, während wir zusahen, wie die Kaskade bernsteinfarbenen Schaums geräuschvoll heraussprudelte, »wen würdest du wählen?«

Das war zu der Zeit, als ich in Jean Duport verliebt war. Moreland wusste nichts von ihr, und ich hatte auch nicht die Absicht, ihm etwas zu sagen. Stattdessen offerierte ich ihm drei Namen aus einer Gruppe von Frauen, mit denen bekannt zu sein wir beide das Vergnügen hatten, wobei ich bei dieser dreifachen Entscheidung ohne ungebührliche Sorgfalt vorging. Um die Wahrheit zu sagen, trotz meiner Gefühle für Jean schien mir die Ehe, obwohl sie rings um mich herum überall ihren Kopf erhob, noch ein eher verzweifeltes Unterfangen zu sein, das es in fast unendliche Ferne zu rücken galt.

»Und du?«

Moreland besaß den unter Männern eher seltenen Vorzug, keine Namen auszuplaudern. Gleichzeitig aber war die Geheimnistuerei, mit der er seine eigenen Liebesbeziehungen behandelte, nicht ohne eine Spur von Exhibitionismus. Er liebte es immer ein wenig, unbefriedigte Neugier zu erregen.

»Ich gedenke zu heiraten«, sagte Moreland. »Das hab ich jetzt beschlossen. Ich hab immer große Schwierigkeiten, zu einem Entschluss zu kommen. Aber der Augenblick der Entscheidung ist jetzt da. Sonst werd ich auch noch einer von diesen deprimierten und deprimierenden Intellektuellen, die von Party zu Party laufen, zunehmend Schwierigkeiten haben, irgendjemanden abzuschleppen, und schließlich auto-erotischer Gewohnheiten verdächtigt werden. Außerdem, Nietzsche befürwortet es, gefährlich zu leben.«

»Wenn du dich schon entschieden hast, dein Leben auf die Philosophie von Schriftstellern aus jener Zeit zu gründen, Strindberg hielt selbst die schlechteste Ehe für besser, als gar nicht zu heiraten.«

»Und Strindberg hat sich das Recht, über dieses Thema zu sprechen, verdient. Wie du wahrscheinlich weißt, führte seine zweite Frau einen Nachtclub, vor gar nicht so langer Zeit, gar nicht so weit von dieser Wohnung entfernt. Maclintick, ausgerechnet den, hat mal jemand da mit hingenommen.«

»Aber du hast mir noch nicht gesagt, wer deine Frau – deine drei Frauen – sein werden.«

»Es gibt in Wirklichkeit nur eine. Ich weiß nicht, ob sie mich nehmen wird.«

»Ach, komm. Du sprichst wie ein viktorianischer Roman.«

»Ich werde es dir sagen, wenn wir uns das nächste Mal treffen.«

»Das ist unerträglich, nachdem ich dir meine Namen genannt habe.«

»Aber ich meine es ernst.«

Ich verwarf den Gedanken, dass Moreland erwägen könnte, die Protagonistin einer Geschichte zu heiraten, die Barnby mir kürzlich über eine von Mr. Cochrans »Jungen Damen« erzählt hatte.

»Moreland verpfändete das goldene Zigarettenetui, dass Sir Magnus Donners ihm für die Musik zu diesem Film gegeben hatte«, hatte Barnby gesagt. »Nur um sie zum Dinner im Savoy einladen zu können. Die Frau hatte Kopfschmerzen an diesem Abend – auch ihre Tage, vermute ich, und der größte Teil des Geldes ging dafür drauf, dass er sie mit dem Taxi zurück nach Golders Green brachte.«

Selbst wenn diese Geschichte nicht stimmte, die Robustheit von Morelands romantischer Natur, wenn es um Angelegenheiten des Herzens ging, blieb dadurch völlig unbeeinträchtigt, dass er immer wieder zu hoffnungslosen Liebesbeziehungen hingezogen wurde. Das war mir bereits klargeworden, als ich ihn erst einige Monate kannte. Witz, Klugheit im Hinblick auf andere Aspekte des Lebens, ein Verständnis für die Künste, eine fundamentale Gutmütigkeit – nichts schien ihm zu helfen bei der Lösung seiner emotionalen Probleme; in gewisser Weise waren diese Eigenschaften, so wie sie sich bei ihm darstellten, sogar ein Hindernis. Frauen fanden ihn amüsant, waren fasziniert von seiner ungewöhnlichen Erscheinung und nachlässigen Kleidung, hörten, dass er brillant war – so war es nur natürlich, dass er auch ›Erfolge‹ hatte; aber im Allgemeinen handelte es sich dabei um Damen mit einem allzu extremen Enthusiasmus für die Musik. Das interessierte Moreland nicht. Er wollte weitere Horizonte. Man braucht seine Zurückhaltung angesichts solcher ›Gelegenheiten‹ nicht zu übertreiben. Zweifellos gestattete er sich eine gewisse Bandbreite mit Frauen dieser Art. Dennoch, es blieb dabei, dass er, obwohl ihm die Existenz, die größere Effektivität, einer Haltung, die seiner eigenen ziemlich entgegenstand, völlig bewusst war, hoffnungslos dem hörig blieb, was er, mit einem damals modischen Ausdruck, einen »princesse lointaine«-Komplex nannte. Diese Haltung führte natürlich dazu, dass er sich in Frauen verliebte, die auf die eine oder andere Weise mit dem Theater verbunden waren.

»Es ist egal, ob es sich um die Hauptdarstellerin oder die Zweite Sklavin handelt«, sagte er, »mir selbst fällt immer die Rolle eines Verehrerheinis am Bühneneingang von vor dreißig oder vierzig Jahren zu. Natürlich, die Arbeitszeiten in meinem Beruf zwingen mich zu Verbindungen mit Frauen, die lange aufbleiben müssen – womit ich nicht notwendigerweise Nutten meine.«

All das war Barnby völlig fremd, der sich in einem hohen Maße der Fähigkeit der unkomplizierten, direkten Attacke erfreute, die oft mit einem Talent für Malerei oder Bildhauerei zusammengeht.

»Barnby braucht nie in Stimmung zu sein, um zu arbeiten«, pflegte Moreland zu sagen. »Das Pensum, das er jeweils schafft, ist proportional zu der Zeit, zu der er morgens aufsteht. Sehr ähnlich ist es bei ihm mit Frauen. Alles, was er tun muss, wenn er eine sieht, die ihm gefällt, ist, sie zu bitten, mit ihm zu schlafen. Einige tun es, andere nicht. Es macht ihm nichts aus.«

Barnby hätte diesem Bild von sich selbst nicht im Geringsten zugestimmt. Seine eigene Version war die eines Mannes, der, chronisch überlastet, von dem Druck emotionaler Empfindsamkeit absolut zu Boden gepresst war. Trotzdem, wenn man die beiden miteinander verglich, sprach einiges für Morelands gröbliche Vereinfachung. Wie es sich so traf, zeigten sich ihre unterschiedlichen Methoden in besonders scharfem Kontrast bei der Gelegenheit, als ich Moreland das erste Mal begegnete.

Den Mortimer (jetzt in einem unangenehm modischen Stil wieder aufgebaut und dauernd voll von Gebrauchtwagenhändlern) hielten schon damals die Eingeweihten für einen Treffpunkt von Langweilern; aber obwohl das Bier mittelmäßig war und der Schankraum zugig – eine Handvoll Künstler, vorwiegend Musiker, war fast immer dort anzutreffen. Für Moreland, der zu der damaligen Zeit ziemlich stolz darauf war, weitgehend außerhalb jener Welt der Berufsmusik zu leben, die ihn gegen Ende seines Lebens so völlig umfing, bestand der hauptsächliche Charme des Mortimer in dem elektrischen Klavier. Die Klientel war Anathema; das räumte Moreland immer ein, wobei er genau diesen Ausdruck gebrauchte, eines seiner Lieblingswörter.

Was mich betrifft, ich mochte das Lokal auch nicht. Ich war dort von Barnby eingeführt worden (ich hatte ihn erst einige Wochen zuvor kennengelernt), der an diesem Abend nach einer Besprechung mit einem Rahmenmacher, der in der Nachbarschaft lebte, in den Mortimer kommen wollte. Barnby war dabei, eine baldige Ausstellung vorzubereiten. Das war zu der Zeit, als sein Studio sich über Mr. Deacons Antiquitätengeschäft befand; als er Baby Wentworth nachstellte und mit den Wandgemälden im Donners-Brebner-Gebäude begann, das dann, wie der Mortimer, während des Krieges durch eine Bombe zerstört wurde. Ich war kurz zuvor, so erinnere ich mich, von einem Aufenthalt bei den Walpole-Wilsons auf dem Lande zurückgekehrt. Es kann bestimmt nur eine Woche vor der tödlichen Verletzung gewesen sein, die sich Mr. Deacon zuzog, als er auf der Stufe zum Bronzenen Affen (dem im selben Monat nach einer Polizei-Razzia die Lizenz zum Alkoholausschank entzogen wurde) ausglitt und einige Tage später im Krankenhaus verstarb, zum großen Bedauern vieler Typen – einige von ihnen alles andere als akzeptabel –, die sein Antiquitätengeschäft zu ihrer regelmäßigen Anlaufstelle gemacht hatten.

Es regnete an diesem Abend in Strömen, und es war viel kälter geworden. Barnby war noch nicht eingetroffen, als ich den Schankraum, der leerer war als sonst, betrat. Zwei oder drei ältere, schwarz gekleidete Frauen, wahrscheinlich Hauswirtinnen, die jetzt Feierabend hatten, saßen vor sich hin schimpfend in einer Ecke und tranken Guinness. In einer anderen, da, wo das elektrische Klavier stand, saß Mr. Deacon selbst, wie gewöhnlich ohne Hut; sein weiß werdendes Haar hing strähnig über einem dicken Wollschal, dessen grobe Maschen er selbst gestrickt haben mochte. Seine übliche Herbst-Ausdünstung von Eukalyptus oder irgendeinem anderen Spezifikum gegen Erkältungen, für die er sehr anfällig war, hing über diesem Teil des Raumes. Er war immer sehr auf seine Gesundheit bedacht, und die Temperatur im Mortimer war unbehaglich niedrig. Seine langen, arthritischen Finger umschlossen ein kleines Bitter und formten einen unregelmäßigen Reifen oder Bördelrand um das Glas, der an einen mittelalterlichen Behälter zum Abstellen eines Trinkhorns denken ließ. Der Anblick Mr. Deacons erinnerte mich, wegen seiner Ähnlichkeit mit einem Pilger, einem leicht sinistren Pilger, in dem sich eine nicht geringe Spur von Wahnsinn zeigte, immer an das Mittelalter; andererseits – es muss wohl in jeder Epoche ein Teil der Pilger sinister gewirkt haben, einige von ihnen waren sicher auch wahnsinnig. Ich war, ziemlich snobistisch, muss ich sagen, froh, dass die Straßen zu nass für seine Sandalen gewesen waren. Stattdessen steckten seine Füße in dunkelblauen Schneestiefeln aus Filz, gegen die Pfützen. An diesem Abend wollten Barnby und ich uns die Wiederaufführung eines Von-Stroheim-Films ansehen – »Törichte Frauen« vielleicht? Möglicherweise hatte Barnby vorgeschlagen, Mr. Deacon sollte mit uns ins Kino gehen, obwohl er in der Regel nur dazu bewegt werden konnte, sowjetische Filme über sich ergehen zu lassen, und die nur aus rein ideologischen Gründen. Mr. Deacon war an diesem Abend in Hochform. Er war von einer Gruppe von Personen umgeben, von denen ich niemanden kannte.

»Guten Abend, Nicholas«, sagte er in seiner tiefen, tiefen, bewusst melodischen Stimme, die mir irgendwie immer ein unbehagliches Gefühl gab. »Was bringt Sie in diese bescheidene Herberge? Ich dachte, Sie frequentierten eher noble Häuser und Schlösser.«

»Ich bin mit Ralph hier verabredet. Wir wollen uns einen Film ansehen. Keiner von uns beiden hatte heute Abend eine Einladung in ein nobles Haus.«

»Das Kino?«, sagte Mr. Deacon mit großer Verachtung. »Es erstaunt mich, dass ihr jungen Leute eure Zeit im Kino verschwendet. Könnt ihr nichts Besseres mit euch anfangen? Ich hätte mehr von Barnby erwartet. Da könnt ihr ja genauso gut die Royal Academy besuchen. Wäre besser noch, eigentlich. Es gäbe dort wenigstens die Gelegenheit, kräftig zu lachen.«

Obwohl es damals schon viele Jahre her war, seit er das Malen aufgegeben hatte, und trotz seiner Verachtung für alle Manifestation der ›modernen Kunst‹, wurde Mr. Deacon nie müde, seiner ebenso großen Geringschätzung für die Mitglieder der Academy und ihre Werke Ausdruck zu geben.

»Sind Kinos denn schlechter als der häufige Besuch von Kneipen Ihrerseits?«

»Ein gerechtfertigter Tadel«, sagte Mr. Deacon, entzückt über diese Nachahmung seines eigenen moralisierenden Tons, »unendlich gerechtfertigt. Aber sehen Sie, ich bin hierhergekommen, um ein kleines Geschäft abzuwickeln, nicht nur, um *les jeunes* zu treffen. Es stimmt, ich würde heute Abend viel lieber die Sache der internationalen Abrüstung vorantreiben und ›Krieg zahlt sich niemals aus!‹ vor der Albert Hall verkaufen, aber wir müssen alle unser Butterbrot verdienen. Mein armseliges kleines Pamphlet bringt mir persönlich nichts ein. Bloß einen Penny für eine noble Sache. Für meine Waren muss ich natürlich einen entsprechenden Preis erheben. Sie scheinen zu vergessen, Nicholas, dass ich gegenwärtig nur ein armer *antiquaire* bin.«

Mr. Deacon sagte diese Sätze in einem leicht salbungsvollen Ton. Da er dazu neigte, hohe Preise zu veranschlagen, wurde allgemein angenommen, dass er ein zumindest respektables Einkommen aus seinen Waren zog. Die Tatsache, dass seiner Vergangenheit ein leichter Schatten der Gesetzesübertretung anhaftete, erhöhte in den Augen einiger Kunden noch den

Reiz. Eine lange Zeit war vergangen seit den Tagen, als er, als Künstler mit einem Privateinkommen in Brighton lebend, mit meinen Eltern bekannt gewesen war, bevor jener unglückliche Zwischenfall im Battersea Park zu Mr. Deacons längerem Aufenthalt im Ausland geführt hatte. Eine angeborene Vorliebe für griechisch-römische Themen, die einst in seiner eigenen Malerei Ausdruck gefunden hatte, nahm nun die deutliche Neigung an, Statuetten und Medaillons aufzukaufen, die Götter und Heroen aus der klassischen Zeit darstellten. Diese nicht immer leicht zu verkaufenden Objekte stapelten sich in seinem Geschäft, denn die Mode für solche Ornamente als Ergänzung zu Empire- oder Regency-Möbeln hatte damals erst kaum begonnen. Gelegentlich befand sich ein Kunstwerk in seinem Besitz, das zu heidnisch war in seiner Befürwortung sexueller Freizügigkeit, als dass es offen ausgelegt werden konnte. Solche zweifelhaften Artikel verwahrte Mr. Deacon, wie Barnby behauptete, in einem Kasten unter seinem Bett. Auf der niedrigen gesellschaftlichen Ebene, auf der er sich jetzt bewegte, hatte, was Mr. Deacon betraf, alles, Geschäft und Vergnügen, Kunst und Politik, Leben und – wie es sich schließlich herausstellte – sogar der Tod, einen Schatten der Zwielichtigkeit angenommen. Aber selbst in diesen moralisch verarmten Lebensverhältnissen betrachtete er sich selbst gern als einen Mann, der nicht völlig von den oberen Gesellschaftsschichten abgeschnitten war. Er genoss zum Beispiel immer noch solche triumphalen Kontakte wie den an dem Nachmittag, als Lady Huntercombe, die einen von ihren Mrs.-Siddons-Hüten trug, unerwartet auf seiner Türschwelle erschienen war und nach einer Stunde eine mit Intarsien ausgelegte Teedose aus einer Tunbridger Werkstatt davontrug, für die sie, trotz angestrengtem Feilschen ihrerseits, fast genauso viel hatte zahlen müssen, wie wenn sie sie in der Bond Street erworben hätte. Sie hatte, mit einem Ausdruck, den Mr. Deacon oft und gerne zitierte, versprochen wiederzukommen, »wenn mein Glück mir wieder hold ist«.

»Lächerliche Frau«, pflegte er entzückt zu sagen, »als ob wir nicht alle wüssten, dass die Huntercombes so reich sind wie Krösus.«

Eine der Personen, die zusammen mit Mr. Deacon an dem Tisch im Mortimer saßen, ein junger Mann, der so bis an die Ohren eingemummelt war, dass er wie ein Taxifahrer aussah, der mehrere Mäntel übereinander trug, brach jetzt die lebhafte Unterhaltung, die er mit seinem Nachbarn, einer dicklichen Person mit Goldrandbrille, führte, ab und schlug Mr. Deacon mit einer zusammengerollten Zeitung leicht auf den Arm.

»Ich würde mich sicher nicht in die Nähe der Albert Hall wagen, wenn ich du wäre, Edgar«, sagte er. »Es wäre ein zu großes Risiko. Jemand könnte dich packen und zwingen, Brahms zu hören. Ja, nach dem, was du heute Abend so geredet hast, würdest du wahrscheinlich der Versuchung nachgeben und freiwillig reingehen. Ich würde dir keinen Zoll breit trauen, wenn es um Brahms geht, Edgar. Keinen Zoll breit.«

Mr. Deacon ließ sein Glas los, hob dramatisch seine knotige Hand und krümmte gleichzeitig einen der knorrigen Finger.

»Moreland«, sagte er, »ich wünsche nichts mehr von deinen jugendlichen Vorurteilen zu hören, und bestimmt nichts von deiner Meinung zur Orchestrierung des Zweiten Klavierkonzerts.«

Der junge Mann lachte spöttisch. Obwohl er den Eindruck erweckte, er trage mehrere Mäntel, hatte er in Wirklichkeit doch nur einen an, ein abgetragenes, stark fleckiges Kleidungsstück, aus dessen Taschen weitere Zeitungen herausguckten, zusätzlich zu der, mit der er Mr. Deacons Aufmerksamkeit auf sich gelenkt hatte.

»Wie ich gerade bemerkte, Nicholas«, sagte Mr. Deacon, während er sich wieder mir zuwandte und gleichzeitig ein Lächeln aufsetzte, das seiner Toleranz gegenüber jeder Art von jugendlichem Extremismus Ausdruck geben sollte, »ich bin hauptsächlich in diesen Schnapspalast hier gekommen, um ein ›object of virtu‹, ein Liebhaberstück, zu inspizieren – eine klassische Gruppe, ausgeführt in einem nicht näher spezifizierten Material, genauer gesagt. Ich werde sie kaufen, wenn mich ihre Schönheit überzeugt. ›Die Wahrheit entschleiert von der Zeit‹ – in der Villa Borghese, Sie erinnern sich. Ich muss sagen, in dem Marmor des Originals hat Bernini das Mädchen genauso ungenießbar aussehen lassen, wie es die herzlose Tugend ist, die es verkörpert. Eine Reproduktion dieser Arbeit wurde von einer jungen Person, mit der mich eine lose Bekanntschaft verbindet, auf dem Caledonian Market entdeckt. Die Person dachte, ich könnte dieselbe vielleicht in ihrem Auftrag gewinnbringend veräußern.«

»Ich hoffe nur, diese junge Person ist seinerseits – ich vermute doch, sie ist männlichen Geschlechts – ein Objekt tugendhafter Zuneigung«, sagte Moreland. »Wir können keineswegs zulassen, dass hier Jugend, statt Tugend, von der Zeit entschleiert wird. Können wir dir trauen, Edgar?«

Mr. Deacon stieß ein kurzes, tiefes, ziemlich theatralisches Lachen aus. Er zuckte leicht mit den Schultern.

»Nichts könnte korrekter sein als meine Beziehung zu diesem jungen Herrn«, sagte er. »Ich habe seine Mutter im letzten Sommer kennengelernt, als sie und ich in einer vegetarischen Feriengesellschaft neue Kraft und Erholung zu schöpfen versuchten – sie, glaube ich, mehr aus ökonomischen Gründen als aus eigener tief empfundener Abneigung gegen den Fleischverzehr. Ich hielt sie für eine sehr angenehme, vernünftige Frau, ihrem Sohn sehr ergeben. Sie erinnerte mich in gewisser Weise an meine eigene liebe Mama, die ich vor vielen langen Jahren auf dem Friedhof von Kensal Green zur letzten Ruhe gebettet habe. Ihr Junge kam und holte sie vom Bahnhof Paddington ab, als wir auf unserer gemeinsamen Rückreise dort ankamen. So haben er und ich uns zuerst kennengelernt. Befriedigt das deine gierige Sucht nach Skandalen, Moreland? Ich hoffe doch.«

Mr. Deacon klang eher verschmitzt als verärgert. Seine Art zeigte deutlich, dass er Moreland mochte, ja bewunderte, und er schien bereit zu sein, von ihm ein größeres Maß an Sticheleien hinzunehmen, als er es je den meisten aus dessen Zirkel erlaubt hätte.

»Jedenfalls war der Junge noch nicht da, als ich hier eintraf«, fuhr er fort und wandte sich wieder lebhaft mir zu, »also leistete ich dieser kleinen Gruppe von ›Musikanten, an einem trostlosen Fluss sitzend‹, Gesellschaft. Ich hatte einige musikalische Differenzen mit diesem Moreland hier, der auf seinem Gebiet sehr diktatorisch wird. Ich nehme an, ihr kennt euch bereits. Was? Nicht? Dann muss ich euch vorstellen. Dies ist Mr. Jenkins – Mr. Moreland, Mr. Gossage, Mr. Maclintick, Mr. Carolo.«

Der revolutionäre Charakter von Mr. Deacons politischen Auffassungen hatte auf die Förmlichkeit seiner Manieren nie Auswirkungen gehabt. Seine Gefährten dagegen ließen – mit Ausnahme von Gossage, der ein Grinsen zur Schau stellte – keinerlei äußere Anzeichen konventioneller Höflichkeit erkennen. Ja, keiner der Übrigen zeigte auch nur den geringsten Wunsch, mit irgendjemandem, der nicht zu ihrem eigenen, offenbar magischen Zirkel gehörte, bekannt zu werden. Dennoch, ich mochte sofort etwas an Moreland. Obwohl ich ihn noch nie in Mr. Deacons Geschäft oder auch Barnbys Studio getroffen hatte, kannte ich ihn bereits als eine Persönlichkeit von einiger Bedeutung in der Welt der Musik. Komponist, Dirigent, Pianist – Genaueres über seine Aktivitäten war mir aber nicht bekannt. Barnby hatte, als wir einmal über Moreland sprachen, etwas von einer Filmmusik für ein halbprivates Projekt erwähnt (eine in Frankreich gedrehte Verfilmung von »Lysistrata«), das von Sir Magnus Donners unterstützt worden war.

Da mir die Musik nichts von jener harten, kaltblütigen, fast mathematischen Freude vermittelt, die mir die Literatur und die Malerei geben, konnte ich nur vage vermuten, welchen Stellenwert Morelands Werk, das von einigen Kreisen enthusiastisch aufgenommen wurde, während andere es zutiefst verabscheuten, im Verhältnis zu den anderen Künsten einnahm. Damals kannte ich keine Berufsmusiker. Später, als ich durch Moreland selbst vielen von ihnen begegnete, sind mir ihre ganz speziellen Besonderheiten, die moralischen und die physischen, aufgefallen. Zufälligerweise waren an diesem Abend einige repräsentative Typen von Musikern zugegen: Moreland selbst, die Musikkritiker Maclintick und Gossage, und Carolo, ein Geiger.

Erst seitdem ich mit Barnby bekannt war, hatte ich begonnen, mich regelmäßig in jener Art von Gesellschaft zu bewegen, wie sie an diesem Abend im Mortimer versammelt war, die, obwohl ich sehr bald völlig zu ihr gehören sollte, damals zunächst noch eine höchst abenteuerliche Welt repräsentierte. Der Hiatus zwischen meinem Abgang von der Universität und der Zeit, als ich einen Platz für mich in London gefunden hatte, umfasste, abgesehen von einigen wenigen Lichtpunkten, eine Ewigkeit an Langeweile. Ich war gelegentlich mit so uninteressanten Studienbekanntschaften wie Short (jetzt ein Beamter) ausgegangen; weniger häufig mit smarteren Leuten wie Peter Templer, dem ich mich inzwischen leicht entfremdet hatte. Ein anderer Freund, Charles Stringham, war kurz zuvor wie aus dem Nichts aufgetaucht, um mich zu einer Party von Mrs. Andriadis mitzunehmen, nur um dann wieder zu verschwinden. Allerdings hatte jene Nacht den Weg geöffnet, der schließlich zum Mortimer führte; wie Mr. Deacon über Barnbys gesellschaftliche Aktivitäten zu sagen pflegte: »die Pilgerfahrt von einem mit Sägemehl bedeckten Fußboden zum Aubusson-Teppich und wieder zurück.« Natürlich nahm zu dieser Zeit noch nichts davon Gestalt in meinem Bewusstsein an; kein Muster war ersichtlich von der Art, wie sie sich schließlich herausformen sollte.

Moreland war damals, wie ich selbst, Anfang zwanzig. Physisch betrachtet war er eine typische, klassische Musiker-Erscheinung, mit einem massiven Beethoven-Kopf, hoher Stirn und sich nach außen wölbenden Schläfen. Augen und Nase drängten sich irgendwie in einer Weise zusammen, die ihm manchmal den düsteren, starren Blick eines hohen Richters gab, der im Begriff ist, ein Urteil zu verkünden. Andererseits erinnerte sein kurzes, dunkles, lockiges Haar an einen ausgelassenen Putto, eine weniger aggressive, mehr intellektuelle Version der Torheit in Bronzinos Gemälde, rotbäckig und boshaft, wie er mit einer Salve Rosenblätter die Umarmung von Venus und Cupido bedroht; während die Figur der Zeit im Hintergrund, mit einem Backenbart wie Kaiser Franz Joseph, drohend hinter einem blauen Vorhang hervorlugt, als mache sie gerade verstohlen das Badezimmer frei. In Ruhestellung war Morelands Gesicht, trotz dieses puttohaften, humorvollen Wesenszuges, auch nicht ohne Melancholie; und seine Gesichtsröte suggerierte nichts von jener unbändigen physischen Gesundheit, der sich Bronzinos – und, so vermute ich, auch jedes anderen – Torheit erfreut. Moreland hatte zunächst wenig Notiz davon genommen, dass Mr. Deacon mich vorgestellt hatte; doch jetzt blickte er mich plötzlich an und schlug, laut lachend, mit der zusammengefalteten Zeitung heftig auf den Tisch.

»Erzähl uns mehr über deinen jungen Freund, Edgar«, sagte er, immer noch lachend, während er zu mir herüberblickte. »Womit verdient er seinen Lebensunterhalt? Willst du uns glauben machen, dass er allein davon lebt, dass er Trödel auf dem Caledonian Market findet und dann an Liebhaber der Schönheit wie dich verkauft?«

»Er hat Verbindungen zum Theater, Moreland, da du so neugierig bist«, sagte Mr. Deacon, immer noch in seiner betont förmlichen Art. »Er ist im Pantomimentanz ausgebildet, ›in panto‹, wie er so entzückend sagt. Das Drury Lane Theatre war der Haken, an den er seine Träume hängte. Jetzt wagt er es, weiterreichenden Ambitionen Nahrung zu geben. Ich höre, nebenbei bemerkt, dass die gute altmodische Harlekinade, die mir, als ich ein kleiner Junge war, so viel Freude gemacht hat, jetzt eine Sache der Vergangenheit ist. Dieser Junge hätte sicher einen bezaubernden Harlekin abgegeben. Ein anderer meiner Freunde vom Theater – ein sehr unartiger junger Mann – kennt dieses Kind und hält sehr viel von seinem Talent.«

»Warum ist dieser andere Freund unartig?«

»Du stellst zu viele Fragen, Moreland.«

»Aber ich bin furchtbar gespannt, Edgar. Wir alle sind es.«

»Ich nenne ihn aus vielen Gründen unartig«, sagte Mr. Deacon und stieß einen langgezogenen Seufzer aus. »Nicht der geringste davon ist, dass er mich vor einigen Jahren auf einer Party mit einem Italiener bekannt machte, einem jungen Mann, dessen einziger Anspruch darauf, etwas Besonderes zu sein, in seinem vorgeblichen Beruf eines Gondoliere bestand, der aber, wie sich dann erwies, in Wirklichkeit bloß für eine kurze Zeit als Fahrkartenschaffner auf einem Vaporetto gearbeitet hatte. Eine ganz entzückend geistreiche Artigkeit, ohne Zweifel.«

Es gab einiges Gelächter über diese Anekdote, dem sich Maclintick allerdings nicht anschloss. Ja, Maclintick hatte dem Verlauf der Unterhaltung mit unverhohlenem Widerwillen zugehört. Es war offensichtlich, dass er sowohl Mr. Deacon selbst als auch die versteckten Anspielungen in Morelands Frotzeleien missbilligte. Wie Moreland repräsentierte auch er den Typus des stämmig gebauten Musikers; eine körperliche Schwere kündigte schon jetzt bedrohlich eine Fettleibigkeit für seine frühen mittleren Jahre an. Breitschultrig, doch sich irgendwie auf seine unteren Extremitäten zu verengend, erweckte seine Vorderfront den Eindruck eines großen dreieckigen Drachens, der im Begriff war, hoch in den Himmel zu schweben auf den Dünsten des irischen Whiskeys, die, selbst über den höchst eigenen Gerüchen des Mortimer und der diese überlagernden Insistenz von Mr. Deacons Eukalyptus, ungehindert von dem Platz, an dem er saß, ausströmten. Maclinticks kalkuliert langweiliges Äußeres schien, obwohl schäbig, darauf angelegt, seine Verbindungen zur Boheme zu verbergen. Die winzigen runden Gläser seiner Goldrandbrille erinnerten, auf eine Mopsnase geklemmt, an Karikaturen von Thackeray oder Präsident Thiers und gaben ihm die Ausstrahlung eines übellaunigen Arztes. Maclintick war, wie ich bald herausfinden sollte, in der

Tat übellaunig und zeigte seine gewohnheitsmäßig grantige, missbilligende Art auch Moreland gegenüber, dem er sehr ergeben war. Diesen angeborenen Mangel an Liebenswürdigkeit schien er unaufhörlich, doch ziemlich erfolglos, mit reichlichen Schlucken irischen Whiskeys zu bekämpfen zu versuchen, einem Getränk, das von ihm, im Gegensatz zum Scotch, immer hochgepriesen wurde.

»Ich wäre vorsichtig, wie ich mich bei Sachen vom Caledonian Market verhielte, Deacon«, sagte Maclintick, »ich hab gehört, dass viele der Waren, die dort auftauchen, gestohlen sind. Ich nehme doch an, Sie wollen sich nicht eine saftige Strafe für Hehlerei einhandeln.«

Er sprach zum ersten Mal, seit ich mich an den Tisch gesetzt hatte, und äußerte diese Worte in einer hohen, beißenden Stimme.

»Unsinn, Maclintick, Unsinn«, sagte Mr. Deacon kurz.

Sein Ton machte deutlich, dass die Abneigung, die Maclintick ihm gegenüber empfand – und auch nicht groß zu verbergen suchte –, seinerseits herzlich erwidert wurde.

»Willst du damit sagen, dass unser Freund Deacon in Wirklichkeit ein *fence* ist?«, fragte Gossage kichernd, so als ziere er sich zuzugeben, dass ihm selbst dieses verhältnismäßig unexotische Beispiel aus dem Diebesjargon bekannt war. »Ich bin sicher, das ist er keineswegs. Also, willst du uns etwa glauben machen, er sei eine Art moderner Fagin?«

»So weit würde ich nicht gehen«, sagte Maclintick in einem diesmal verbindlicheren Ton, wohl weil er Mr. Deacon nicht über einen bestimmten Punkt hinaus reizen wollte. »Ich möchte ihn nur warnen, dass er gut auf seine Reputation achtgibt, die ich nicht gerne befleckt sehen würde.«

Er lächelte ein wenig unsicher in Richtung Moreland, um zu zeigen, dass der Angriff auf Mr. Deacon (der dem Opfer ziemliche Freude zu machen schien) keineswegs auch Moreland einschließen sollte. Später wurde mir bewusst, in wie hohem Maße Moreland für Maclintick ein Objekt der Bewunderung, fast der Verehrung, war. Diese große Wertschätzung war nicht nur ein Zeichen dessen, was Maclintick selbst – bei jener absolut schrecklichen späteren Gelegenheit – »den angemessenen Respekt des armseligen interpretativen Schreiberlings für den wahrhaft kreativen Künstler« nannte, sondern auch einer Zuneigung für Moreland als Freund, die über die normalen kameradschaftlichen Gefühle hinausging und etwas Beschützendes, Mütterliches, wenn dieses Wort denn auf jemanden angewendet werden konnte, der so aussah wie Maclintick, angenommen hatte. In der Tat, unter seinem unwirschen Äußeren hegte Maclintick eine ganze Reihe schriller, nur unvollkommen miteinander zu vereinbarender Auffassungen. Moreland zum Beispiel beeindruckte ihn, vielleicht zu Recht, als ein junger Mann von unvergleichlichem Talent, schlecht ausgerüstet gegenüber einer materialistischen Welt. Gleichzeitig aber tadelte ihn Maclintick, selbst eine gepeinigte Seele, heftig dafür, dass er allzu sehr dem fröne, was er für Sentimentalität hielt. Seine enorme Missbilligung sexueller Andersartigkeit, der er gelegentlich in Kreisen begegnete, in denen er gerne verkehrte, war eine Kompensation für seine eigenen Schuldgefühle über diese Heldenverehrung, die er Moreland entgegenbrachte; und seine Schärfe gegenüber Gossage ein weiterer Versuch, die Balance wiederherzustellen.

»Es ist doch angenehm, hin und wieder jemandem zu begegnen, der so geradeheraus ist«, sagte Gossage.

Er war ein schlanker kleiner Mann mit großen, breiten Zähnen und repräsentierte einen anderen gängigen Typus von Musiker. Seine ruckartigen Bewegungen ließen ihn nicht zur Ruhe kommen. Er spielte nervös mit seiner Fliege, seinem Pincenez und mit seinem Schnurrbart, der allerdings seiner Männlichkeit nicht allzu viel Überzeugungskraft verlieh. Gossages Stimme glich der einer Puppe eines Bauchredners. Er kicherte nervös, zweifellos weil er eine scharfe Zurechtweisung durch Maclintick wegen dieser Bemerkung befürchtete.

»Persönlicher Charme«, sagte Mr. Deacon mit energischer

Stimme, »geht leider nicht zusammen mit persönlichem Altruismus. Wie auch immer, ich rechne, bei meinem Alter, fest damit, dass man mich warten lässt. Das Zuspätkommen ist eine der Strafen, die die Jugend zu Recht jenen zumisst, die das grässliche Verbrechen begangen haben, in die fortgeschrittenen Jahre gekommen zu sein. Außerdem, ganz abgesehen von dieser moralischen und ästhetischen Berechtigung, scheint kein Mitglied der jüngeren Generation die Bedeutung der Pünktlichkeit zu kennen, selbst wenn die Ausübung dieser Kardinaltugend in ihrem eigenen Interesse ist.«

Während der ganzen Zeit hatte Carolo, der Letzte der Gruppe, die mir vorgestellt worden war, seinen Mund nicht geöffnet. Er saß vor einem Wermutcocktail mit der Miene eines verkannten Genies. An diesem Abend vermutete ich, Carolo sei etwa gleichen Alters wie Moreland und ich, erfuhr aber später, dass er älter war, als er aussah. Seine jugendliche Erscheinung war vielleicht teilweise die Folge seiner Jahre als Wunderkind.

»Carolos richtiger Name ist Wilson oder Wilkinson oder Parker«, erzählte mir Moreland später, »etwas eher Praktisches und Gesundes dieser Art – ein Name, von dem man meinte, er klinge zu nüchtern und vernünftig. Fast die erste öffentliche musikalische Veranstaltung, zu der mich, meiner Erinnerung nach, meine Tante mitgenommen hat, war ein Konzert mit Carolo in der Wigmore Hall. Damals hätte ich nie gedacht, dass Carolo und ich eines Tages zusammen im Mortimer verkehren würden.«

Carolos Gesicht war blass und abgespannt, sein schwarzes Haar zu delikaten Wellen arrangiert. Doch stand dieses bewusst ›romantische‹ Erscheinungsbild und Gebaren im völligen Widerspruch zu seinem Charakter, der, Moreland zufolge, weit davon entfernt war, von der Fantasie bestimmt zu sein.

»Carolo ist allein daran interessiert, Geld zu machen«, sagte Moreland, »und wer wollte ihm das verdenken. Unglücklicherweise scheint er gegenwärtig nicht besonders gut darin zu sein. Er mag auch die Frauen ein wenig.«

Tagträume von Reichtum und Frauen müssen Carolo jenen weitschweifenden Blick gegeben haben, der ihn niemals verließ; traurig und still sann er über gewaltige Bankguthaben und wollüstige Freuden nach.

»Ach da ist ja mein junger Freund«, sagte Mr. Deacon und erhob sich. »Wenn Sie mir bitte verzeihen, Nicholas... Moreland... und ihr Übrigen...«

Normalerweise neigte Mr. Deacon dazu, die kleinen Indiskretionen, denen er jetzt, in seinen späteren Jahren, noch frönen mochte, vor seinen Bekannten zu verbergen. Er schien nun zu bedauern, dass er sich dazu hatte hinreißen lassen, den Eindruck zu vermitteln, eine seiner »petites folies«, wie er sie gerne nannte, stünde an diesen Abend an. Doch die Versuchung, die Dinge durch Andeutungen in einem solchen Licht darzustellen, war für seine Eitelkeit zu groß gewesen. Jetzt aber, wo es zu spät war, wollte er vorsichtiger sein. Er machte einen hastigen Schritt nach vorn, um das unmittelbare Näherkommen des jungen Mannes, der gerade den Mortimer betreten hatte und ein großes, in Packpapier gewickeltes Paket wie ein Baby in seinen Armen trug, zu verhindern.

»Also«, sagte Moreland, »nach all diesem Getue zeigt sich jetzt, dass Norman Edgars mysteriöser Freund ist. Hat man schon jemals so etwas gehört?«

Durch einen plötzlichen, mit einer gekünstelt eleganten Bewegung ausgeführten Schritt zur Seite vereitelte der junge Mann, der das Paket trug, Mr. Deacons Versuch, ihn von unserer Gesellschaft auszuschließen, und näherte sich dem Tisch. Er war schmächtig, so dünn, dass es unter seinem Mantel kaum einen Körper zu geben schien. Man konnte leicht sehen, warum Mr. Deacon ihm die Rolle des Harlekins zugedacht hatte. Mit seinen traurigen Augen und keck-forschem Auftreten hatte er etwas Koboldhaftes, und sein hübsches Aussehen war von jener seltsam puppenhaften Art, die manche Personen zu Schauspielern oder Tänzern bestimmt, denn die Anonymität ihrer Gesichtszüge und die Biegsamkeit ihrer Körper legt sie schon von Geburt an darauf fest, angenommene Rollen zu spielen.

»Hallo, mein Lieber«, sagte er, sich an Moreland wendend, »ich höre, du hast das neue Strawinski-Ballett gesehen, als du in Paris warst.«

Er sprach mit einer schleppenden Stimme, einer Mischung aus Vorstadtintonation und dem gepflegten Ton der Salonkomödie, während er die Position seiner Füße veränderte und eine Haltung annahm, die sofort die professionelle Ausbildung eines Tänzers verriet.

»Choreografisch gesagt…«, begann Moreland.

Mr. Deacon, verärgert darüber, dass sein ›junger Freund‹ schon den meisten aus der Gruppe bekannt war, machte eine erneute Anstrengung, zu intervenieren und den Jungen für sich allein in Beschlag zu nehmen. Er war fest entschlossen, dass die Verhandlungen zwischen ihnen in zumindest verhältnismäßiger Privatheit geführt werden sollten.

»Was«, sagte er und versuchte kaum, seine Verärgerung zu verbergen, »ihr kennt euch schon, ja? Wie nett, dass wir alle Freunde sind. Dennoch, Norman und ich müssen jetzt unsere privaten Geschäfte besprechen. Die heiligen Riten des Verhandelns dürfen keine Mithörer haben.«

Er kicherte ärgerlich und legte eine seiner gotischen Hände auf die Schulter des jungen Mannes namens Norman, der, als wolle er anzeigen, dass er sich dem Unvermeidlichen fügen müsse, dramatisch Moreland zuwinkte, als er sich zum anderen Ende des Schankraum führen ließ. Dort öffneten sie beide das Paket, wobei sie das Packpapier so um es herum falteten, dass sie selbst möglichst die einzigen Personen waren, die den Inhalt sehen konnten. Mr. Deacon muss sofort entschlossen gewesen sein, den Abdruck zu kaufen (der auch sein Geschäft erreichte – obwohl, wie sich dann erwies, nur für einen kurzen Moment), denn nach einem kurzen, in einem unterdrückten Ton geführten Gespräch packten sie das Paket wieder zusammen und verließen gemeinsam den Mortimer. Als sie durch die

Tür gingen, rief ihnen Moreland ein »Gute Nacht« nach, einen Gruß, den nur der junge Mann mit einem Winken erwiderte.

»Wer ist der jugendliche Held?«, fragte Gossage.

Er lächelte angestrengt, während er sein Pincenez abnahm und putzte, so als wolle er nicht, dass Maclintick denke, er sei über Gebühr an Mr. Deacon und seinem Freund interessiert.

»Du kennst Norman Chandler nicht?«, sagte Moreland. »Ich hätte gedacht, du seist ihm schon begegnet. Er ist Schauspieler. Tanzt auch etwas. Spielt ausgezeichnet Saxofon.«

»Ein talentierter junger Herr«, sagte Gossage.

Moreland nahm eine weitere Zeitung aus der Tasche, breitete sie auf dem Tisch aus und begann, einen Aufguss der Berichte über den Mord in Croyden zu lesen. Maclinticks Gesicht hatte während des Gesprächs mit Chandler äußersten Widerwillen ausgedrückt; jetzt gab er seine Empörung auf und begann mit Gossage ein Gespräch über das Konzert in der Albert Hall, das dieser an jenem Abend besuchen wollte. Ich fing Ausdrücke wie »rhythmisches Ensemble« und »dynamische und tonale Balance« auf. Carolo saß völlig schweigsam da und nippte von Zeit zu Zeit freudlos an seinem Wermut. Maclintick und Gossage wechselten nun über zum Delius-Festival in der Queen's Hall. Diese ganze musikalische Fachsimpelei, zu der auch Moreland, ohne von der Zeitung aufzusehen, hin und wieder seinen Kommentar beitrug, gab mir das Gefühl, völlig fehl am Platze zu sein. Ich wünschte bald, ich wäre weniger pünktlich gewesen. Als Moreland das Ende des Artikels erreicht hatte, schob er die Zeitung von sich.

»Edgar war ziemlich ärgerlich darüber, dass ich Norman kannte«, sagte er zu mir in einem distanzierten, aber freundlichen Ton. »Er liebt es, jeden jungen Mann, den er kennenlernt, mit einer Aura des Geheimnisvollen zu umgeben. Er war völlig aus dem Häuschen über einen ›ehemaligen Sträfling von der Teufelsinsel‹, den er neulich auf einem Kostümfest kennengelernt hatte und der als französischer ›matelot‹ verkleidet war.«

Er beugte sich vor und warf geschickt einen Penny in

den Schlitz des elektrischen Klaviers, das ein, zwei Sekunden brauchte, um das Geldstück zu verdauen, und dann heiser zu spielen begann.

»Ah, gut«, sagte Moreland, »der ›Missouri Waltz‹.«

»Deacon hat wahrscheinlich recht mit der Annahme, dass einige Personen in seinem Umgang ziemlich sinistre Typen sind«, sagte Maclintick in einem sauren Ton.

»Es ist die einzige Freude, die er noch hat«, sagte Moreland. »Was es wohl war, das Norman verkaufen wollte? Es sah aus wie ein Nachttopf, der Form des Pakets nach zu urteilen.«

Gossage kicherte und zog sich damit ein Stirnrunzeln seitens Maclinticks zu. Da er wahrscheinlich befürchtete, Maclintick könne jetzt ihn zum Fokus seiner Missbilligung machen, sagte er, dass er bald gehen müsse.

»Deacon wird sich noch eines Tages in Schwierigkeiten bringen«, meinte Maclintick und schüttelte den Kopf. Er sagte das, als hoffe er, ein solcher Schlag möge ihn sehr bald treffen. »Glaubst du nicht auch, Gossage?«

»Ach, ich weiß nicht, ich weiß das überhaupt nicht«, sagte Gossage eilig. »Ich kenne den Mann kaum, weißt du. Bin ihm ein paar Mal bei den Promenadenkonzerten begegnet letztes Jahr. Trinken manchmal ein Glas Bier zusammen.«

Maclintick ignorierte diese Bemühungen, ein erbaulicheres Bild von Mr. Deacons Aktivitäten zu zeichnen.

»Und es wäre nicht das erste Mal, dass Deacon in Schwierigkeiten gerät«, sagte er mit seiner grimmigen, hohen Stimme.

»Also, ich muss jetzt wirklich gehen«, wiederholte Gossage als Antwort auf diese erneute Zurechtweisung, so als ob jeder der Anwesenden ihn dazu gedrängt habe, noch einige Minuten länger im Mortimer zu bleiben. »Du wirst meine Meinung am Freitag lesen können. Ich bin ganz unvoreingenommen. Das muss man sein. Tschüss, Moreland, tschüss … Maclintick, tschüss …«

»Ich muss auch gehen«, sagte Carolo ganz unerwartet.

Er hatte eine laute, harsche Stimme und sprach, wie Quiggin, mit einem nordenglischen Akzent. Er schüttete den Rest seines Wermuts hinunter, das Glas in einem Zug leerend, so als ob er auf den Erfolg einer verzweifelten Unternehmung trinke, von der er wahrscheinlich nicht lebendigen Leibes zurückkehren werde. Dann neigte er, mit einer gleichgültigen Bewegung, die dieser Hol's-doch-der-Teufel-Stimmung entsprach, zum Abschied leicht den Kopf in Richtung unserer Gruppe und folgte Gossage aus der Kneipe.

»Carolo war nicht gerade eine Plaudertasche heute Abend«, sagte Moreland.

»Er ist nie sehr gesprächig«, pflichtete Maclintick ihm bei.

»Er hängt immer den alten Zeiten nach, als er noch im Little-Lord-Fauntleroy-Anzug landauf, landab Sarasate spielte.«

»Er muss wenigstens siebzehn gewesen sein, als er zum letzten Mal im schwarzen Samtanzug und weißen Spitzenkragen auftrat«, sagte Moreland. »Die Jacke war so eng, dass er kaum seinen Bogen über die Fiedel ziehen konnte.«

»Man sagt, Carolo habe im Augenblick Schwierigkeiten mit seiner Freundin«, sagte Maclintick.

»Deshalb guckt er wohl noch düsterer als sonst.«

»Wer ist diese Freundin?«, fragte Moreland ohne besonderes Interesse.

»Ziemlich jung, glaube ich«, sagte Maclintick. »Gossage hat sich nach ihr erkundigt. Für Carolo ist es nicht mehr so leicht wie früher, Engagements zu kriegen – und Unterricht geben will er nicht.«

»Sagt man nicht, dass Mrs. Andriadis ihm hilft?«, meinte Moreland. »Dass sie ein Konzert in ihrem Haus arrangiert oder so was?«

Ich hörte dem Gespräch zu, ohne das Gefühl zu haben – das sich aber dann später einstellen sollte –, dass ich gewissermaßen untrennbar zu dieser besonderen Welt dazugehörte; das Gefühl, dass, wenn Leute über Dinge wie Carolo und seine Freundin klatschten, auch ein Stückchen, und sei es nur ein unendlich kleines, von einem selbst zur Sprache kam. Wie auch immer, für den Augenblick war das Thema Carolo erledigt, denn Barnby stand jetzt im Eingang zum Schankraum und versuchte langsam, sich einen Überblick zu verschaffen über die Anwesenden und die Probleme, die jeder Einzelne von ihnen ihm möglicherweise bereiten könnte. Der Mortimer war inzwischen voller geworden. Ein Mann mit einem gelblichen Bart und einem schwarzen Hut kaufte Getränke für zwei junge Frauen, die jenem nur vage definierbaren Territorium zugehörten, das sich seit Ewigkeiten Nutten und Kunststudentinnen gegenseitig streitig machen; drei picklige junge Männer stritten über Fragen der Ökonomie; zwei Taxifahrer berieten sich mit der Frau hinter dem Tresen. Einige Sekunden lang blickte Barnby um sich und betrachtete die Leute im Mortimer mit sichtlicher Missbilligung. Dann bewegte er sich, untersetzt und mit bis zu den Ohren hochgeschlagenem Mantelkragen, langsam vorwärts, wobei er einen kennerischen, allumfassenden Blick auf die Frau hinter dem Tresen und die beiden Kunstgirls warf. Als er auf diese zögerliche Art endlich unseren Tisch erreichte, nickte er uns Übrigen zu, setzte sich aber nicht, sondern unterzog unsere Gruppe nur einer eingehenden Betrachtung. Eine solche Vorgehensweise war ziemlich typisch für Barnbys öffentliches Verhalten, ein Betragen, das bei Fremden, denen er eine freundschaftliche Beziehung am Ende dadurch aufzuzwingen schien, dass er sich ihnen gegenüber zuerst kalt zurückhielt, um dann später aufzutauen, sehr effektiv war. Bei Frauen erzielte diese scheinbar negative Methode fast immer gute Ergebnisse. Es war unmöglich zu sagen, ob er sich ganz unbewusst oder aber mit voller Absicht so verhielt. Moreland, zum Beispiel, sah in Barnby den vollendeten Schauspieler.

»Ralph ist der Garrick unserer Zeit«, pflegte Moreland zu sagen, »oder wenigstens der Tree oder der Irving. Bei Frauen entgeht Barnby nie etwas, nicht eine einzige Geste oder Veränderung im Tonfall.«

Obwohl sie nie enge Freunde waren, sahen sie einander damals doch ziemlich häufig. Moreland mochte die Malerei und hatte dezidiertere Ansichten über Bilder als die meisten Musiker.

»Ich sehe, dass Ralph Talent hat«, sagte er über Barnby, »aber warum benutzt er Farbkombinationen, die einen denken lassen, er sei Franzose oder Katalane?«

»Ich verstehe nichts von Musik«, hatte Barnby seinerseits einmal bemerkt, »aber Hugh Morelands Begleitmusik zu diesem Film klang für mich wie eine Menge Eulen, die sich in einer Fahrradfabrik streiten.«

Dennoch, trotz dieser gegenseitigen Kritik hatten sie ein sehr gutes Verhältnis zueinander.

»Gib uns einen aus, Ralph«, sagte Moreland, während Barnby so dastand und uns missmutig musterte.

»Ich bin mir nicht sicher, ob ich mir das leisten kann«, sagte Barnby, »ich muss darüber nachdenken.«

»Na, sei mal großzügig«, sagte Moreland, der sich immer sehr gerne freihalten ließ.

Nach ein oder zwei Minuten der Meditation zog Barnby etwas Geld aus der Tasche, warf einen kurzen Blick auf die Münzen in seiner Hand und legte einige davon auf den Tresen. Dann brachte er die Gläser zu uns an den Tisch herüber.

»Ich hab mir heute Nachmittag Bilder der ›London Group‹ angesehen«, sagte er.

Barnby setzte sich. Er und Moreland begannen ein Gespräch über englische Malerei. Offensichtlich langweilte das Thema Maclintick, der Barnby ebenso wenig leiden zu können schien wie Mr. Deacon. Die Unterhaltung wechselte zur Malerei in Paris. Schließlich gaben wir die Absicht, einen Film zu sehen, auf. Es war zu spät geworden. Die Vorstellung hatte sicher schon längst angefangen. Stattdessen beschlossen wir, zusammen zu Abend zu essen. Maclintick ging nach oben, um mit seiner Frau zu telefonieren und ihr zu sagen, dass er erst später nach Hause kommen werde.

»Es wird Krach geben deswegen«, sagte Moreland, nachdem Maclintick weggegangen war.

»Streiten sie sich denn?«

»Na, ganz schön.«

»Wohin wollen wir denn zum Essen gehen?«, fragte Barnby. »Zu Foppa?«

»Nein, ich hab heute Mittag bei Foppa gegessen«, sagte Moreland. »Und Foppa zweimal an einem Tag halte ich nicht aus. Das wäre, als ob man wieder zurück in seine alte Schule ginge. Kennt ihr Casanovas chinesisches Restaurant? Es hat erst kürzlich eröffnet. Lasst uns dort was essen.«

»Ich bin mir nicht sicher, ob mein Magen chinesisches Essen verträgt«, sagte Barnby. »Ich bin heute Morgen nicht vor drei ins Bett gekommen.«

»Du kannst dort Eier kriegen oder so was.«

»Werden die Eier denn nicht einige hundert Jahre alt sein? Aber was soll's, lasst uns dorthin gehen, wenn du darauf bestehst. Alles, nur kein Streit über ein Restaurant. Wo ist das Lokal?«

Maclintick kam von seinem Telefongespräch zurück. Er bestellte sich ein letztes Glas irischen Whiskey und trank es in einem Zug aus. Wie Moreland vorhergesagt hatte, war das Gespräch mit seiner Frau voller Bitterkeit gewesen. Als er hörte, unser Ziel sei Casanovas chinesisches Restaurant, verzog Maclintick sein Gesicht; aber er machte kein anderes Lokal geltend, in dem er selbst es vorgezogen hätte zu essen, und so wurde unsere Entscheidung bestätigt. Ich fragte, wie es an einen so riskant hybriden Namen gekommen sei.

»Es hieß zunächst ›Der neue Casanova‹«, sagte Moreland. »Es gab italienische Küche, und die Einrichtung war französisches achtzehntes Jahrhundert – ein Stück, ein beträchtliches Stück, nach Watteau. Weiter oben in der Straße lag das ›Amoy‹, von einigen auch ›Sam's Chinesisches Restaurant‹ genannt. Der ›Neue Casanova‹ ging pleite. ›Sam's‹ kaufte ihn auf und zog mit Töpfen und Pfannen und Essstäbchen dort ein, und so kann man da jetzt chinesischen Reispudding oder geröstete Bambussprossen mit Schweinefleischstreifen unter

Bildtafeln essen, die Szenen aus dem Leben des Großen Liebhabers darstellen.«

»Wie sind die Preise?«, fragte Barnby.

»Man könnte fast sagen billig. Sonntags spielt dort ein Drei-Mann-Orchester, und es gibt leckeren Nachmittagstee. Man kann sogar tanzen. Maclintick ist schon mal da gewesen, nicht wahr, Maclintick?«

»Muss es denn unbedingt Chinesisch sein heute Abend?«, sagte Maclintick gereizt. »Ich hab sowieso schon eine leichte Enteritis.«

»Vergiss nicht, einige der Kellnerinnen sind sehr attraktiv«, sagte Moreland, um ihn zu überzeugen.

»Chinesische?«, fragte ich.

»Nein«, sagte Moreland, »englische.«

Er lachte ein wenig verlegen.

»Ich wette, du hast ein Auge auf eine von ihnen geworfen«, sagte Barnby.

Ich denke, Barnby machte diese Bemerkung rein routinemäßig – entweder, ohne sich überhaupt die Mühe zu machen, länger über diese Frage nachzudenken, oder in der sicheren Annahme, es sei eine nicht weiter erwähnenswerte Tatsache, dass niemand einer beliebigen Gruppe überdurchschnittlich aussehender Frauen begegnen würde, ohne wenigstens eine von ihnen für sich selbst auszuwählen. Das wäre zweifellos Barnbys eigene Vorgehensweise gewesen. Andererseits hatte Moreland vielleicht das Casanova bei einer früheren Gelegenheit erwähnt und so Barnby Grund gegeben zu vermuten, dass es etwas ganz Besonderes geben müsse, das Moreland persönlich zu dem Lokal hinzog. Wie auch immer, die Unterstellung kam nicht überraschend, denn Barnbys eigenes, unaufhörliches Interesse an dem Thema ließ ihn immer hellwach sein, wenn es um eine Frau, oder um Frauen, ging. Dennoch wurde Moreland rot bei dieser Frage. Er war einerseits immer sehr schnell peinlich berührt bei Dingen, die seinen Intimbereich betrafen, obwohl er andererseits geistig viel zu beweglich war, um jenen gegenüber lange im Nachteil zu verbleiben, die hofften, ihn aufziehen zu können. Bei solchen Gelegenheiten erwies er sich als sehr geschickt darin, den Spieß umzudrehen.

»Ich hatte wirklich früher ein Auge auf eine Frau dort«, sagte er. »Das gebe ich zu. Es war nicht allein die exzellente Schweinepfötchensuppe, die mich dahin zog. Doch jetzt kann ich das Restaurant ohne Herzflimmern betreten, ohne den geringsten lüsternen Gedanken. Mein Vergnügen in dem Lokal ist allein das eines Gourmets der chinesischen Küche. Ein Triumph der Selbstüberwindung. Ich werde dir die Frau zeigen, Ralph.«

»Was ist passiert?«, fragte Barnby. »Hat sie dich wegen des Manns verlassen, der die Posaune spielt?«

»Man war eben nicht erfolgreich«, sagte Moreland und wurde wieder rot. »Ich werde dir das Problem zeigen, so wie es war – und zweifellos noch immer ist. Nichts hat sich geändert, soviel ich weiß. Außer meinem eigenen Standpunkt. Aber lasst uns jetzt gehen. Ich verschmachte.«

Der Name ›Casanovas chinesisches Restaurant‹ symbolisierte eine jener klar umrissenen Vermischungen disparater Elemente der Fantasie, die auf eine ganz neue Geisteshaltung oder Lebensweise hindeuten. Die Vorstellung, dass Casanova der Namensgeber für ein chinesisches Restaurant war, verband nicht nur den Osten mit dem Westen, die Vergangenheit mit der Gegenwart, sondern legte, auf einer begrenzteren Ebene, durch die ihr innewohnende Widersprüchlichkeit auch den Eindruck nahe, es handele sich hier um ein Lokal, das äußerst angemessen dafür sei, dass wir alle dort an jenem Tag zusammen zu Abend speisten. Wir betraten zwei große Räume, in denen die meisten der Tische besetzt waren. Die Kundschaft, vorwiegend männlich und asiatisch, bestand zum großen Teil aus chinesischen Geschäftsleuten und indischen Studenten. Dazu kamen ein paar Schwarze mit sehr blonden weißen Frauen und einige Gäste, die jenen ethnisch undefinierbaren Rassen angehörten, die Soho bevölkern und sich dort vermischen. Unendlich schwach gestaltete Fresken in verschiedenen

Pastelltönen zierten die Wände. Weiß der Himmel, welchen Tiefpunkt ästhetischer Geschmacklosigkeit sie bei den Gästen voraussetzten. Fast sofort nachdem wir unseren Tisch gefunden hatten, wusste ich, welche der Kellnerinnen Moreland meinte. Sie war hochgewachsen, sehr dünn, blond und blauäugig und trug in diesem Augenblick gerade eine große Anzahl Gläser auf einem Tablett daher. Mit ihrem weißen Spitzenhäubchen und ihrer kleinen weißen Rüschenschürze über einem schwarzen Kleid und schwarzen Baumwollstrümpfen war die junge Frau sicherlich eine auffällige Erscheinung, und die Strenge dieser Uniform und ihre eigene blasse Gesichtsfarbe verlieh ihrem Äußeren in dieser pseudo-orientalischen Umgebung etwas seltsam Exotisches. Ein Hauch kindlicher Unschuld umgab sie, der aber sehr wohl trügerisch sein konnte. Ja, bei näherer Betrachtung hatte sie ein wenig das Aussehen einer sehr teuren, ziemlich bösartigen kleinen Puppe. Morelands Antwort auf Barnbys fast sofort vorgebrachte Bitte, er möge uns »die Frau, derentwegen wir hergekommen sind, zeigen«, bestätigte die Richtigkeit meiner Vermutung. Barnby sah sie mit einem seiner verweilenden, professionellen Blicke an.

»Eher so eine Tussi für alte Männer, was?«, sagte er. »Dennoch, ich versteh, was du meinst. Die Beine sind aber nicht besonders.«

»Du darfst dich nicht auf Beine konzentrieren, wenn du an Kellnerinnen interessiert bist«, sagte Moreland. »Das Gleiche gilt leider auch für Balletttänzerinnen.«

»Sie sieht aus, als könnte sie gut eine Nymphomanin sein«, sagte Maclintick. »Diese hellhäutigen, unschuldig aussehenden Frauen sind es oft. Ich meine, ich hätte das Moreland gegenüber schon erwähnt, als er mich früher mal hierhergebracht hat.«

Maclintick hatte kaum ein Wort gesprochen, seit wir den Mortimer verlassen hatten. Jetzt äußerte er diese Worte in einem Ton tiefen Pessimismus, so als ob er bisher jeden Moment des Abends verabscheut habe. Er mochte Barnby überhaupt nicht und fand dessen Vorliebe für Frauen ebenso peinlich wie Mr. Deacons so absolute Zurückweisung des anderen Geschlechts. Möglicherweise glaubte Maclintick, dass Barnby einen schlechten Einfluss auf Moreland ausübe.

»Es gibt keine Anzeichen dafür, dass sie eine Nympho ist«, sagte Moreland. »Im Gegenteil. Ich hätte gerne etwas Nymphomanie gehabt – zumindest zu Anfang.«

»Was sollen wir essen?«, fragte Barnby. »Ich werde aus dieser Speisekarte nicht klug.«

Maclintick und Barnby bestellten etwas wenig Spektakuläres. Auf Anraten Morelands entschied ich mich für eine der Spezialitäten des Hauses. Morelands Kellnerin kam, um unsere Bestellungen für die Getränke aufzunehmen. Obwohl das Restaurant ziemlich groß war, besaß es keine Lizenz, Alkohol auszuschenken, so dass ein Mitglied des Personals Bier von der gegenüberliegenden Kneipe und Wein von dem Geschäft um die Ecke holen ging. Als sie an unseren Tisch trat, setzte die Kellnerin Moreland gegenüber ein kaltes, förmliches Wiedererkennungslächeln auf, das zwar freizügig seinen Status als Stammgast bestätigte, aber keinerlei Anzeichen einer zärtlicheren Beziehung erkennen ließ. Von nahem betrachtet sah sie aus, so dachte ich, als sei sie beinhart. Ich fühlte mich nicht im Geringsten versucht, in den Wettbewerb einzusteigen. Barnby gaffte sie aufdringlich an. Sie nahm überhaupt keine Notiz von ihm, sondern nahm unsere Bestellungen schweigend entgegen und verschwand.

»Zu dünn für meinen Geschmack«, sagte Barnby. »Ich mag sie lieber mollig.«

»Dieses laszive Gerede entspricht genau dem Ruf des distinguierten venezianischen Gentleman, nach dem dieses Restaurant benannt ist«, sagte Maclintick scharf. »Was für ein Langweiler er gewesen sein muss.«

Er lehnte sich über den Tisch und begann, gleich einem ärgerlichen Specht, seine Pfeife am Rand des großen Schweppes-Aschenbechers auszuklopfen.

»Glaubt ihr, wir wären damals mit Casanova bekannt gewesen?«, fragte ich.

»Aber ganz sicher«, sagte Moreland. »Als junger Mann spielte Casanova Violine – wie Carolo. Casanova spielte in einem Orchester – ich bezweifle, dass es bei ihm für Solokonzerte reichte. Ich kann mir gut vorstellen, wie es für einen Dirigenten gewesen sein muss, der es mit ihm zu tun hatte. Außerdem, er sah sich sehr gern als eine wichtige Persönlichkeit bei der Oper und bei musikalischen Gesellschaften. Man wäre ihm bestimmt begegnet. Wenigstens für mich bin ich mir da ganz sicher.«

»Stell dir vor, du müsstest den unendlichen Geschichten über seine Frauen zuhören«, sagte Maclintick. »Ich hab's nie geschafft, mich durch Casanovas Memoiren zu kämpfen. Warum hält man ihn für einen großen Mann, nur weil er viele Frauen hatte? Die meisten Männer wären vor Langeweile umgekommen.«

»Deshalb war er ja ein großer Mann«, sagte Moreland. »Es war nicht die Anzahl von Frauen, die er hatte, es war die Tatsache, dass es ihn nicht langweilte. Aber es gibt auch endlos viele gute Sachen bei ihm, ganz abgesehen von den Frauen. Erinnert ihr euch, wie er in London jemanden sagen hörte: ›Tommy hat Selbstmord begangen, und das hat er richtig gemacht.‹ Worauf ein anderer entgegnet: ›Im Gegenteil, das war sehr dumm von ihm, denn ich bin einer seiner Gläubiger und weiß, dass er sich für die nächsten sechs Monate nicht hätte umzubringen brauchen.‹«

Barnby und ich lachten über diese Anekdote. Maclintick lächelte nicht einmal. Aber die Geschichte schien ihn doch zu berühren. Er schwieg für einige Augenblicke. Als er dann wieder sprach, tat er es in einem Ton, der sowohl ernsthafter als auch freundlicher war als der, den er sonst an diesem Abend gebraucht hatte.

»Ich finde nichts besonders Lustiges in deren Unterhaltung«, sagte er. »Ich habe vor, mich auch so zu verhalten, wenn die Zeit gekommen ist. Aber ich bin auch der Meinung, dass Tommy ein Idiot war, die zeitlichen Bedingungen falsch einzuschätzen. Das werde ich nicht tun. Ich geb mir, so wie ich das jetzt einschätze, noch wenigstens fünf weitere Jahre. Das sollte genug Zeit sein, um mein Buch zu Ende zu schreiben.«

»Dennoch«, sagte Moreland, »wie entschlossen man selbst auch sein mag, schließlich Selbstmord zu begehen, du musst zugeben, Maclintick, dass solche Gefühle einem Mann von Casanovas *joie de vivre* seltsam vorgekommen sein müssen. Wie auch immer, professionelle Verführer begehen niemals Selbstmord. Sie haben keine Zeit dazu.«

»Das Bemerkenswerte an professionellen Verführern«, sagte Maclintick, der jetzt den nörgelnden Ton in seiner Stimme wieder aufnahm, »ist der Blödsinn, den sie beim Verführen reden. Es gibt kein einziges Klischee, das sie ungesagt lassen.«

»Obwohl sie per definitionem die egoistischsten aller Männer sind«, sagte Moreland, »müssen sie natürlich eine gewisse Anonymität des Stils entwickeln, um sich für alle Frauen akzeptabel zu machen. Es handelt sich hier um den Fall des kleinsten gemeinsamen Faktors – oder ist es der größte gemeinsame Nenner? Wenn du in die höchste Klasse der Verführungskunst aufsteigen möchtest, musst du für die Mehrheit anziehend sein. Da die Mehrheit aber nicht sehr intelligent ist, musst du deine eigene Intelligenz – für den unglücklichen Fall, dass du so was besitzt – verbergen, um die Frauen nicht abzuschrecken. Es liegt unausweichlich etwas Kritisches, etwas Alarmierendes in der persönlichen Eitelkeit, in der Annahme von Intelligenz in deinem Gegenüber. Das gilt fast genauso für den Umgang mit Männern. Also glaubt nicht, ich kritisierte die Frauen. Was ich sagen will, ist, dass jemand wie ich sich auf intelligente Frauen beschränken sollte, die meine guten Seiten erkennen können. Unglücklicherweise ist das selten die Art von Frauen, die ich mag.«

Barnby grunzte. Zweifellos hatte er das Gefühl, ein Teil der Kritik sei auch auf ihn selbst anwendbar.

»Was meinst du denn, was man tun soll?«, fragte er. »Aus ›The Waste Land‹ vorlesen?«

»Keine schlechte Idee«, sagte Moreland.

»Nach meiner Erfahrung«, sagte Barnby, »mögen Frauen das Offensichtliche.«

»Das ist es ja gerade, worüber wir uns beschweren«, sagte Maclintick. »Genau das.«

»›Verführung heißt, zu tun, zu wagen / Banales in banaler Weise sagen‹«, sagte Moreland. »Niemand bestreitet das. Wogegen ich mich wende, ist, dass die Leute immer über Liebesaffären reden, als ob man die ganze Zeit im Bett verbringe. Ich finde, der größte Teil meiner eigenen emotionalen Energie – von der physischen Energie ganz zu schweigen – wird schon allein durch die Anstrengungen, dort hinzugelangen, erschöpft. Probleme von Zeit und Raum, wie gewöhnlich.«

Die Beziehung von Zeit und Raum, damals sehr in Mode, war, wie ich dann erfuhr, ein bevorzugtes Thema Morelands.

»Aber wir sind uns doch schon lange einig, dass die beiden Elemente identisch sind«, sagte Maclintick. »Du kommst jetzt wieder zurück auf ein altes Gebiet – oder ich sollte vielleicht sagen: auf alte Stunden.«

»Für die Zwecke des täglichen Lebens müsst ihr hier differenzieren, nicht wahr?«, sagte Barnby mit Nachdruck. »Es verwundert mich nicht, dass ihr Probleme mit der Verführung zu haben scheint, wenn ihr Zeit und Raum durcheinanderbringt.«

»Ich glaube, man könnte sagen, man sei einer Frau treu in der Zeit, aber untreu im Raum«, sagte Moreland. »Das scheint Ernest Dowson gedacht zu haben im Hinblick auf Cynara – oder ist es genau umgekehrt? Die metaphysische Position ist bei diesem Dichter nicht völlig eindeutig. Da wir gerade von blassen, verlorenen Lilien reden, wie, glaubt ihr, ist es Edgar und Norman mit ihrem Deal ergangen?«

»Denk an Lots Frau«, sagte Maclintick in einem moralisierenden Ton. »Übrigens, wir haben eine Menage auf dem Tisch.

Da sind ja endlich die Getränke, Gott sei Dank. Ihr wisst, dass Alexander Pope meint, jede Frau sei in ihrem Herzen ein Wüstling. Ich wäre bereit zu postulieren, dass jeder Wüstling in seinem Herzen eine Frau ist. Don Juan – Casanova – Byron – die ganze verdammte Mischpoke.«

»Aber Don Juan war überhaupt nicht so wie Casanova«, sagte Moreland. »Die Oper macht das sehr deutlich. Ralph hier verhält sich manchmal wie Casanova. Er ist aber nicht im Geringsten wie Don Juan, nicht wahr, Ralph?«

Ich selbst war mir nicht sicher, ob diese Einschätzung von Barnbys Natur so ganz zutraf; aber wenn schon Unterscheidungen zwischen diesen beiden legendären Verführern gemacht werden mussten, war sie zumindest vertretbar. Barnby selbst ließ nun zunehmend erkennen, dass er über diese Unterhaltung ziemlich verärgert war.

»Also, seht mal«, sagte er, »es wird hier dauernd mit meinem guten Namen in einer äußerst unerwünschten Art herumgespielt. Vielleicht hättet ihr mal die Güte, die Unterschiede zwischen den verschiedenen Persönlichkeiten zu definieren, mit denen ich so freizügig verglichen werde. Das sollte mir präzise gesagt werden. Sonst verhalte ich mich noch in einer Weise, die meinem Charakter widerspricht. Und das wäre doch sehr schlecht.«

»Don Juan liebte nur die Macht«, sagte Moreland. »Er wusste offensichtlich nicht, was Sinnlichkeit ist. Und wenn er es doch wusste, hasste er sie. Casanova dagegen hatte zweifellos seine sinnlichen Augenblicke, obwohl sie sich vielleicht nicht sehr häufig ereigneten. Mit Henriette, zum Beispiel, oder bei den Dreiern mit der Nonne ›M. M.‹. Casanova war natürlich auch an Macht interessiert. Ohne Zweifel endete er schließlich als vollkommener Narziss, als ihm die Liebe natürlich unerträglich wurde, weil sie ihn emotional an ein Gegenüber band. Jeder Narziss verabscheut das. Niemand von uns glaubt, dass Ralph allein Macht will, wo eine Frau im Spiel ist. Dazu haben wir eine viel zu hohe Meinung von dir, Ralph.«

Barnby schien sich durch diese Analyse seines Gefühlslebens nicht geschmeichelt zu fühlen.

»Furchtbar nett, danke auch«, sagte er. »Aber um auf dringendere Dinge zu sprechen zu kommen, was hältst du davon, Hugh, wenn ich die Kellnerin bäte, für mich Modell zu sitzen? Aus Berufsgründen, und nicht aus denen der Macht oder Sinnlichkeit. Natürlich muss sie denken, ich versuchte, etwas mit ihr anzufangen. Aber nichts liegt mir ferner – nein, da kannst du sicher sein, Maclintick. Aber ich nehme nicht an, dass sie einwilligt. Dennoch, man kann's ja mal versuchen. Ich wollte nur sicher gehen, dass du keine Einwände hast. Nur zeigen, wie wenig von einem Casanova ich habe – oder ist es von einem Don Juan?«

»Du musst tun, was du für das Beste hältst«, sagte Moreland lachend, obwohl er vielleicht nicht besonders erfreut war über das, was Barnby ihn gefragt hatte. »Ich habe alle Ansprüche aufgegeben. Ich kann sie mir nicht so ganz in deinem Medium vorstellen, aber das ist natürlich das ureigenste Feld des Malers. Wenn ich überhaupt eine Vorliebe für einen besonderen Stil habe, dann bevorzuge ich den traditionellen, ja platten Naturalismus in der Porträtmalerei. Es ist eine Beschränkung, die ich mit Edgar Deacon teile. Nichts würde ich weniger gerne tun, als mein Girl von André Lhote oder Albert Gleizes malen zu lassen, so sehr ich diese beiden Maler – um ein Wortspiel zu gebrauchen – abstrakt gesehen auch bewundere.«

Dennoch, obwohl er sich bemühte, es nicht zu zeigen, wirkte er ein wenig niedergeschlagen. Wir sprachen nicht weiter über dieses Thema, bis es dann soweit war, dass wir unseren jeweiligen Beitrag zur Rechnung zu leisten hatten. Die Kellnerin erschien wieder. Sie erklärte uns, dass sie es zu einem früheren Zeitpunkt im Verlauf unseres Essens unterlassen habe, das Geld für unsere Getränke zu kassieren, und präsentierte uns nun die endgültige Rechnung. Diese Gelegenheit benutzte jetzt Barnby, um einige scherzhafte Bemerkungen – die allerdings eine Spur schwerfällig waren, wie er später selbst zugab – zu machen, dergestalt, dass sie wohl Geld unter Vorspiegelung falscher Tatsachen von uns verlange. Die Kellnerin nahm diese Bemerkungen gutgelaunt hin und, ihre bisherige Reserviertheit aufgebend, erwiderte, sie habe den Betrag nicht schon früher erhoben, weil sie sich, nachdem sie einen Blick auf Barnby geworfen habe, sicher gewesen sei, er werde bestimmt noch weitere Getränkebestellungen aufgeben. Deshalb habe sie sich entschlossen zu warten, bis die endgültige Rechnung feststand. Barnby hörte sich diese Erklärung mit ernster Miene an und machte keinen Versuch, auf die Unterstellung, er habe das Aussehen eines Trinkers, in dem forsch-fröhlichen Ton zu antworten, den er einige Sekunden zuvor angenommen hatte. Er sprach erst, als die Frau gerade im Begriff war sich zu entfernen.

»Sehen Sie«, sagte er, »ich bin Maler – ich male Bilder von Leuten.«

Sie sah ihn nicht an und antwortete auch nicht, aber sie hörte auf zu kichern und machte keine Anstalten mehr, von unserem Tisch wegzugehen.

»Ich würde Sie gerne malen.«

Sie sprach immer noch nicht. Ihr Gesichtsausdruck änderte sich fast unmerklich und verriet etwas, was man vielleicht als Verlegenheit, vielleicht aber auch als Verschlagenheit hätte deuten können.

»Könnten Sie einmal zu mir kommen und sich von mir malen lassen?«

Barnby stellte diese Frage in einem ruhigen, fast übertrieben sanften Ton, einem Ton, den ich bei ihm zuvor noch nie gehört hatte.

»Ich weiß nicht, ob ich Zeit habe«, sagte sie sehr kühl.

»Wie wär's an einem Wochenende?«

»Sonntag kann ich nicht, da muss ich hier sein.«

»Dann Samstag?«

»Samstag passt es auch nicht.«

»Sie können doch nicht die ganze Woche arbeiten müssen.«

»Ich könnte es an einem Donnerstag einrichten.«

»Gut, lassen Sie uns also einen Donnerstag festlegen.«

Es entstand eine Pause. Maclintick, unfähig, Anblick und Ton dieser Verhandlungen zu ertragen, hatte sein Notizbuch aus seiner Tasche geholt und war in die Überprüfung seiner eigenen Angelegenheiten vertieft – machte vielleicht Pläne für die Zukunft oder schrieb große Gedanken nieder oder komponierte gar Musik. Moreland, unfähig, sein Unbehagen über das zu verbergen, was sich gerade abspielte, begann ein Gespräch mit mir, in dem er seine Theorien über Zeit und Raum weiterentwickelte.

»Wie wär's mit dem nächsten Donnerstag?«, fragte Barnby in seinem schmeichlerischsten Tonfall.

»Ich weiß nicht.«

»Sagen Sie, Sie kommen.«

»Ich weiß nicht.«

»Bitte, kommen Sie.«

»Also gut.«

Barnby langte nach vorn und nahm Maclintick, nicht ohne dessen Protest, den Bleistift aus der Hand und schrieb etwas auf die Rückseite eines Briefumschlags. Ich vermute, es war nur die Adresse seines Studios, aber Maler formen die einzelnen Buchstaben ihrer Handschrift so sorgfältig, so separat, dass es schien, er sei dabei, ein Bild nur für sie zu zeichnen.

»Es ist über einem Geschäft«, sagte Barnby.

Plötzlich zerknüllte er den Umschlag.

»Ich überlege gerade«, sagte er, »ich würde Sie lieber hier abholen, wenn Ihnen das recht ist.«

»Wie Sie wollen.«

Sie sagte das in einem gleichgültigen Ton, so als ob die ganze Sache lange vorher verabredet worden sei und sie schon seit Jahren miteinander gingen.

»Wann etwa?«

Sie sagte es ihm. Die beiden regelten noch einige Einzelheiten. Dann lächelten sie einander zu – wieder ohne die geringste Andeutung von Überraschung oder Erregtheit, so als stünden sie schon lange auf vertrautem Fuß miteinander –, und die Kellnerin verließ unseren Tisch. Barnby gab Maclintick den Bleistiftstummel zurück. Wir verließen das Restaurant.

»Wie Glendower, Barnby«, sagte Maclintick, »rufst du ›die Geister aus der wüsten Tiefe‹, und mit Hotspur frage ich dich: ›Doch kommen sie, wenn du nach ihnen rufst?‹«

»Das bleibt abzuwarten«, sagte Barnby. »Übrigens, wie heißt sie eigentlich? Ich hab ganz vergessen, sie zu fragen.«

»Norma«, sagte Moreland ohne einen Ton des Bedauerns in seiner Stimme.

Um die Geschichte abzuschließen: Barnby, der seine persönlichen Beziehungen oft im Vagen ließ, erzählte mir, dass er, weil er sich zeitlich verschätzt hatte, an dem vereinbarten Tag eine Dreiviertelstunde zu spät zu der Verabredung kam. Die Frau wartete immer noch auf ihn. Sie kam mit ihm zu seinem Studio, wo er ein Bild von ihr zu malen begann. In der Folgezeit vollendete er mindestens ein Ölgemälde und mehrere Zeichnungen. Er verkaufte das Gemälde, das in seinem strengeren Stil gemalt war, an Sir Magnus Donners. Sir Herbert Manasch kaufte eine der Zeichnungen, die naturalistischer gehalten waren. Wie man hätte voraussagen können, hatte Barnby schließlich so was wie eine Liebesaffäre mit seinem Modell. Obwohl er immer darauf bestand, dass sie nicht sein Typ sei, hatten sich die Dinge schließlich so ergeben, als an einem Gewitternachmittag ein bedeckter Himmel das Malen unmöglich gemacht hatte. Norma verließ das Casanova bald nach dieser Episode. Sie nahm einen Job an, der dazu führte, dass sie einen Mann heiratete, der ein Tabakgeschäft in Camden Town unterhielt. Sie war nicht gekränkt, als Barnby die Affäre mit ihr beendete. Es war eine seiner Gaben, mit seinen ehemaligen Geliebten weiterhin ein freundschaftliches Verhältnis zu pflegen. Ja, nachdem sie geheiratet hatten, besuchte er gelegentlich auch Norma und ihren Mann (der ihm manchmal Tipps zu Pferderennen gab). Durch sie fand er ein Studio in diesem Teil Londons. Möglicherweise war er sogar der Taufpate eines ihrer Kinder.

All das ist nur nebensächlich. Ich habe solchen Nachdruck auf die Umstände dieser Verabredung im Casanova gelegt, um die Aufmerksamkeit auf die extreme Leichtigkeit zu lenken, mit der Barnby seine Kampagne einleitete. Jeder, der hörte, wie die Sache zustande kam, hätte annehmen können, dass Norma einen großen Teil ihres bisherigen Lebens als Künstlermodell verbracht hatte, dass für Sitzungen engagiert zu werden für sie eine bloße Routinesache war, deren Regularien allein durch das bestimmt wurden, was sie für sich selbst als unmittelbar nützlich und angenehm erachtete. Vielleicht verhielt es sich so. In diesem Fall bewies Barnby kaum eine geringere Meisterschaft in der Beherrschung der Situation, denn er schätzte das Potential, das sie in dieser Rolle bot, sofort richtig ein.

»Natürlich, Ralph ist ein Maler«, sagte Moreland später. »Er hat ein Studio. Zeit, Raum und ein respektables Motiv – all das steht ihm zur Verfügung. Keines dieser Dinge ist zu verachten, wenn es um Frauen geht.«

»Zeit und Raum, wie gewöhnlich.«

»Zeit und Raum«, sagte Moreland.

Diese Episode veranschaulichte nicht nur Barnbys Geschicklichkeit auf diesem Gebiet, sondern gleichzeitig auch Morelands Schüchternheit – eine Schüchternheit, auf die zweifellos jene Mischung aus Geheimnistuerei und Exhibitionismus teilweise zurückzuführen war, die er bei seinen Liebesaffären gerne an den Tag legte. Mit Exhibitionismus meine ich, in Morelands Fall, nichts anderes als seine Neigung, von Zeit zu Zeit indirekt auf eine geheimgehaltene Liebe anzuspielen, die von ihm Besitz ergriffen hatte. So vermutete ich, dass diese Gewohnheit auch die Erklärung dafür lieferte, dass er, fünf oder sechs Jahre nach dem Beginn unserer Freundschaft, auf die Ehe zu sprechen kam, nachdem wir gemeinsam dem Lied der blonden Sängerin gelauscht hatten; besonders, als er sich dann weigerte, die Frau – oder die drei Frauen – zu benennen, die er sich vielleicht als Ehefrau vorstellen könnte. Es war deshalb eine große Überraschung für mich, dass sich seine Worte als ernst gemeint erwiesen. Allerdings war mir zunächst nicht bewusst, wie ernst gemeint sie in der Tat waren, auch nicht, als mir einige Wochen später mehr über die Frau selbst bekannt wurde.

Eines Tages schlug er vor, wir sollten uns zusammen »The Duchess of Malfi« ansehen, das gerade in einem kleinen, etwas abseits von dem normalen Schauspielbetrieb gelegenen Theater aufgeführt wurde – eine jener Veranstaltungen, die durch die Einführung einiger neuer Gesichter und Effekte versuchen, zeitweilig die Langeweile theatralischer Routine zu zerstreuen.

»Webster ist immer schon einer meiner Lieblingsdramatiker gewesen«, sagte Moreland. »Norman Chandler hat für den Moment Tanz und Saxofon aufgegeben und spielt jetzt den Bosola.«

»Das ist sicher sehr vergnüglich. Hat er denn das nötige Gewicht?«

Chandler hatte seit dem Tag, an dem ich ihm zum ersten Mal im Mortimer begegnet war, als Mr. Deacon so schalkhaft darüber gesprochen hatte, wie es wegen eines vegetarischen Urlaubs zur Freundschaft mit ihm gekommen sei, einen weiten Weg zurückgelegt. Er hatte sich inzwischen einen gewissen Namen gemacht – nicht nur als Tänzer, auch als Schauspieler; nicht als Hauptdarsteller, sondern dadurch, dass er sich auf kleinere, ungewöhnliche Rollen spezialisiert hatte, die seinem ausgefeilten, aber immer betont persönlichen Stil entgegenkamen. Ich traf ihn hin und wieder bei Moreland, dessen Leidenschaft für mechanische Klaviere er teilte. Die beiden suchten ganz London nach dieser Art von Musik ab.

»Zufälligerweise kenne ich auch die Geliebte des Kardinals«, sagte Moreland leichthin.

Diese Bemerkung rief plötzlich wieder meine Erinnerung an das wach, was mir einige Tage zuvor jemand über die Besetzung genau dieses Stückes gesagt hatte.

»Aber war sie nicht auch die Geliebte von Sir Magnus Donners? Ich hab davon gehört. Es ist Matilda Wilson, nicht wahr, die diese Rolle spielt – die *jolie laide*, mit der Donners vor zwei oder drei Jahren häufig gesehen wurde? Ich wollte sie mir immer schon mal ansehen.«

Moreland wurde scharlachrot. Ich erkannte, dass ich einen kolossalen Mangel an Takt bewiesen hatte. Es musste sich um *die* Frau handeln. Ich sah nun, warum er fast zaghaft davon gesprochen hatte, in das Stück zu gehen, so als ob er sich für den Besuch einer der Tragödien Websters entschuldigen müsse, obwohl ich doch wusste, wie sehr er die elisabethanischen Dramatiker liebte. Als er den Vorschlag machte, wir sollten uns das Stück zusammen ansehen, hatte ich keinen Hintergedanken vermutet. Jetzt aber sah es so aus, als ob etwas Besonderes bevorstünde.

»Sie war eine Zeitlang mit Donners zusammen«, sagte er. »Das stimmt. Aber das ist jetzt mehrere Jahre her. Ich dachte, wir könnten nach der Vorstellung noch zu ihr gehen. Dann könnten wir etwas trinken – sogar essen, wenn uns danach ist, im Café Royal oder sonst wo.«

In einem bestimmten Stadium eines Liebesverhältnisses einen Freund mit einzubeziehen ist eine Technik, die einige Männer gerne anwenden. Es ist eine Methode, die sozusagen die emotionale Druckfläche verbreitert und das Risiko eines Konflikts zwischen den beiden Liebenden selbst verringert, obwohl sie gleichzeitig durch die eigentlich unpassende Nähe einer dritten Partei, die ja unbelastet von emotionaler Verantwortung ist und deshalb fast immer in besserem Licht erscheint als der Liebhaber selbst, eine gewisse Gefahr in sich birgt. Enge Freunde verlieben sich im wirklichen Leben wahrscheinlich weniger häufig in dieselbe Frau, als das in Büchern beschrieben wird, doch der weibliche Nachahmungsdrang fixiert die Frau manchmal auf den Freund ihres Mannes oder Liebhabers – allein aus dem Verlangen zu zeigen, dass sie auf dem gleichen Gebiet noch erfolgreicher sein kann als ihr Partner. Moreland und ich waren uns einig, dass wir im Prinzip den gleichen Frauentyp mochten. Aber solange ich ihn kannte, sind wir kein einziges Mal Rivalen gewesen.

Die Neuigkeit, dass er ein Verhältnis mit Matilda Wilson hatte, vielleicht sogar daran dachte, sie zu heiraten – denn in diese Richtung schienen sich die Dinge zu entwickeln –, kam in vielerlei Hinsicht überraschend. Ich war der Frau selbst noch nie begegnet, hatte jedoch häufig von ihr reden gehört während ihres Zwischenspiels mit Sir Magnus, einem Mann, über den sehr viel geklatscht wurde, und zwar nicht nur weil er sehr reich war, sondern auch wegen seiner angeblich unkonventionellen Neigungen beim Liebesspiel. Man sagte, Sir Magnus sei einigermaßen großzügig gegenüber seinen Geliebten und lasse ihnen, vorausgesetzt, ihm wurden von Zeit zu Zeit gewisse Wünsche erfüllt, ziemlich viele Freiräume. Es war charakteristisch dafür, in welche Situationen Menschen durch die Liebe gebracht werden können, dass jemand, der so sensibel für die grotesken Seiten des Lebens war wie Moreland, sich nun in eine solch delikate Beziehung verwickelt sah, die vielleicht sogar auf die Ehe zustrebte. Als wir das Theater betraten, stießen wir auf Mark Members, der im Foyer wartete. Members war ein Mensch, der instinktiv spüren würde, dass Moreland an Matilda Wilson interessiert war, und von dem man erwarten konnte, dass er, um Moreland, mit dem er immer ein wenig auf Kriegsfuß stand, eins auszuwischen, auf ihre Vergangenheit mit Sir Magnus anspielen würde. Dieses Thema kam jedoch nicht zur Sprache. Members hatte soeben vor einem großen Spiegel seinen Binder geradegezogen. Jetzt sah er sich verächtlich um.

»Welch ein schäbiger Haufen von Intellektuellen sich heute Abend hier eingefunden hat«, sagte er, als er uns sah. »Man schämt sich ja, auch einer zu sein.«

»Niemand würde dich für einen solchen halten, Mark«, sagte Moreland. »Nicht in diesem feschen neuen Anzug. Sie glauben eher, du seist der Leiter einer Sparkassenfiliale oder der Schadensgutachter einer Versicherung.«

Members lachte sein schepperndes Lachen.

»Wie geht's der guten Musik?«, fragte er. »Und wie steht's

mit deinen blassen, ach, und blechern' Weisen, Moreland? Wann erscheint denn deine Oper, von der man so viel hört?«

»Ich hab die Arbeit an der Oper für den Augenblick unterbrochen«, sagte Moreland. »Ich konzentriere mich jetzt auf etwas weniger Anspruchsvolles; es wird, glaube ich, eher Musikliebhabern deines Gemüts gefallen. Es hat den Titel ›Musik für eine Maison de Passe: Eine Suite‹.«

Wir gingen zu Gossage hinüber; er stand etwas weiter weg, neben dem Vorhang, der das Foyer von dem zum Zuschauerraum führenden Gang abtrennte. Gossage sprach gerade in einer äußerst respektvollen Haltung mit einer Dame, die für diese Art von Veranstaltung viel zu elegant gekleidet war, denn das Publikum an diesem Abend machte, wie Members zu Recht angemerkt hatte, einen ausgesprochen ungepflegten Eindruck. Ich erkannte diese zierliche Dame sofort wieder. Es war Mrs. Foxe, die Mutter meines alten Freundes Charles Stringham. Ich hatte Stringham nicht mehr gesehen seit dem Abend, an dem Widmerpool und ich ihn ins Bett gebracht hatten, nachdem er bei einem Ehemaligentreffen unserer Schule zu viel getrunken hatte. Mrs. Foxe selbst war ich seit zehn Jahren nicht mehr begegnet, seit dem Tag, an dem sie und Korvettenkapitän Foxe zusammen mit Stringham in dessen Räumen im College zu Mittag gegessen und besprochen hatten, ob er ohne Examen von der Universität abgehen solle.

Mrs. Foxe hatte sich überhaupt nicht verändert. Damals, als Frau am Anfang ihrer mittleren Lebensjahre, war sie eine große Schönheit gewesen; und die Zeit hatte ihr bis jetzt nichts anhaben können. Sie wurde von einem siebzehn- oder achtzehnjährigen Mädchen und zwei jungen Männern, die wie Studenten aussahen, begleitet. Offensichtlich war sie die Gastgeberin dieser Gruppe, die ich für Verwandte hielt – möglicherweise Verbindungen ihres ersten Ehemannes, Lord Warminster, oder ihres dritten Mannes, Buster Foxe. Stringham, Kind aus der dazwischenliegenden Ehe dieser südafrikanischen Millionärstochter, hatte immer damit geprahlt, keine Verwandten zu haben; also waren sie wahrscheinlich nicht seine Cousine beziehungsweise seine Cousins. Gossage, der jetzt Mrs. Foxe mit einem breiten Lächeln und vielen Verbeugungen verließ, nickte, während er an uns vorbeieilte, Moreland mit einem Ausdruck sichtlicher Befriedigung kurz zu. Als wir unsere Plätze einnahmen, sah ich, dass Mrs. Foxe und ihre Begleitung ziemlich weit entfernt von uns saßen. Da ich kaum annahm, dass sie sich noch an mich erinnern würde, beschloss ich, sie während des Entreakts nicht anzusprechen. Zudem, es gab zwischen ihr und mir kaum Gemeinsamkeiten – außer Stringham, natürlich, von dem ich damals allerdings nichts wusste, außer dass seine Ehe in die Brüche gegangen war und er immer noch zu viel trank. Er hatte ganz sicher an dem Abend eine Menge getrunken, als Widmerpool und ich ihn zu Bett gebracht hatten. Es gab noch einen anderen Grund, warum ich nicht zu Mrs. Foxe hinübergehen wollte: Ich hatte damals ein Stadium in meinem Leben erreicht, in dem ich der Meinung war, dass es ›langweilig‹ sein würde, auch nur einen Augenblick mit Leuten dieser Art zu verbringen. Solche Dinge hatte ich jetzt hinter mir gelassen. Vielleicht würde ich zu einem späteren Zeitpunkt wieder zu ihnen zurückkehren, aber gegenwärtig war ich sehr stolz darauf, dass ich nun Formen gesellschaftlichen Zusammenlebens bevorzugte, bei denen ein Frack nicht getragen wurde. Ich war sogar froh darüber, wie unwahrscheinlich es war, dass sie mich zufälligerweise wiedererkennen würde.

Julia, die Geliebte des Kardinals in »The Duchess of Malfi« kommt nicht vor der vierten Szene des zweiten Aktes auf die Bühne. Bis zu diesem Moment fühlte Moreland sich unbehaglich. Er zappelte auf seinem Sitz herum und atmete tief ein und aus – was er immer tat, wenn er innerlich beunruhigt war. Gleichzeitig bekundete er großes Vergnügen an Norman Chandlers Reden als Bosola zu Anfang des Stückes. Chandler verlieh dieser heimtückischen Figur eine unerwartete Solidität. Seine zierliche Gestalt und der allgemeine Eindruck, dass er eher ein Tänzer als ein Schauspieler sei, hatten weder Moreland noch mich selbst auf die Interpretation vorbereitet, die er von »diesem Schurken, verurteilt zu sieben Jahren Galeere wegen berüchtigten Mordes«, bot.

»Glaubst du, Norman hat an dem Abend, als er mit Edgar Deacon um die Statuette feilschte, so wie Bosola gesprochen?«, flüsterte Moreland. »Wenn ja, hat er sicher die Oberhand gewonnen. Hab ich dir je erzählt, dass er noch kein Geld bekommen hatte, als Edgar starb? Also sprang Norman schnell rüber zu dem Geschäft und nahm das Ding wieder an sich. Das war ganz nach der Art Bosolas.«

Als schließlich Matilda Wilson als Julia erschien, nahm Morelands Gesicht den Ausdruck großer Intensität, ja Anstrengung an, eher der Sorge als der Liebe. Ich hatte die Gelegenheit, sie kennenzulernen, mit dem Interesse entgegengesehen, das man fühlt, wenn man einer Frau zum ersten Mal begegnet, die ein enger Freund zu heiraten beabsichtigt; denn nach der Art, wie er den Abend geplant hatte, war ich mir jetzt sicher, dass Matilda die Frau sein musste, die Moreland gemeint hatte, als er davon sprach, sich eine Frau nehmen zu wollen. Als sie zuerst ins Rampenlicht trat, war ich enttäuscht. Ich habe kein Talent darin, abschätzen zu können, wie eine Schauspielerin außerhalb des Theaters aussehen mag, doch selbst wenn man zugestand, dass ihr Äußeres sich nach dem Entfernen des Make-ups und dem Wechsel des steifen, eckigen Kleides, in dem sie diese Rolle spielte, stark verändern würde, schien es ihr doch völlig an konventioneller Hübschheit zu mangeln. Ein paar Minuten später aber begann sich meine Meinung zu ändern. Sie war augenscheinlich eine kraftvolle, enigmatische Persönlichkeit. Sie hatte nichts von dem Filmstar-Aussehen der Kellnerin im Casanova, aber irgendetwas, eine dieser Ähnlichkeiten, die unmöglich in Worte zu fassen sind, erinnerte mich jetzt an jenen Abend. Aber abgesehen davon und auch abgesehen von der Wirkkraft ihrer getragenen, klaren Stimme und ihrem höhnischen Tonfall, war sie keine sehr ›vollendete‹ Schauspielerin. Ich merkte einige Male, wie Moreland zu mir herüberblickte, so als hoffe er herauszufinden, was ich über sie dachte; aber er stellte keine Fragen und gab auch keinen Kommentar ab, als der Vorhang fiel. Einmal zitterte er leicht, als sie auf Bosolas Worte »So kenn mich denn, ich bin ein grob' Soldat«, antwortete: »Besser noch, denn sicher fehlt's an Feuer dort, wo's auch der Rauheit lebhaft' Funken mangelt.«

Als das Stück zu Ende war, gingen wir zum Bühneneingang und drangen in Regionen vor, in denen die bei Theatergarderoben übliche Beengtheit ganz ungewöhnliche Formen angenommen hatte. Eine Zeitlang wanderten wir durch schmale Korridore voll von geschmeidigen jungen Männern, die das Maskenspiel der Irren getanzt hatten und sich nun anzogen, auszogen, wuschen, plauderten, ihre eigenen kleinen lauten Spielchen spielten und allgemein den Eindruck vermittelten, die Handlung des Stückes nehme weiter ihren Lauf, obwohl der Vorhang längst gefallen war. Schließlich fanden wir Matilda Wilsons Garderobe. Sie hatte fast nichts an und war gerade dabei, ihr Make-up zu entfernen, während Norman Chandler in einem malvenfarbigen Morgenmantel aus Brokatimitat auf einem Schemel neben ihr saß und ein Buch las. Ich fühle mich immer leicht unsicher hinter der Bühne, und auch Moreland, der doch inzwischen eine solche Umgebung bestimmt gewohnt sein musste, wirkte sichtlich beunruhigt angesichts der Aufgabe, sein ›Mädchen‹ zum ersten Mal zur Schau stellen zu müssen. Er hätte sich keine Sorge zu machen brauchen. Matilda war völlig entspannt. Jetzt, da sie nicht mehr auf der Bühne stand, sah ich sofort, wie mühelos ihre Eroberung Morelands gewesen sein musste. Es ist wahr, er hatte eine gewisse Vorliebe für eine eher konventionelle Art von Hübschheit, und die galt es, zu Gunsten einer weniger offensichtlichen Schönheit zu überwinden; in anderer Hinsicht jedoch schien Matilda alles zu besitzen, was er von einer Frau erwartete, aber nie finden konnte. Barnby tat das Vorhandensein von Intelligenz bei einer Frau immer ab als nichts anderes als eine Eigenschaft, die eben ertragen werden müsse. Moreland war da ganz anderer Ansicht.

»Ich will nicht das, was Rembrandt oder Cézanne oder Barnby oder irgendein anderer Maler vielleicht wollen mag«, pflegte er zu sagen. »Ich halte einfach nur an meinen eigenen Präferenzen fest. Ich weiß nicht, was gut ist, aber ich weiß, was ich mag – jedenfalls nicht diesen dauernden intellektuellen Snobismus über fette Bauersfrauen oder das technische Gerede über Massen und Flächen. Es ist so, Maler müssen sich von Berufs wegen mit den bildlichen Aspekten des ewig Weiblichen auseinandersetzen – etwas, das völlig irrelevant ist für Musiker wie mich. Bei Frauen kann ich es mir erlauben, das Chiaroscuro auszuschließen. Den Typ von Frau zu wählen, den man mag, ist so ziemlich das Letzte, das subjektiv anzugehen einem noch erlaubt ist. Ich werde mir weiter diese Option offenhalten.«

Sobald Matilda Wilson Moreland sah, sprang sie von ihrem Schemel auf. Sie warf ihre Arme um seinen Hals und küsste ihn auf die Nase. Wenn eine Frau als eine *jolie laide* bezeichnet wird, drängen sich einem irgendwie sofort bestimmte Kombinationen besonderer äußerer Merkmale auf: Man erwartet, dass die Frau brünett ist, eher klein als groß, mit einem Gesicht, in dem Augenbrauen und Mund besonders hervorstechen, Gesichtszüge also, die allzu sehr dominieren würden, wenn die Augen nicht am Ende doch die allgemeine Wirkung bestimmten – das heißt, es handelt sich um einen Frauentyp, der auch als *beauté de singe* bekannt ist. Matilda Wilson war überhaupt nicht so. Außerhalb der Bühne war sie größer und dünner, als ich angenommen hatte. Sie hatte dunkelblondes Haar und große, ein wenig schläfrige grüne Augen. Die obere Hälfte ihres Gesichts war sehr hübsch, die untere kraftvoll, sogar ein wenig grob geschnitten. Man hatte das Gefühl, ihre körperliche Schönheit sei in gewissem Maße die Folge ihrer Selbstkontrolle, und dass eine weniger intelligente Frau ihren Körper nicht mit der gleichen Effektivität ›gemanagt‹ hätte.

»O Liebling«, sagte sie mit einer Stimme, die sofort an ihr Zwischenspiel in der Welt des Sir Magnus Donners denken ließ. »Ich bin so froh, dass du endlich gekommen bist. Verschiedene schreckliche Männer haben schon versucht, mich dazu zu bringen, mit ihnen auszugehen. Aber ich habe ihnen gesagt, du würdest mich abholen. Ich hoffte, du würdest es nicht wieder vergessen wie letzte Woche.«

»Ach, letzte Woche«, sagte Moreland. Er wirkte fürchterlich niedergeschlagen und machte eine charakteristische Geste mit seiner Hand, so als ob er anfangen wolle zu dirigieren. »Dieses Durcheinander war äußerst idiotisch von mir. Kannst du mir je verzeihen, Matty? Es hat mich so geärgert. Bitte, erlass es mir, weiter darüber zu sprechen. Ich bin so hoffnungslos vergesslich.«

Er sah wild um sich, so als erwarte er, eine Erklärung für die Ursache seines schlechten Gedächtnisses sei in den entferntesten Winkeln der Garderobe zu finden. Schließlich wandte er sich hilfesuchend an mich.

»Nick, findest du es heutzutage nicht auch absolut unmöglich, sich an irgendetwas zu erinnern?«, begann er. »Weißt du, ich war neulich im Mortimer…«

Bis zu diesem Moment hatte er keinen Versuch unternommen, mich Matilda Wilson vorzustellen, obwohl sie ohne Zweifel vorgewarnt war, dass ich mich nach der Vorstellung wahrscheinlich zu ihnen gesellen würde. Er wäre jetzt sicherlich in eine lange Aufzählung seiner Erinnerungen an dieses und jenes verfallen, das ihm im Mortimer passiert war, wenn sie nicht in Lachen ausgebrochen wäre und ihn wieder geküsst hätte, diesmal auf ein Ohr. Noch lachend streckte sie mir ihre Hand entgegen, und Moreland, jetzt ganz rot im Gesicht, bestand darauf, dass die Förmlichkeiten gegenseitiger Vorstellungen nun einer vergangenen Zeit angehörten. Inzwischen hatte Norman Chandler das Kapitel beendet, ohne die geringste Notiz von dem zu nehmen, was um ihn herum geschah. Jetzt legte er ein Lesezeichen in sein Buch (Es war, wie ich sah, Wyndham Lewis' »Time and Western Man«), stand auf und schlang dabei seinen sich aufbauschenden, viel zu großen Morgenmantel eng um sich.

»Verschiedene schreckliche Männer?«, sagte er in dem Ton früher Melodramen. »Was meinst du denn damit, Matilda? Ich hab dir angeboten, mit mir und Max essen zu gehen, falls dein Freund nicht kommen würde. Das war nur, weil du sagtest, er sei so vergesslich und denke vielleicht, er hätte sich für übermorgen mit dir verabredet. Eine solche Undankbarkeit hab ich doch noch nie erlebt!«

Matilda legte ihren Arm um Chandlers Taille und versuchte, sein Haar mit ihrer Bürste glattzustreichen.

»Ach, dich hab ich doch gar nicht gemeint, Liebling, natürlich nicht«, sagte sie. »Ich nenne dich doch nicht einen Mann. Ich liebe dich viel zu sehr. Ich meinte einen schrecklichen Mann, der angerufen hat – und dann einen anderen schrecklichen Mann, der eine Nachricht hier abgegeben hat. Wie könnte irgendjemand dich schrecklich nennen, Norman, Liebling?«

»Ach, das weiß ich nicht so recht«, sagte Chandler, der jetzt den bewusst sinistren, maskulinen Ton Bosolas aufgab und wieder seine vertrautere, gedehnte Chorknaben-Intonation annahm. »Ich werde nicht immer so sehr bewundert, wie du, nach meinem Aussehen schließend, vielleicht annimmst. Ich weiß auch nicht so ganz, warum das so ist.«

Er legte den Kopf auf die Seite und einen Zeigefinger an die Wange und verwandelte sich in eine Figur in einem Ballett, vielleicht in den Faun in »L'Après-midi«.

»Von mir wirst du sehr bewundert«, sagte Matilda, küsste ihn zweimal und warf dann die Haarbürste auf den Frisiertisch. »Aber ich muss mir jetzt wirklich etwas anziehen.«

Chandler löste sich von ihr und führte, obwohl nur wenig Platz war für diese Entrechats, eine Reihe von Luftsprüngen aus. Er wirbelte mehrere Male herum und ließ sich schließlich auf seinen Schemel fallen.

»Bravo, bravo«, sagte Matilda und klatschte in die Hände. »Du wirst noch Nijinsky Konkurrenz machen, Norman, mein Süßer.«

»Sei vorsichtig«, sagte Chandler, »dein Freund wird eifersüchtig werden. Ich seh schon, wie er langsam in Wut gerät. Er kann sehr gewalttätig sein, wenn er zornig ist.«

Moreland hatte dieser Demonstration guter Laune mit Vergnügen zugesehen. Nur bei der Erwähnung der anderen Männer, die mit Matilda ausgehen wollten, hatte sich sein Gesicht verdunkelt. Chandler hatte das möglicherweise bemerkt. Weit davon entfernt, auf Chandler eifersüchtig zu sein, was unter diesen Umständen auch wirklich absurd gewesen wäre, schien Moreland diese Albereien eher als etwas zu begrüßen, das die Spannungen zwischen ihm und Matilda abbaute. Er wurde sichtlich gelöster. Paradoxerweise geschah dann einen Augenblick später etwas, das ganz offensichtlich Chandlers Status als Liebling der Frauen Tribut zollte – wie wenig auch immer Moreland und die übrige Welt von ihm in dieser Rolle hielten.

»Ich mach jetzt ganz schnell«, sagte Matilda, »und dann gehen wir. Ich sterbe vor Hunger.«

Sie zog sich hinter einen kleinen Paravent zurück, der allerdings dazu gedacht schien, die dramatische Wirkung ihrer Toilette eher zu erhöhen als zu vermindern, denn er vermochte ihren langen, angularen Körper kaum zu verbergen; außerdem kam sie immer wieder hinter ihm hervor, um ihr gehörende Kleidungsstücke zu retten, die überall im Raum herumlagen. Die Szene ähnelte ein wenig jenen in französischen Stichen des achtzehnten Jahrhunderts, in denen sich die Schicklichkeit in der Gegenwart von ein oder zwei liebeshungrigen Abbés schalkhaft bedroht sieht. Gepudertes Haar hätte Matilda gestanden, dachte ich; Moreland vielleicht auch. Die statische Form dieses Bildes wurde jedoch bald gestört durch laute Unruhe auf dem Korridor, die Chandler dazu veranlasste, zu der halboffenen Tür hinüberzuschlendern. Einige Leute gingen vorbei, die ihn erkannt haben mussten, denn er sagte plötzlich: »Ach, hallo, Mrs. Foxe«, in einem Ton, der völlig verschieden war von dem, den er einen Augenblick vorher benutzt hatte. Es war ein freundlicher, zugleich aber auch leicht ehrerbietiger, vielleicht sogar etwas verlegener Ton. Man hatte sofort den Eindruck, dass Chandler sich von seiner besten Seite zeigen wollte.

»Wir haben nach Ihnen gesucht«, sagte eine Frauenstimme in einem fast bittenden Ton, in dem aber auch eine gebieterische Note mitschwang. »Wir dachten, Sie hätten nichts dagegen, wenn wir hinter die Bühne kämen, um Sie zu treffen. Es ist ein solches Abenteuer für uns, wissen Sie. Ja, wir haben uns sogar gefragt, ob vielleicht die Chance bestünde, Sie zu überreden, mit uns zu soupieren.«

Man konnte die Leute auf dem Korridor nicht sehen, aber es handelte sich ohne Zweifel um Stringhams Mutter. Sie stellte Chandler ihrer Begleitung vor, aber die Namen waren nicht zu verstehen.

»Es wäre so nett, wenn Sie mitkommen könnten«, sagte sie, jetzt ziemlich unterwürfig. »Ihre Darbietung war einfach wundervoll. Wir waren ganz hingerissen.«

Chandler hatte jetzt die Garderobe verlassen und war ein Stück in den Korridor hineingegangen, aber man konnte seine Stimme immer noch verstehen.

»Das ist furchtbar reizend von Ihnen, Mrs. Foxe«, sagte er etwas zögerlich. »Und es wäre auch wirklich ganz zauberhaft. Aber ich bin heute Abend leider bereits mit einer Person verabredet, mit der ich schon lange eng befreundet bin.«

Er schien unentschlossen, ob er die Einladung annehmen sollte oder nicht, und hatte plötzlich all die Lebhaftigkeit verloren, die ihn ein paar Minuten zuvor in der Garderobe noch ausgezeichnet hatte. Moreland und Matilda hatten aufgehört zu reden und hörten jetzt auch zu – offensichtlich mit großem Vergnügen über das, was da draußen vor sich ging.

»Ach, aber wenn er ein alter Freund ist«, sagte Mrs. Foxe, die nicht die geringsten Zweifel daran zu haben schien, welchen Geschlechts Chandlers Gefährte an diesem Abend war, »dann könnte er sich uns doch sicher anschließen. Das wäre so nett. Wie heißt er denn?«

Obwohl sie fast darum bettelte, dass Chandler ihre Einladung annahm, lag auch der herrische Ton der Schönheit, die sie in ihren jüngeren Jahren gewesen war, in ihrer Stimme, der Ton der reichen Frau, die alle Welt kennt und die es gewohnt ist, dass man ihr gehorcht.

»Max Pilgrim.«

Chandlers Stimme verriet, nicht weniger als die von Mrs. Foxe, einander widersprechende Gefühle: Dankbarkeit dafür, dass sie so erpicht darauf war, ihn als ihren Gast zu haben; Respekt – trotz seiner sonstigen Auffassungen – vor der Aura des Luxus und des Reichtums, die Mrs. Foxe verbreitete; Entschlossenheit, sich weder von Mrs. Foxe noch sonst jemandem aus seiner *gaminerie* drängen oder von der Art und Weise, wie er sein eigenes Leben zu ordnen gewohnt war, abbringen zu lassen.

»Nicht *der* Max Pilgrim?«

»Er ist jetzt im Café de Madrid. Er singt dort.«

»Aber natürlich. ›Ich bin brillant bei Lady Sybil ...‹ Wie spaßig das Lied ist. Ist Sybil Huntercombe gemeint? Was meinen Sie? Es ist ihr so ähnlich. Wir müssen Mr. Pilgrim unbedingt auch haben. Aber wird er kommen? Wahrscheinlich hat er schon etwas viel Amüsanteres geplant. Ach, ich hoffe so sehr, dass er kommt.«

»Ich glaube ...«

»Aber wie wundervoll es wäre, wenn er käme. Sie müssen ihn einfach fragen. Telefonieren Sie sofort mit ihm und, bitte, bitten Sie ihn, uns Gesellschaft zu leisten.«

Was genau Chandler erwiderte, war nicht zu hören, aber es konnte kein Zweifel daran bestehen, dass er überredet worden war. Vielleicht fürchtete er Max Pilgrims Verärgerung, wenn er es in ihrer beider Namen abgelehnt hätte, mit Mrs. Foxe zu soupieren. In seinem Umgang mit Mrs. Foxe schien Chandler, wenn vielleicht auch nur vorübergehend, einiges von seiner sprudelnden Lebensfreude eingebüßt zu haben. Es sah so aus, als habe sie ihn zu ihrem Gefangenen gemacht. Dies war ein unerwarteter Aspekt ihres Lebens, ein neuer Abschnitt in ihrer

Karriere der Machtausübung. Die Gruppe entfernte sich und nahm Chandler mit. Ihre Stimmen wurden schwächer, als sie das Ende des Korridors erreicht hatten. Moreland und Matilda lachten immer noch. Ich fragte, was das alles zu bedeuten habe.

»Normans große Dame«, sagte Matilda. »Ihr Name ist Mrs. Foxe. Absolute Schickeria. Sie sitzt in allen möglichen Komitees und hat Norman vor ein oder zwei Wochen auf einer Wohltätigkeitsveranstaltung kennengelernt. Es war Liebe auf den ersten Blick.«

»Du meinst, sie haben eine Affäre miteinander?«

»Nein, nein, natürlich nicht«, sagte Moreland in einem Ton, als sei er völlig geschockt von dieser Vorstellung. »Wie absurd, so etwas zu vermuten. Man kann jemandem sehr zugetan sein, ohne eine Affäre mit ihm zu haben. Das ist etwas, das heutzutage scheinbar niemand mehr fähig ist zu verstehen.«

»Was ist es denn dann?«

»Einfach nur einer jener faszinierenden Fälle wechselseitiger Sympathie zweier völlig gegensätzlicher Personen, die sich von Zeit zu Zeit ereignen. Ich würde gern ein Ballett darüber schreiben.«

»Und Norman ist auch interessiert? Er schien die Einladung zum Abendessen nur etwas widerwillig anzunehmen.«

»Vielleicht nicht interessiert in dem Sinne, den du meinst«, sagte Moreland. »Aber jeder mag es doch, wenn sich jemand in einen verliebt. Leute, die vorgeben, das sei nicht so, sind immer die, die, mehr als alle anderen, auch noch den letzten Tropfen Vergnügen – gewöhnlich sadistisches Vergnügen – aus einer solchen Situation saugen. Außerdem, Norman führt jetzt, wie er mir sagt, ein ziemlich glamouröses Leben mit ihr. Auch das mögen einige Leute.«

»Ich glaube, Norman ist doch sehr interessiert«, sagte Matilda, während sie ihrem Gesicht noch einige, die Beendigung ihrer Toilette in Aussicht stellende abschließende Tupfer Make-up gab. »Habt ihr bemerkt, wie er gesprochen hat? Ganz und gar nicht wie er selbst. Ich glaube, das Einzige, das ihn zurückhält, ist die Angst, dass alte Freunde wie Max Pilgrim ihn auslachen würden.«

»Norman verkörpert ganz eindeutig den physischen Typ der Zukunft«, sagte Moreland und wechselte damit, wie er es so häufig tat, von dem besonderen Aspekt der Sache, die gerade diskutiert wurde, über zu ihrer mehr allgemeinen ästhetischen Bedeutung. »Die großen Maler haben immer schon im Voraus bestimmt, welche Form das menschliche Aussehen anzunehmen habe, und Norman ist reiner Picasso – einer dieser abgemagerten, androgynen Harlekine der Blauen Periode, die schon seit Wochen keine Mahlzeit mehr zu sich genommen haben.«

»Komm schon, Süßer, und rede nicht so viel«, sagte Matilda, während sie ihre Tasche schloss und vom Frisiertisch aufstand. »Wenn wir nicht sehr bald etwas zu essen kriegen, werden wir noch selbst zu abgemagerten, androgynen Harlekinen.«

Keine anderen Worte hätten ihr eigenes Aussehen besser beschreiben können. Sie war endlich hinter dem Paravent hervorgekommen und trug ein violettes Satinkleid und mit Pailletten besetzte Handschuhe. Die Gesamtwirkung war fast noch exotischer, als wenn sie ihr Bühnenkostüm anbehalten hätte. Ich fand sie äußerst eindrucksvoll. Aus der Art, wie sie von Mrs. Foxe gesprochen hatte, ließ sich schließen, dass sie sehr vertraut war mit einer Welt, die Moreland aus Prinzip ablehnte, ja, auf die er sich nur zu beruflichen Zwecken einließ. Eine Ehefrau, die sich um diese Seite seines Lebens kümmern konnte, würde zweifellos von Vorteil für ihn sein. Auch was die Konversation betraf, war Matilda durchaus in der Lage, Moreland auf seiner eigenen Ebene zu begegnen. Moreland sprach, wenn er sich um eine Frau bemühte, wenig oder gar nicht anders als bei allen sonstigen Gelegenheiten. Einige Frauen empfanden das als eine zu schwere intellektuelle Last; andere fühlten sich geschmeichelt, selbst wenn sie nicht in der Lage waren, mit ihm Schritt zu halten. Bei Matilda schien diese Gesprächsebene genau die richtige zu sein. Sie war eine kluge Frau mit guten Allgemeinkenntnissen in den Künsten, eine

Frau, die als ernstzunehmende Person behandelt werden wollte. Das wurde offenbar, als wir das Restaurant erreicht hatten, wo Moreland sofort auf das Schauspiel zu sprechen kam.

»»Gut riecht der feurige Frühling, doch gut schmeckt der hängende Herbst«», sagte er, »wie sehr gleicht das doch ›Pauvre automne / Meurs en blancheur et en richesse / De neige et de fruits mûrs‹ oder: ›Je suis soumis au Chef du Signe de l'Automne / Partant j'aime les fruits je déteste les fleurs‹. Ich hab neulich darüber nachgedacht: Man sollte mal eine Anthologie von Dichtern zusammenstellen, die auch Banker waren – Guillaume Apollinaire ..., T. S. Eliot ..., Robert W. Service ...«

Er legte die Speisekarte, die er studiert hatte, wieder beiseite.

»Eine wundervolle Idee«, sagte Matilda, die, um das Weiß ihrer Haut zu betonen oder als Kontrast zu der Farbe ihres Kleides, einen magentaroten Lippenstift aufgetragen hatte, »aber komm zuerst mal zu einem Entschluss, was du essen willst. Ich hab mich schon für Sole Bonne Femme entschieden, aber ich weiß, wir werden wieder von vorn anfangen müssen, wenn der Kellner kommt.«

Sie besaß ganz eindeutig ihren eigenen Willen, und sie hatte schon einige von Morelands Angewohnheiten kennengelernt, zum Beispiel die, dass es eine langwierige Sache war, ihn in einem Restaurant dazu zu bewegen, ein Gericht auszuwählen. Wenn sich Moreland einer Speisekarte gegenübersah, verfiel er zunächst immer in eine ausgedehnte Diskussion, die die notwendige Entscheidung für ein bestimmtes Essen endlos in die Länge zog.

»Was, meinst du, sollte ich mögen?«, fragte er.

»Œufs Meyerbeer«, sagte sie. »Die isst du immer gern.«

Moreland nahm die Speisekarte wieder unentschlossen auf.

»Was meinst du?«, fragte er. »Ich hasse es, bei der Befriedigung meiner Gelüste gehetzt zu werden. Was wirst du essen, Nick? Ich fürchte, du bestellst vielleicht etwas, das ich dann lieber hätte als das, was ich für mich bestellt habe. Das hast du früher schon mal getan. Das ist sehr illoyal von dir. Weißt du, ich glaube, Gossage erfährt – sofern er überhaupt irgendwelcher sexuellen Gefühle fähig ist – eine gewisse Ersatzbefriedigung von seinen Fantasien über die Liebesspiele zwischen Norman Chandler und Mrs. Foxe. Diese eine Beziehung bedient gleichzeitig sowohl Gossages Vorliebe für reiche Frauen als auch die für gutaussehende junge Männer – gewürzt noch mit einer schwachen Prise musikalischen Hintergrunds.«

»Gossage sagt, man spreche davon, Marlowes ›Tamburlaine the Great‹ auf die Bühne zu bringen«, sagte Matilda.

Moreland legte die Speisekarte wieder zur Seite.

»Los, los, ihr pimplig Mähren Asiens‹«, rief er. »›Was, was, ihr zieht nur zwanzig Meil'n am Tag?‹ Das entspricht so etwa dem, was ich über die Zeitungskritiken von Gossage und Maclintick denke. Ich möchte gern von ihnen zu den Konzerten gezerrt werden, so wie die Könige Tamerlan zogen – in einem Triumphwagen. Sie wären damit weit besser beschäftigt als mit dem Zeug, das sie jede Woche in ihren jeweiligen Zeitschriften ausgießen. Vielleicht ist das nicht fair gegenüber Maclintick, es trifft sicher auf Gossage zu.«

»Ich bin sicher, Maclintick würde dich in einer Rikscha zum Konzerthaus ziehen, wenn du ihn darum bätest«, sagte Matilda. »Er bewundert dich so sehr.«

Sie wandte sich dem Kellner zu und bestellte das, worauf sie und ich uns geeinigt hatten, und Œufs Meyerbeer für Moreland, der, immer noch unfähig, für sein Essen zu einer Entscheidung zu kommen, ihrer Wahl auch ohne Widerspruch zustimmte.

»Ich glaube, es besteht die Chance, dass ich vielleicht die Rolle der Zenocrate bekomme, falls ›Tamburlaine‹ je aufgeführt wird. Auf alle Fälle ist es noch eine Ewigkeit bis dahin.«

»Ich würde das nicht auf Maclintick und Gossage beschränken«, sagte Moreland. »Ich würde mich gern von allen Musikkritikern ziehen lassen, der Größe nach angeordnet, die Längsten vorn, die Zwerge hinten. Das gibt euch eine Vorstellung, wie die Prozession aussehen würde. Tamerlan hat mich immer interessiert. Noch kürzlich habe ich darüber nachgedacht, dass er zu jenem Eindruck der Grausamkeit und Ausgedörrtheit Zentralasiens beiträgt, den man immer spürt, wenn man ›Fürst Igor‹ hört. Ich bin sicher, es war sein schlimmes Bein, das ihn zu einer solchen Plage gemacht hat.«

»Du magst ja an Tamerlan interessiert sein, Liebling«, sagte Matilda, »aber an meiner Karriere bist du nicht im Mindesten interessiert.«

»Ach Matty, doch. Entschuldige. Ich bin es wirklich. Ich möchte, dass du die Duse unserer Zeit wirst.«

Er nahm ihre Hand.

»Ich glaub dir nicht, du alter Rohling.«

Trotz dieser Worte lächelte sie, und sie schien nicht ernsthaft verärgert. Im Großen und Ganzen schienen sie sich sehr gut zu verstehen. Als es dann daran ging, die Rechnung zu bezahlen, schnippte ich einen Geldschein als meinen Anteil an der Summe zu Moreland hinüber. Matilda nahm ihn sofort an sich und ließ sich von Moreland, der immer sehr tolpatschig mit Geld umging, einen weiteren aushändigen. Diese übergab sie dem Kellner und bat um das Wechselgeld. Als er es auf einem Teller zurückbrachte, teilte sie die Münzen gerecht zwischen Moreland und mir auf und ließ das korrekte Trinkgeld liegen – eine Serie von Handlungen, die Moreland gewiss immense Probleme bereitet hätte. Diese ganze Unternehmung deutete darauf hin, dass sie ideale, ja geradezu wunderbare Voraussetzungen dafür mitbrachte, seine Frau zu werden. Und in der Tat wurden sie einige Monate später getraut. Die Zeremonie fand, fast heimlich, auf einem Standesamt statt, denn Moreland hasste großen Aufwand. Nicht lange, vielleicht ein Jahr, danach, und fast ebenso unerwartet, war auch ich verheiratet, verheiratet mit Isobel Tolland. Das Leben – die Art von Leben, das Moreland und ich geführt hatten – änderte sich gewaltig.

2

DER SONNTÄGLICHE Lunch im Hause von Katherine, Lady Warminster, war nie speziell als ein Treffpunkt der Familie gedacht gewesen, hatte sich aber im Laufe der Zeit zu einer Gelegenheit entwickelt, zu der in ziemlich regelmäßigen Abständen mehrere – manchmal zu viele – der Tollands zusammenkamen. Hin und wieder waren entferntere Verwandte zugegen, gelegentlich auch ein Freund, aber im Großen und Ganzen überwogen die Mitglieder der engeren Familie. Jeder erwartete, auch die ›Angeheirateten‹ dort zu treffen, und so boten denn diese Zusammenkünfte neben anderen Eigenarten zumindest oberflächlich auch so etwas wie die Zurschaustellung verschiedener Auffassungen von der Ehe. Zwar waren sich die Paare darin einig, dass sie sich in der Gegenwart von Lady Warminster von ihrer besten Seite zeigen sollten, aber trotz dieser begrenzten Einheitlichkeit war in der Regel im Haus Hyde Park Gardens jede Spielart der Technik ehelichen Zusammenlebens vertreten. Blanche, Robert, Hugo und Priscilla Tolland lebten noch mit ihrer Stiefmutter unter einem Dach, so dass die beiden Mädchen meistens an dem Essen teilnahmen; Robert, der sein gesellschaftliches Leben immer ein wenig im Dunkeln ließ, war in regelmäßigen Abständen dabei, während Hugo, dessen loses Verhältnis zu seinem Studium sich in wilden Ausbrüchen kundtat, nach denen ein Verweis von der Universität jeweils unvermeidlich schien, nur während der Semesterferien dort zu sehen war. Die Tatsache, dass mehrere jüngere Mitglieder der Familie in dem Haus wohnten, hatte nicht eine äußerlich besonders fröhliche Atmosphäre zur Folge gehabt. Im Gegenteil. Der Grundton war, wenn man die Eingangshalle betrat und die Treppe hinaufstieg, eher der der Ruhe, fast der Niedergeschlagenheit. Dieser Mangel an überschwänglicher Freude bestätigte Morelands Lieblingsthese hinsichtlich der Traurigkeit der Jugend.

»Ich selbst freue mich unendlich auf die Verantwortungslosigkeit meiner mittleren Lebensjahre«, pflegte er gerne zu sagen.

Es mag durchaus richtig gewesen sein, dass diese fühlbare Aura der Melancholie eher ›den Kindern‹ als Lady Warminster geschuldet war. Zweifellos unterschied sich dieses Milieu stark von der Zwanglosigkeit, der fast kalkulierten Unordnung, von der die Jeavons in South Kensington umgeben waren – ein Haushalt, den ich seit meiner Heirat kaum mehr besucht hatte. Ted Jeavons war es gesundheitlich noch schlechter als gewöhnlich gegangen, während Molly hatte wissen lassen, dass sie völlig beschäftigt sei mit dem Umbau des obersten Stockwerkes (wo die alte, bettlägerige, kürzlich verstorbene Kusine ihres Mannes gelebt hatte), das nun als Wohnung für irgendeinen Freund oder Angehörigen hergerichtet werden sollte. Zweifellos hatte diese Renovierung das Haus der Jeavons in ein Maß an Unordnung versetzt, das undenkbar größer war als alles, was gewöhnlich dort vorherrschte. Das Innere des Hauses Hyde Park Gardens stand im völligen Gegensatz zu einem solchen unüberwindlichen Durcheinander. In Anbetracht der Persönlichkeiten, die es beherbergte, war Hyde Park Gardens eher unauffällig, ja überraschend schlicht; wobei Dekor und Möbel eine fast ebenso profunde Anonymität spiegelten wie das Ufford, Onkel Giles' Hotel. Obwohl sie natürlich luxuriöser waren als die des Ufford und sich gerade noch auf der richtigen Seite des Geschmacks befanden und man sie nicht offen als ›schlecht‹ oder gar als abstoßend altmodisch kritisieren konnte.

Beträchtlich älter als ihre Schwester Molly Jeavons – und wie diese kinderlos – hatte sich Lady Warminster nach dem Tod ihres zweiten Mannes in Kaschmir acht oder neun Jahre zuvor weitgehend aus der Welt zurückgezogen. Lord Warminster, der sich einen gewissen Namen als Sportsmann und auch als Amateurforscher gemacht hatte, pflegte jenes Land von Zeit zu Zeit zu besuchen – nicht, soweit bekannt war, wegen der sinnlichen Verlockungen, die in jenem Kaschmiri-Liebeslied so sehr gepriesen werden, sondern aus Freude an der mehr allgemeinen Schönheit seiner Täler, und um dort Steinböcke zu schießen. Auf seiner letzten Reise hatte er sich beim Öffnen einer Dose die Hand aufgeschürft und eine Blutvergiftung zugezogen – eine Infektion, an deren Folgen er verstarb. Obwohl ihre relativ kurze Ehe von den längeren Auslandsreisen ihres Mannes geprägt gewesen war, hatte Lady Warminster in großer Zurückgezogenheit über ihren Verlust getrauert und war auch sehr froh gewesen, Thrubworth ihrem ältesten Stiefsohn, Erridge, übergeben und sich dauerhaft in London niederlassen zu können. Sie hatte das Landleben immer gehasst. Erridge dagegen war weniger darüber erfreut gewesen, im Alter von achtzehn oder neunzehn Jahren plötzlich das Oberhaupt der Familie geworden zu sein und die Verantwortung für ein Schloss und große Ländereien am Halse zu haben. Ja, er hatte sich dann höchstens um die allerdringendsten der sich aus seiner Position ergebenden Verpflichtungen gekümmert und sich ansonsten seinen linksgerichteten politischen Interessen und einem damit sich ergebenden, nicht allzu ernsthaften Studium der Soziologie hingegeben.

Chips Lovell, mit dem zusammen ich früher einmal als Drehbuchautor in der Filmindustrie gearbeitet hatte und der dazu neigte, fast jeden Angehörigen einer Generation, die älter war als seine, »Onkel« beziehungsweise »Tante« zu nennen, und der immer gern bereit war, aus dem Stegreif A-priori-Berichte über die persönliche Geschichte und die Probleme all seiner Verwandten und Bekannten zu geben, hatte mir einmal gesagt: »Wie alle anderen Ardglass lebt Tante Katherine am liebsten einfach nur so in den Tag hinein.« Es war gewiss wahr, dass Lady Warminster, als Witwe, ihre Zeit teilweise ihren Krankheiten (ob wirklichen oder eingebildeten, darin war man in der Familie unterschiedlicher Meinung) und teilweise biografischen Studien dominierender, amazonenhafter Frauen von geschichtlicher Bedeutung widmete. Maria Theresia hatte sich zu der Zeit, über die ich spreche, als ein Thema angeboten, das der damaligen Mode für Österreichisches entsprach. Lady

Warminster erfreute sich des Rufes, es sehr gut mit ihren Stiefkindern ›zu können‹, wenn auch keine ausgesprochen warmen Gefühle zwischen ihr und jedem individuellen Mitglied der Familie, mit Ausnahme vielleicht von Blanche, existierten. In der Vergangenheit hatte es, natürlich, gelegentliche Streitereien gegeben. Frederica und George fanden die Lebensweise ihrer Stiefmutter viel zu exzentrisch, als dass sie selbst daran teilzunehmen wünschten; Erridge und Norah dagegen hielten sie für hoffnungslos konventionell. Solche Abweichungen in den Ansichten sind bei einer großen Familie nur natürlich, und die meisten Leute aus ihrer eigenen Generation stimmten allgemein darin überein, man könne Katherine Warminster nur dazu beglückwünschen, dass sie es, was ihre Stiefkinder betraf, doch ganz gut hingekriegt hatte. Ich selbst mochte Lady Warminster, obwohl ich mich in ihrer Gegenwart nie völlig entspannt fühlte. Sie war makellos frei von den traditionellen Schwächen einer Schwiegermutter, stets reizend und unterhaltsam, auf ihre eigene Art sogar warmherzig, doch auch immer ein wenig alarmierend: ein eleganter, äußerst erfahrener Vogel – ein Raubvogel vielleicht, bereit, anzugreifen und von den vereisten Berggipfeln herabzustoßen, auf denen er sein separates Leben zu führen vorzieht.

Robert Tolland, siebtes Kind und dritter Sohn seiner Eltern, war in dem Salon in Hyde Park Gardens, als ich, lange vor der für das Essen festgesetzten Zeit, dort eintraf. Er war ein hochgeschossener, abgemagert aussehender junger Mann von vierundzwanzig und hatte die blauen Augen und die charakteristisch kantige Gestalt seiner Familie. Von den Brüdern meiner Frau war Robert allgemein derjenige, mit dem ich am besten zurechtkam. Er hatte etwas von der Sonderbarkeit, von jener völligen Missachtung der öffentlichen Meinung, die auch Erridge auszeichnete (›Erridge‹, so werde ich das älteste der Tolland-Kinder weiter nennen, denn so wurde er auch innerhalb der Familie bezeichnet, und nicht ›Alfred‹ oder gar ›Alf‹, was seine linksgerichteten Kumpel wie J. G. Quiggin bevorzugten). Allerdings fehlte Robert der politische Enthusiasmus Erridges. Er war auch nicht ein so großer Konformist –»nicht so verdammt langweilig«, hatte Chips Lovell gesagt – wie sein zweiter Bruder, George Tolland (ehemaliger Gardeoffizier, jetzt in der Londoner Finanzwelt tätig), obwohl Robert gelegentlich auch in der ziemlich bedrückenden – so Chips Lovell – gesellschaftlichen Welt Georges verkehrte. Ja, nach außen hin war Robert genauso »korrekt« wie George, um einen Ausdruck zu gebrauchen, den Molly Jeavons gern auf jeden ihrer Verwandten anwendete, von dem sie vermutete, er kritisiere ihre eigene Lebensweise. Dennoch, auch ein ganz leichter Schleier von Ausschweifung lag immer über Robert; nicht zu vergleichen zwar mit dem dichten Meeresnebel des Klatsches, der seinen jüngeren Bruder Hugo schon in dessen frühen Jahren umgab, aber doch etwas, das denen, die instinktiv solche Dinge auch aus der Ferne erkennen, eine Existenz in der Nachbarschaft vager Anrüchigkeit bestätigte. Chips Lovell, dessen Geschichten stets mit Vorsicht zu genießen waren, deutete an, dass Robert, der auf der Schule zu seinem Jahrgang gehört hatte, eine Vorliebe für Nachtclub-Hostessen habe, die meistens ihre erste Jugend schon hinter sich hatten. Dafür gab es keine Beweise. Robert ging gelegentlich mit Frauen aus – aber mit anderen als jenen hypothetischen »Wasserstoffblondinen, die alt genug sind, seine Mutter zu sein«, wie Lovell sie, vielleicht von seiner Fantasie geleitet, beschrieb. Sie schienen ihn jedoch nie länger als eine oder zwei Wochen zu interessieren. Es wäre falsch, ihn selbst als ›verschroben‹ zu bezeichnen, doch etwas von der ›Verschrobenheit‹ seiner Schwester Blanche hatte vielleicht auch er; allerdings war bei ihm diese Eigenschaft nie völlig aufgekeimt, war immer emotional unentwickelt geblieben. Er erinnerte mich manchmal an Archie Gilbert, jenen ›Tänzer‹ meiner frühen Londoner Tage, der sein Leben ausschließlich auf Bällen zu verbringen schien. Robert war natürlich ›intelligenter‹ als Archie Gilbert, zumindest intelligenter in jenem äußerst kruden Sinn, in der Lage zu sein, über Bücher, die man gelesen, oder Theateraufführungen, Konzerte und Vernissagen, die man besucht hatte, verständige Gespräche zu führen – Konversationsgipfel, die zu erklimmen Archie Gilbert nie im Geringsten erstrebt hatte. Robert dagegen war ein sehr eifriger Besucher von Konzerten und musikalischen Gesellschaften. Er hatte einen Job bei einer Exportfirma, die mit dem Fernen Osten Handel trieb, eine Anstellung, die er für absolut kongenial hielt. Niemand schien zu wissen, ob er etwas taugte in seinem Job, aber seine Schwestern glaubten, dass es ihm sehr darauf ankomme, Geld zu machen. Als ich den Salon betrat, spielte er gerade »Iberia« auf dem Grammofon.

»Wie geht es Isobel?«

Er warf die Zeitung, in der er gelesen hatte, auf den Boden und sprang auf die Füße. Dabei setzte er jenes brillante Lächeln auf, das mir zu verstehen gab, es gebe keine entzückendere, keine weniger erwartete Überraschung als meine Ankunft in dem Zimmer gerade in diesem Augenblick. Obwohl ich diesen Empfang natürlich richtig einzuschätzen wusste, verfehlte Roberts gewohnheitsmäßige Zurschaustellung guter Manieren nie ihre bezaubernde Wirkung auf mich.

»Es geht ihr jetzt recht gut. Sie kommt morgen wieder heraus. Ich besuche sie heute Nachmittag.«

»Bitte bestell ihr liebe Grüße von mir. Ich hätte sie in der Entbindungsklinik besuchen sollen. Aber irgendwie hat man nie die Zeit für etwas. Welche Enttäuschung es für euch beide gewesen ist. Es tat mir so leid, als ich davon hörte.«

Aus seinen Worten klang Anteilnahme; gleichzeitig aber erweckte er den Eindruck, dass er, selbst zu diesem späten Zeitpunkt, immer noch unfähig sei, seine Verwunderung darüber ganz zu verbergen, dass jemand Isobel – oder irgendeine seiner anderen Schwestern – zur Frau hatte wählen können: nette Mädchen, ohne Zweifel; Wesen, für die er die wärmste Zuneigung empfand; aber Geschöpfe doch, die er sich nur im Zusammenhang mit Kaufladen-Spielen oder Puppen-zu-Bett-Bringen vorstellen konnte.

»Wer wird zum Lunch kommen?«

»Ich werde es dir sagen. Aber wollen wir nicht erst die andere Seite dieser Platte hören? Ich spiele sie alle in der falschen Reihenfolge. Ich liebe ›Les Parfums de la Nuit‹. Ich glaube, das ist sicher das Stück, das ich am meisten mag.«

»Passt du deine Musik den außenpolitischen Nachrichten an, Robert?«

»Sie ist genau richtig, nicht wahr? Jetzt, wo der Alcazar entsetzt worden ist, scheint die Lage ein wenig statisch geworden zu sein. Ich frag mich, wer gewinnen wird.«

Er schloss den Deckel des Grammofons, das jetzt wieder die düsteren, bedrohlichen, ihren spanischen Hintergrund evozierenden Noten im Zimmer verbreitete: ein gelbbrauner Himmel; staubige Ebenen; karge Sierras; schwarze Marmorsarkophage toter Könige unter arabesk verzierten Decken; Art-nouveau-Wohnhäuser, an denen niedrige Straßenbahnen klingelnd entlangrattern; die Lackledermützen der Guardia Civil; Lederkissen, in den Sand geworfen unter Plakaten, die Heilmittel gegen Impotenz und Syphilis anpreisen...; diese und hundert andere ständig wechselnde kubistische Abstraktionen, ihre visuellen Elemente verschmelzend mit der Drehorgelmusik der Stierkampfarena... – jetzt krochen durch die von der Sonne ausgedörrte Landschaft Lastwagen, klapprig wie die Pferde der Picadores, im ersten Gang und nach Benzin stinkend, langsam den Berg hinauf... jetzt wieder eskortierten maurische Söldner, durchfroren vom Wind und in Kapuzen wie das vermummte Trio in Goyas »Winter«, hochbepackte Maulesel durch schneebedeckte Schluchten...

»Ich nehme an, du hast von der Sache mit Erridge gehört«, sagte Robert.

»Dass die Wälder von Thrubworth verkauft werden müssen?«

»Das auch, natürlich. Aber ich meine das Neueste von ihm.«

»Nein?«

»Er geht dahin.«

»Wohin?«

Robert wies mit dem Kopf in die Richtung des polierten Schränkchens, aus dem Debussy schepperte und klingelte und summte.

»Spanien.«

»Wirklich?«

»Stell dir vor.«

»Die Internationale Brigade?«

»Ich weiß nicht, ob er wirklich kämpfen wird. Wie du weißt, ist er Pazifist. Jedenfalls wird er bestimmt auf der Seite sein, die gegen General Franco ist. Das wenigstens ist sicher. Ich kann mir nicht vorstellen, dass Erry eine große Hilfe für die Armee ist, der er sich anschließt, du etwa?«

Die Neuigkeit, dass Erridge erwog, eine vergleichsweise aktive Rolle im Spanischen Bürgerkrieg zu spielen, war für mich keine große Überraschung. Politisch lagen seine Sympathien natürlich auf Seiten der extremen Linken, ob auf der der Kommunisten oder der der Anarchisten war nicht bekannt. Möglicherweise hatte er sich selbst noch nicht entschieden. Er hatte selbstverständlich die Volksfront Léon Blums unterstützt, aber innerhalb der Peripherie seines ›Linksseins‹ waren seine dauernd sich ändernden Präferenzen unvorhersehbar; zudem hielt er seine Verwandten über solche Dinge nicht auf dem Laufenden. Die einzige inzwischen feststehende Tatsache war, dass Erridge relativ große Summen Geldes an eine Reihe von Organisationen gespendet hatte, die kürzlich mit dem Ziel gegründet worden waren, die republikanischen Kräfte in Spanien zu unterstützen. Diese Nachricht hatte ich von Quiggin, der wie ich von Zeit zu Zeit die Redaktion einer Wochenzeitschrift aufsuchte, bei der Mark Members jetzt stellvertretender Literaturredakteur war.

Die Lebensumstände dieser beiden Freunde, Quiggin und Members, schienen sich gegenläufig zu verändern. Eine Zeitlang war Quiggin der Erfolgreichere gewesen: Er hatte Members als Sekretär St. John Clarkes verdrängt, hatte kongeniale

Gelegenheitsjobs in der Welt der Literatur gefunden, war mit der schönen Mona davongelaufen, hatte Erridge ausgenutzt; aber seit Mona ihn ihrerseits für Erridge verlassen hatte, hatte Quiggin eine Zeit der Missgeschicke durchgemacht. Statt weiter eine herablassende Haltung gegenüber Members einnehmen zu können, sah er sich nun – wie ich mich auch – berufsmäßig abhängig von seinem alten Freund, denn dieser hatte jetzt Buchrezensionen zu vergeben. Das Blatt schien sich zugunsten Members gewendet zu haben. Er hatte sich diese respektable Anstellung gesichert, die ihn nicht so sehr beanspruchte, dass er nicht noch Zeit für seine eigene schriftstellerische Arbeit fand; seine Reisebeschreibung »Barockes Zwischenspiel« war ein bemerkenswerter Erfolg gewesen; man sprach davon, dass er bald eine reiche Frau, die zudem auch nicht schlecht aussehe, heiraten würde. Was die Affäre mit Mona anging, hatte Quiggin sich wieder mit Erridge ausgesöhnt, erklärte in betrunkenem Zustand sogar, Erridge habe ihm einen großen Gefallen erwiesen, als sie ihm abnahm.

»Immerhin«, sagte Quiggin, »Mona hat auch ihn verlassen. Da ist nichts, wofür der arme Alf sich selbst beglückwünschen könnte. Er muss sich nur mit mehr Schuld herumschleppen, die er sich selbst auf den Buckel geladen hat.«

Nach Erridges Rückkehr aus dem Fernen Osten hatten sich er und Quiggin ausgerechnet auf einer Party getroffen, die Mrs. Andriadis, deren scheinbar einziges Interesse jetzt der Krieg in Spanien war, gegeben hatte. Gemeinsame Sympathien in dieser Sache hatten eine Aussöhnung ohne allzu große Demütigung Quiggins möglich gemacht, aber ihr früheres Projekt, zusammen eine Zeitschrift zu gründen, war vorläufig nicht wiederbelebt worden, obwohl Quiggin erneut in die Sphäre des Erridge'schen Patronats Eingang gefunden hatte.

»Ich korrespondiere ziemlich häufig mit deinem Schwager«, hatte er, mit dem leicht warnenden Unterton, den seine Stimme manchmal annahm, bemerkt, als wir uns das letzte Mal getroffen hatten.

»Mit welchem?«

»Alf.«

»Worüber korrespondierst du mit ihm?«

»Die medizinische Versorgung der spanischen Loyalisten«, sagte Quiggin, die Wörter mit einer ruhigen Hartnäckigkeit betonend, »baskische Kinder – es gibt viel zu tun für die, die ein politisches Gewissen haben.«

Die ganze Affäre mit Mona hatte einen eindrucksvollen Akt der Selbstverwirklichung seitens Erridges wahrscheinlich gemacht, ja, als früher oder später sicher erwarten lassen. Nachdem sie Quiggin verlassen hatte, mit dem sie während der Zeit, die meiner eigenen Heirat unmittelbar vo1rausging, zusammengelebt hatte, war Mona mit Erridge nach China gereist (wo er die politische Situation erforschen wollte), war aber wenige Monate später allein wieder nach England zurückgekehrt. Niemand war über den Grund der Trennung dieser Beziehung unterrichtet worden, es zirkulierten jedoch – größtenteils von Quiggin selbst in Umlauf gesetzt – allerlei Geschichten über ihre Abenteuer auf dem Weg zurück nach Hause. Dem Vernehmen nach war sie die erste Frau, für die Erridge mehr als ein nur äußerst oberflächliches Interesse gezeigt hatte. Es war nicht verwunderlich, dass sie beide ihre Gegensätze schließlich für unüberbrückbar gehalten hatten. Da war nichts Gelassenes, Kompromissbereites in Monas Temperament; während es Erridge trotz seiner leidenschaftlich vertretenen humanistischen und liberalen Prinzipien gewohnt war, seinen Willen auch bei den unwichtigsten Dingen durchzusetzen – davon ausgehend, sein hochmoralischer, intellektueller Nonkonformismus in allgemeinen Dingen befreie ihn, was andere Menschen anging, auch von den weniger wichtigen Regeln gesellschaftlicher Konvention.

Schon dadurch, dass sie ihren Ehemann, Peter Templer, verlassen hatte, hatte Mona unbestreitbar gezeigt, dass ihre Ziele auf etwas weniger Banales gerichtet waren als die bloße Ehe mit einem vergleichsweise reichen Mann. Sie hätte gewiss nie Anstrengungen auf sich genommen, Erridge als Ehemann oder Liebhaber an sich zu binden. Was sie wirklich vom Leben erwartete, war weniger leicht zu erklären; vielleicht wollte sie, wie Templer meinte, nachdem sie ihn verlassen hatte, »einfach nur großen Ärger veranstalten«. Sie hätte nie, wie einmal vermutet worden war, Erridge dazu gebracht, sie zu heiraten, also hatte auch nie die Frage eines weiteren Scheidungsverfahrens bestanden. Die Tolland-Familie war über diese Tatsache weniger erfreut, als man hätte erwarten können.

»Ich persönlich glaube, es ist äußerst schade, dass Erry Minna, oder wie immer ihr Name war, nicht festhalten konnte«, hatte Norah gesagt. »Wie es scheint, wäre sie vielleicht sehr gut für ihn gewesen.«

Von Erridges Brüdern und Schwestern wichen nur George und Frederica von dieser Meinung ab. Die entferntere Verwandtschaft gliederte sich wahrscheinlich etwa zu gleichen Teilen in jene, die die Vorstellung, Erridge könne eine Mésalliance eingehen, missbilligten, und jene, denen sie herzliches Vergnügen bereitete. Lady Warminsters Ansicht war nicht bekannt. Im Stillen hielt auch sie vielleicht, wie Strindberg, jede Art von Ehe für besser als gar keine. Erridge selbst war seit seiner Rückkehr aus Asien allein geblieben und lebte jetzt abgekapselt in Thrubworth, wo er sich mit jenen spanischen Aktivitäten beschäftigte, die nun eine entschiedenere Form annehmen sollten. Dabei lehnte er es ab, sich auch anderen, mehr örtlichen Problemen zu widmen, so dringend diese auch waren. Die Frage der Erbschaftssteuer war kürzlich wieder von den Steuerbehörden aufgeworfen worden, und ihre Bezahlung drohte den Verkauf beträchtlicher Ländereien notwendig zu machen, um so die erforderliche Summe aufzubringen. Angesichts seines Widerstandes hatte es nur Norah vor kurzem geschafft, in Thrubworth empfangen zu werden, und sie hatte anschließend berichtet, ihr ältester Bruder sei »ganz schön griesgrämig« gewesen. Niemand wusste, inwieweit Erridge erfolgreich gewesen war, den fernöstlichen Problemen auf den

Grund zu kommen. Im Gegensatz zu seinem modischeren Absorbiertsein von Spanien waren China und Japan, wie seine eigenen Ländereien, jetzt wahrscheinlich vergessen. Für jemanden mit den Ansichten und dem Temperament Erridges, für jemanden in seiner Lage, bot der spanische Krieg zweifellos eine Lösung. Robert war ebenfalls der Meinung, dass die Entscheidung seines Bruders nichts Überraschendes habe.

»Wie zur Großwildjagd am Anfang des Jahrhunderts«, sagte Robert, »oder zu den Kreuzzügen ein paar Jahre früher. Es wird einige Zeitungsabschnitte geben über ›den roten Lord‹, vermute ich. Ist wohl zwangsläufig. Dennoch, gewöhnlich erregt Erry bemerkenswert wenig Aufsehen. Und das ist auch gut so. Irgendwie hat er noch nie Nachrichtenwert besessen. Ich hoffe, er lässt sich nicht umbringen. Ich glaub nicht, dass ihm das passiert, du etwa? Auf seine Art ist er ganz gut in der Lage, auf sich selbst aufzupassen. Dennoch, ein Mann, der in der Schule neben mir saß, wurde neulich mitten auf der Straße in Jerusalem erschossen. In den Rücken, gerade als er dabei war, auf dem Weg zum Dinner in ein Taxi zu steigen. Aber der war Berufssoldat, und die müssen mit so was rechnen. Bei jemandem wie Erry, einem Pazifisten, ist das was ganz anderes. Ich sehe einfach nicht ein, wie man Pazifist sein kann und dennoch kämpfen will. Wie auch immer, niemand von uns kann sicher sein zu überleben, wenn der nächste Krieg kommt.«

»Was hat Erry denn vor?«

»Ich vermute, viele von den Leuten, die er mag, sind schon da draußen«, sagte Robert. »Sein Bart und seine Kleidung werden der letzte Schrei sein. Er wird in Barcelona herumhängen, bei der Gartenarbeit helfen oder beim Abwasch, um zu zeigen, dass er kein Snob ist. Ich meine, es ist ziemlich toll von ihm, dass er diesen Schritt unternimmt, angesichts seiner Hypochondrie. Natürlich, George würde wenigstens einige Anstrengungen machen, Thrubworth in gutem Zustand zu halten, wenn er es erbte. Ich muss sagen, ich hoffe, jeder ist jetzt pünktlich. Ich bin ziemlich hungrig heute Morgen.«

»Du hast mir noch nicht gesagt, wer heute kommt.«

»Ach ja, richtig. Also, der Ehrengast ist St. John Clarke, der Schriftsteller. Ich vermute, du kennst ihn schon länger, als einen Bruder der Feder.«

»Wirklich, Robert, ich habe St. John Clarke nie persönlich kennengelernt. Wer noch?«

»Blanche, Priscilla – George und Veronica – Sue und Roddy.«

»Aber warum St. John Clarke?«

»Ich nehme an, er hat sich mehr oder weniger selbst eingeladen. Er steht auf der Liste, weißt du. Er pflegte gelegentlich bei Tante Molly aufzutauchen. Ich erinnere mich, dass Hugo sich als Kind über ihn erbrochen hat. Wahrscheinlich hat St. John Clarke danach einen Bogen um das Haus gemacht. Aber vielleicht hilft er ja auch bei dem Buch über Maria Theresia. Diese Möglichkeit ist mir erst jetzt gerade eingefallen.«

Lady Warminster bekannte manchmal, dass sie sich bei der einen oder anderen ihrer Biografien von ziemlich bekannten Persönlichkeiten – gewöhnlich hochrangigen Politikern oder Beamten – helfen ließ, obwohl sie nie erklärte, welche Form diese Hilfe annahm. Wahrscheinlich korrigierten sie die Grammatik.

»Sie sagen mir, wie das mit der Zeichensetzung ist«, pflegte sie zu antworten.

Diese periodischen Publikationen historischer Biografien führten in keiner Weise dazu, dass Lady Warminster zur literarischen Welt Londons zählte oder dass man sagen konnte, ihr Haus trüge irgendwelche Züge eines Salons. Ein bekannter Autor wie St. John Clarke war deshalb ein unerwarteter Gast. Bei den Jeavons war alles möglich. Es gab niemanden auf der Welt, der dort hätte eine Überraschung sein können. Lady Warminster dagegen, die eine völlig andere Art von Leben führte, empfing nur Verwandte und einige alte Freunde. Selbst weniger bekannte Persönlichkeiten waren deshalb selten und fielen gewöhnlich unter der großen Anzahl der Familienmitglieder nicht weiter auf. Blanche und Priscilla betraten in diesem Augenblick das Zimmer. Auf einem Tablett zwischen sich trugen sie ein gerade vollendetes Puzzlespiel, das sie herunterbrachten, um es bewundern zu lassen.

Wenn Leute Blanche ›verschroben‹ nannten, dann war damit keineswegs eine beginnende Geisteskrankheit oder auch nur eine milde Form von Schwachsinn impliziert. Ja, wenn man ihr das erste Mal begegnete, hatte man hinterher nicht den leisesten Verdacht, dass etwas mit ihr vielleicht nicht ganz stimme. Dennoch, nur wenige, die sie gut kannten, zweifelten daran, dass irgendetwas irgendwo unbestreitbar ein wenig schiefgelaufen war. Ruhiger als ihre Schwestern, hübsch, stets freundlich, stets bereit, langweilige Aufgaben zu übernehmen, begann Blanche nur selten von sich aus ein Gespräch. Wenn sie selbst angesprochen wurde, antwortete sie immer in einer völlig angemessenen Form, aber sie schien nie den Drang zu verspüren, zu irgendeinem Thema, es sei denn zu einem völlig trivialen, Stellung zu nehmen. Die Welt, die Menschen, unter denen sie sich bewegte, schienen keinen Eindruck bei ihr zu hinterlassen. Das Leben war ein Traum, der kaum auch nur den Anspruch erhob, im Bereich seiner Möglichkeiten liege ein Hauch von Realität. Die kumulative Wirkung dieses chronischen Schlafwandelns durch ihr Leben – die bei weitem jene, oft bei Menschen, die sehr gut gerüstet sind, ihre eigenen Interessen zu verfolgen, anzutreffende Vagheit des Verhaltens übertraf – zusammen mit ihrer eigenen Akzeptanz der Tatsache, dass sie nicht ganz so wie andere Menschen war, dass es sie überhaupt nicht kümmerte, dass sie anders war, hatten schließlich Blanches Ruf der ›Verschrobenheit‹ etabliert. Das war alles. Der Eindruck, unentwickelt, ungeweckt zu sein, den in gewissem Maße vielleicht auch Robert teilte, mag beide dazu veranlasst haben, ein eher geheimes Leben führen zu wollen. Nach außen hin war Blanche fast dauernd mit guten Werken beschäftigt: Mädchengruppen im Londoner East End; Wohltätigkeitsorganisationen, um die ihr Onkel, Alfred Tolland, sich kümmerte und für die er sie um ihre Hilfe bat. Blanches praktische Tätigkeiten waren, was ihre Ergebnisse anging, gewöhnlich sehr erfolgreich, doch war sie selbst nie auf große Anerkennung dafür aus. Und sie zeigte auch keinerlei Interesse daran zu heiraten, obwohl sie zu ihrer Zeit nicht ohne Bewunderer gewesen war.

»Wir haben es endlich fertig«, sagte sie, auf das Puzzlespiel weisend. »Es hat insgesamt fünf Monate gedauert, und jeder, der ins Haus kam, hatte einen Versuch. Dann haben an einem Nachmittag die Katzen den größten Teil wieder durcheinandergebracht. Die letzten paar Stücke verdanken wir Priscillas Brillanz.«

Sie zeigte eine gewaltige Darstellung Venedigs, eine blaugraue Santa Maria della Salute, reflektiert in dem blaugrauen Wasser des Kanals, vor einem blaugrauen Himmel. Priscilla, sechs oder sieben Jahre jünger als ihre Schwester, mit längeren Beinen und blonderem, unordentlichem Haar, war damals etwa zwanzig. Trotz seines festen Vorsatzes, eine reiche Erbin zu heiraten, hatte Chips Lovell sich eine Zeitlang an ihr interessiert gezeigt; aber offensichtlich hatte sich nicht viel daraus entwickelt. Priscilla hatte gegenwärtig mehrere Verehrer, verbarg aber erfolgreich ihre Gefühle für sie. Sie glich überhaupt nicht ihrer Schwester Norah, die das ganze Männergeschlecht verachtete, aber die jungen Männer, die sie auf Bällen traf, schienen nie ganz dem zu entsprechen, was sie suchte. Es wurde erzählt, sie nehme jetzt einen Job an. Ein Förderverein für die Oper war gegründet worden, und Robert, der einige Mitglieder des Vorstands kannte, meinte, er könne ihr eine Stelle in dessen Büro besorgen.

»Wie geht es Isobel?«, fragte Priscilla ein wenig aggressiv, so als habe sie ihrer unmittelbar vor ihr geborenen älteren Schwester selbst nach zwei Jahren noch nicht vergeben, dass sie vor ihr geheiratet hatte.

»Ziemlich gut jetzt. Ich besuche sie heute Nachmittag.«

»Ich hab vorgestern vorbeigeschaut. Ist ganz schön grimmig da, was? Sag mal, hast du das von Erry gehört?«

»Robert hat es mir gerade erzählt.«

»Erry ist natürlich verrückt. Weißt du, ich hab das zum ersten Mal bemerkt, als ich sieben Jahre alt war und er schon erwachsen. Etwas an der Art, wie er seinen Nachtisch aß. Ich wusste, ich musste selbst im Begriff sein, erwachsen zu werden, wenn ich das begriff. Hallo, Veronica, hallo, George.«

Es war eher die Art, wie er seinen äußerst dezenten Anzug trug, als der knappe, blonde, flauschige Schnurrbart, durch die sich George Tolland das Flair seines Dienstes als Gardeoffizier erhielt. Jahre zuvor, noch als Schuljunge, war ich einmal mit Sunny Fairbrother, dem Geschäftsfreund von Peter Templers Vater, nach London gereist, und er hatte mir im Zug erklärt: »Es hilft, wenn man in der Londoner Finanzwelt wie ein Soldat aussieht. Die Leute glauben von Anfang an, sie seien dir überlegen. Das ist beim Geschäftemachen immer von Vorteil.« Vielleicht vertrat George Tolland dieselbe Theorie. Jedenfalls hatte er nichts getan, um den Eindruck zu verwischen, er käme immer gerade von der Parade. Ob er nun diesen Stil bewusst pflegte oder nicht, er stand ihm gut und kontrastierte stark mit Ted Jeavons' heruntergekommenem Aussehen eines ehemaligen Kriegsoffiziers. Man sagte, George arbeite wie ein Sklave in der Finanzwelt, und er schien mit dem sozialen Leben, das ihm hauptsächlich seine eigenen Verwandten boten, völlig zufrieden.

Doch George hatte achtzehn Monate zuvor alle erstaunt, als er ganz unerwartet heiratete. In gewisser Hinsicht hatte selbst Erridges Abenteuer mit Mona die Familie weniger überrascht. Erridge war ein anerkannter Exzentriker. Bei ihm war es selbstverständlich, dass er sich seltsam betrug. Und in einem bestimmten Sinne hatte er dadurch, dass er Mona mit ins Ausland genommen und so bewiesen hatte, dass er einer solchen Handlung überhaupt fähig war, seinen Ruf, vielleicht doch ganz normal zu sein, sogar noch verbessert. George dagegen lenkte – besonders, um sich von Erridge zu unterscheiden – die Aufmerksamkeit gerne auf die beispielhaften, sogar, wie er betonte, absichtlich snobistischen Leitlinien, nach denen er sein Leben ausrichtete. »Mich können die Einwände dagegen, ein Snob zu sein, überhaupt nicht überzeugen«, pflegte George zu sagen. »Ich glaube, es ist die bei weitem vernünftigste Sache, einer zu sein.« Offensichtliche Schlichtheit in jemandes Ansichten ist immer verdächtig. Diese Bemerkung hätte alle auf der Hut sein lassen sollen. Sie war ein Zeichen dafür, dass sich etwas unter der Oberfläche von Georges makelloser Fassade vollzog. Doch da die überwiegende Mehrheit die Persönlichkeit, die jeder Einzelne von uns vorgibt zu sein, unbesehen akzeptiert, hatte niemand im Geringsten erwartet, dass George die Frau heiraten würde, die er dann geheiratet hat. Veronica war die frühere Frau eines Geschäftsmannes namens Collins, den sein Job für den größten Teil des Jahres nach Lagos führte. Sie hatte zwei Kinder mit ihrem ersten Mann (»einheimische Frauen«, sagte Chips Lovell, »auch irgendwelche Probleme mit einem Scheck«), von dem sie sich, ein oder zwei Jahre bevor sie George auf einer Party von Freunden aus der Finanzbranche kennengelernt hatte, hatte scheiden lassen. Eine stattliche Brünette, nicht hübsch, aber mit viel ›Angriffsgeist‹, war Veronica beliebt bei ihren angeheirateten Verwandten, besonders bei Lady Warminster. Sie war älter als George, der jetzt allem Anschein nach völlig unter ihrer Fuchtel stand.

»Wie geht es Isobel«, fragte Veronica. »Ich hab sie letzte Woche besucht. Sie sah ein wenig erschöpft aus. Ich wäre noch mal hingegangen, aber eines der Kinder hatte Fieber, und ich war für ein paar Tage ans Haus gebunden. Ich höre, St. John Clarke kommt zum Lunch. Ist das nicht aufregend? Ich liebte ›Die Felder von Amarant‹, als ich ein Mädchen war. Jetzt habe ich irgendwie nie mehr Zeit zum Lesen.«

Auf George und Veronica folgten fast unmittelbar Susan und ihr Mann Roddy Cutts, ebenfalls in der Londoner Finanzwelt tätig, aber jetzt ein Parlamentsabgeordneter. Er war hochgewachsen, aschblond und verbindlich und lächelte unaufhörlich. Das Unterhaus hatte, wenn überhaupt, seine, möglicherweise angeborene, Neigung zu einer Beflissenheit, die um einen Hauch die Erfordernisse der Höflichkeit überstieg, noch vergrößert – ein Charakterzug, der Roddy etwas von dem Gehabe eines Geistlichen auf einem Schulfest verlieh: immer lächelnd, seine Blicke ohne Unterlass im Zimmer herumschweifen lassend, während er seinen Gastgebern ihre eigenen Speisen anbietet; es darauf anlegend, vorwiegend mit Leuten zu sprechen, die ihm fremd sind, so als ob er meine, diesen könne es nicht wirklich gutgehen, solange sie noch nicht mit ihm bekannt seien. Obwohl er die Pflicht akzeptierte, Jung und Alt ein Gefühl des Wohlseins zu vermitteln, ja sich besonders um sie bemühte, fehlte ihm das kraftvolle Gedächtnis – vielleicht auch das Interesse an der individuellen Verschiedenheit der Charaktere –, das notwendig ist, um Namen und persönliche Attribute in der Erinnerung zu behalten: eine Schwäche, die manchmal seiner ewigen Kampagne um das Wohlwollen Schaden zufügte. Dennoch, Roddy war eine fähige, ehrgeizige, sehr eindrucksvolle Gestalt.

Nicht dass George und Roddy einander nicht wirklich mochten, aber es existierte doch ein gewisses leichtes Gefühl von Spannung zwischen ihnen. Roddy, der väterlicherseits von einer langen Linie von Bankern abstammte, während die Familie Lady Augustas, seiner Mutter, auf eine fast gleiche Tradition gewieften Geschäftsinns Anspruch erheben konnte, hielt George, was Geldangelegenheiten betraf, zweifellos für einen Amateur. Andererseits wurde George sichtlich ungeduldig, wenn Roddy, als professioneller Politiker sprechend, in einfacher Sprache die Trends in der Politik erklärte, besonders die militärischen Implikationen der weltweiten Strategie in Beziehung zu der wachsenden Stärke Deutschlands. Außerdem, Susan war Georges Lieblingsschwester, so dass wegen ihr auch ein Hauch von Eifersucht im Spiel gewesen sein mochte. Susan war eine hübsche Frau, keine Schönheit, aber lebendig und, wie ihr Mann, ambitioniert; und sie besaß viel von jenem Sinn für die ›Gelegenheit‹, der so notwendig ist für die Frau eines Mannes, der sich dem öffentlichen Leben verschrieben hat.

Lady Warminster erschien nun im Zimmer. Sie war ihrer habituellen Unpünktlichkeit zu den Mahlzeiten wahrscheinlich zu Ehren St. John Clarkes Herr geworden. Von der Figur her zierlicher als ihre Schwester Molly Jeavons, sah sie auch jetzt aus wie eine sehr patrizische Sibylle, im Begriff, eine verheerende Katastrophe anzukündigen, vor der sie persönlich angemessen, aber unbeachtet gewarnt hatte. Diese kassandraähnliche Aura einer engen Beziehung zu heiligen Mysterien, sogar zu den Schwarzen Künsten selbst, war nicht völlig unbegründet. Lady Warminster hatte eine Vorliebe für Wahrsager und Hellseher und berichtete gerne von deren verblüffenden Vorhersagen. Ich fand heraus, dass sie zu ihrer Zeit auch Onkel Giles' wahrsagende Freundin Mrs. Erdleigh konsultiert hatte, die sie als Orakel hoch einschätzte, obwohl die beiden schon lange nicht mehr in Kontakt miteinander standen und seit Jahren nicht zusammen ›die Karten gelegt‹ hatten.

»Ich bat Mr. Clarke, um halb zwei zu kommen«, sagte Lady Warminster. »Also, ich hatte ihn seit einer dieser seltsamen Partys, die Tante Molly immer gab, nicht mehr gesehen, als er mir letzte Woche bei Bumpus auffiel, wie er dort in den Büchern herumstöberte. Ich glaube, er geht da nur hin, um die neuen Bücher zu lesen, denn er machte nicht die geringsten Anstalten, irgendetwas zu kaufen. Als er mich bemerkte, folgte er mir sofort raus auf die Oxford Street und begann, über Shelley zu reden. Er erzählte mir lang und breit, wie sehr er mich wieder zu besuchen wünsche und dass die Leute ihn wegen seiner politischen Ansichten nicht mehr möchten. Er ist ein ziemlich unehrlicher alter Geselle, aber ich erinnere mich, dass mir der erste Teil von ›Die Felder von Amarant‹ sehr gefallen hat, als er herauskam, und ich meine immer, man sollte einem Autor dankbar sein, wenn man auch nur einen kleinen Teil eines seiner Bücher einmal gemocht hat.«

Ich hatte seit der Zeit, als Mark Members und J. G. Quiggin,

einer nach dem anderen und in schneller Reihenfolge, Sekretäre
bei ihm gewesen waren, nur wenig von St. John Clarke gehört.
Den beiden folgte der ›trotzkistische‹ junge Deutsche Werner
Guggenbühl, der dann, so deutete Quiggin an, als Ergebnis
politischen Drucks entlassen worden war, was ihm aber wohl
nicht viel ausmachte, da er einen besseren Job gefunden hatte.
Damals schrieben, sprachen oder marschierten so viele relativ
eminente Personen für die eine oder andere Form militant
politischer Ziele, dass St. John Clarkes Festhalten an der Linken eine Sache von geringem allgemeinen Interesse war. Man
sagte, er sei über diese politische Richtung manchmal verärgert,
weil er meine, sie sei eine Belastung für sein gesellschaftliches
Leben.

»Der Mann hat die Veranlagung dazu, ein Verräter an jeder
möglichen gemeinsamen Sache zu sein«, sagte Quiggin, als er
mir davon berichtete. »Wir werden nie erleben, dass Clarke
ein Maschinengewehr bemannt.«

Diese vermutete Abtrünnigkeit seitens St. John Clarkes hatte gewiss nicht ihren Grund darin, dass irgendeine potentielle
Gastgeberin etwa Einwände dagegen gehabt hätte, dass er ein
›Kommunist‹ war. Im Gegenteil, einem älteren, nicht länger
sehr hochgeschätzten Schriftsteller mochten solche Ansichten
sogar helfen, seinen Namen wieder interessant zu machen.
Die jüngeren Leute hießen sie gut, während man in reichen,
spießigen Häusern, in denen er aufgrund seines früheren Rufes als Schriftsteller noch manchmal gesehen wurde, einen
linksgerichteten Standpunkt bei einem Literaten für durchaus
angemessen hielt, ja sogar für ehrenwert bei einem weithin
bekannten, wohlhabenden Autor, der sich in seinem Alter sehr
wohl aus den politischen Kontroversen hätte heraushalten können. St. John Clarke selbst aber sah sich offensichtlich immer
weniger in der Lage, in der Praxis an der Diskussion über marxistische Dialektik und ihre dauernden Richtungsänderungen
teilzunehmen. Als Folge dieser Laschheit in seinem Bemühen
›mitzuhalten‹, hatte er in anspruchsvolleren Zirkeln der intel-

lektuellen Linken an Boden verloren. Sein Name tauchte kaum noch auf – außer in alphabetischer Reihenfolge zusammen mit denen von zwanzig unbedeutenden Personen, die irgendeinen Brief an die Presse unterzeichnet hatten. Laut Members (von Quiggin selbst des »politischen Zynismus« verdächtigt) sehnte sich St. John Clarke nach seinem früheren, vormarxistischen Leben zurück. Wenn das so war, dann muss er sich zu entschieden festgelegt, vielleicht auch zu alt, gefühlt haben, um eine Umkehrung seiner Position vorzunehmen – eine Umkehrung, die in jener Zeit ein Schwimmen gegen einen Strom zur Folge gehabt hätte, der einem Schriftsteller gewisse Vorteile brachte. Lady Warminster war vielleicht besser über St. John Clarke informiert, als er vermutete. Ihre Beschreibung, »ein ziemlich unehrlicher alter Geselle«, etablierte innerhalb der Familie ihre eigene, sozusagen offizielle Haltung. Sie erkundigte sich nun nach den Erkältungen, unter denen die beiden Kinder Veronicas, Angus und Iris, gelitten hatten.

»Ach, Angus ist endlich wiederhergestellt«, sagte George, ehe seine Frau antworten konnte. »Wir haben uns nach einer Schule für ihn umgesehen. Ich gehe mir nächste Woche eine weitere ansehen.«

»Sie fahren Freitag beide zu ihrer Omi«, sagte Veronica, »wo sie fürchterlich verwöhnt werden und sich wahrscheinlich wieder Erkältungen einfangen werden. Aber so ist es nun mal. Sie müssen gehen. Und den Rest des Jahres werden wir damit verbringen, ihnen die schlechten Angewohnheiten wieder abzugewöhnen.«

»Da wir gerade von Großeltern sprechen«, sagte George, der, obwohl er dem Vernehmen nach gut mit den Kindern Veronicas konnte, es wahrscheinlich vorzog, die Verwandten ihres Vaters so weit wie möglich aus den Augen und aus dem Sinn zu halten, »ich frage mich, ob ich nicht versuchen sollte, mit Erry wieder die Frage zu erörtern, ob wir das Buntglasfenster für unseren eigenen Großvater aufhängen lassen wollen. Ich habe Onkel Alfred neulich getroffen – es sei ihm gar nicht gutgegangen, sagte er mir – und er beschwerte sich darüber, dass die Sache schon eine Reihe von Jahren schleifengelassen worden sei. Ich dachte, ich sollte sie eine Zeitlang ruhenlassen, bis Erry sich nach seiner Chinareise wieder eingelebt hat, und ihn dann deswegen angehen. Es gibt immer eine Masse von Dingen zu tun, wenn man von einer Auslandsreise nach Hause gekommen ist, besonders nach einer so langen Tour. Ich weiß nicht, in welcher Stimmung er im Augenblick ist. Hat ihn zufällig jemand gesehen in der letzten Zeit?«

Georges Haltung zu Erridge war eher von Mitleid bestimmt als von Tadel. Und das zeigte sich auch in dem Ton, mit dem er diese Worte gesprochen hatte. Lady Warminster lächelte in sich hinein. Es war bekannt, dass sie das ganze Problem des Buntglasfensters nicht nur für eine im günstigsten Fall potentielle Geldverschwendung hielt (veraltete Empfindungen drohen zur einer Produktion von Hässlichkeit zu führen), sondern, zweifellos zu Recht, auch für eine Sache, der Erridge unter keinen Umständen je seine Aufmerksamkeit widmen würde – für eine Sache also, über die zu diskutieren eine noch größere Verschwendung von Zeit wäre. Vielleicht lächelte sie allein aus diesem Grund. Zusätzlich aber freute sie sich auch darauf, George eine Nachricht zu übermitteln, die mit so viel Neuheit beladen war wie Erridges jüngstes Projekt.

»Du wirst dich beeilen müssen, George, wenn du Erry noch zu fassen kriegen willst«, sagte sie sanft.

»Warum?«

»Er geht ins Ausland.«

»Und wohin dieses Mal?«

»Spanien.«

»Was – um in dem Krieg mitzumachen?«

»Das sagt er jedenfalls.«

George nahm diese Information ziemlich gut auf. Er war bestimmt kein Dummkopf, auch wenn Leute wie Chips Lovell seine Gesellschaft nicht besonders amüsant fanden. Wie andere, die Erridge gut kannten, hatte George wahrscheinlich bereits bemerkt, dass sich eine Wolke dieser besonderen Gestalt am Horizont zu bilden begann. Roddy Cutts dagegen, der es im Laufe der zwei Jahre, die er mit Susan verheiratet war, nur einmal geschafft hatte, ihren ältesten Bruder zu treffen, war weit mehr überrascht. Ja, die ganze Erridge-Sage beunruhigte Roddy, wenn immer sie zur Sprache kam. Er hatte scharf umrissene Vorstellungen, wie Menschen sich benahmen, und Erridge stimmte überhaupt nicht mit ihnen überein.

»Aber er wird doch bestimmt nicht kämpfen?«, sagte Roddy. »Ich vermute, er hat dort die rechtliche Stellung eines britischen Staatsbürgers, der an einem europäischen Bürgerkrieg teilnimmt. Es ist eine äußerst anomale Position – ganz abgesehen von der Peinlichkeit für die Regierung Seiner Majestät, wer auch immer da an der Macht ist. Ich nehme an, er wird anti-Franco sein, bei den Ansichten, die er hat.«

»Natürlich wird er anti-Franco sein«, sagte George. »Aber ich bin deiner Meinung, Roddy, ich würde nicht glauben, dass wirkliches Kämpfen auf seiner Linie liegen würde.«

Dieses ganze Gespräch fand statt, während sich Lady Warminster mit einem anderen Kreis unterhielt. Jetzt kehrte sie zu uns zurück, um uns einen ihrer halboffiziellen warnenden Hinweise zu geben.

»Ich glaube, da ist etwas, das Mr. Clarke mir über Erridge mitteilen will«, sagte sie. »Das führt vielleicht zu einem mehr oder weniger privaten Gespräch nach dem Lunch. Niemand von euch braucht sich verpflichtet zu fühlen zu bleiben, wenn Mr. Clarke meint, er müsse mir irgendeinen langen Tratsch erzählen.«

Sie sagte nicht, wusste vielleicht auch nicht, ob St. John Clarke mit ihr über Erridges jüngsten Schritt sprechen wolle oder über eine allgemeinere Sache, die Erridges Angelegenheiten betraf. Ich hatte gehört, dass Erridge in der letzten Zeit häufiger mit St. John Clarke zusammengetroffen sei. Das zeigte, dass ihre zuvor flüchtige Bekanntschaft an Intimität zugenommen haben musste. Die Eskapade mit Mona, der

Entschluss, an dem spanischen Krieg teilzunehmen – solche Dinge zeigten Erridges mehr pittoreske Seite, einen Aspekt, auf den sein Bart und seine abgerissene Kleidung ja auch ausgiebig hinwiesen. Es gab andere, weniger dramatische Probleme, die seiner Familie Sorge bereiteten. Das wichtigste von ihnen war die erneut sich stellende Frage der Erbschaftssteuer; hinzu kam, dass, während Erridge sich in China aufhielt, der Verwalter von Thrubworth verstorben war und sich nach seinem Abgang von dem Amt eine Situation offenbarte, die von dem Rest der Familie oft vermutet worden war, nämlich dass über einen langen Zeitraum eine grobe, vielleicht desaströse Misswirtschaft der Ländereien stattgefunden hatte. Das Konto bei der Bank war gefährlich überzogen. Die Wälder von Thrubworth würden wahrscheinlich verkauft werden müssen, um das Defizit auszugleichen. Der Verkauf der Wälder zumindest war Erridges Idee, der das für den einfachsten Ausweg hielt; und auch die Treuhänder schienen dieser Lösung gegenüber aufgeschlossen zu sein. Es war möglich, dass Erridge, der keine Lust hatte, sich mit seiner Stiefmutter zu treffen, um mit ihr Geschäftliches zu besprechen, St. John Clarke eine Botschaft zu diesem Thema anvertraut hatte, ehe er sich nach Spanien aufmachte, wo er die Trivialitäten der Verwaltung seiner Ländereien in den Wirren der Revolution vergessen konnte. Vielleicht war mit Lady Warminsters letzter Bemerkung intendiert, uns zu verstehen zu geben, dass, falls geschäftliche Angelegenheiten überhaupt zu besprechen sein würden, sie nicht unterbrochen werden dürften. Wenn es sich so verhielt, kam ihr Hinweis gerade zur rechten Zeit, denn eine Sekunde später wurde St. John Clarke selbst angekündigt. Er kam eilends ins Zimmer, die Hand vor sich ausgestreckt, so als wolle er noch nach dem Griff einer Eisenbahntür greifen, ehe der sich schon bewegende Zug an Geschwindigkeit gewann und den Bahnsteig verließ.

»Lady Warminster, sie sehen mich tief beschämt«, sagte er in einer hohen, vollen, affektierten Stimme, ähnlich der eines erfahrenen Schauspielers, der das Beste aus einer Nebenrolle in einer Restaurationskomödie herauszuholen versucht. »Ich muss sie und ihre Gäste inständig um Vergebung bitten.«

Er ließ seinen Blick kurz durch das Zimmer schweifen, um herauszufinden, wen zu treffen er eingeladen worden war; dabei verbreitete er um sich eine nachhaltige Atmosphäre allgemeinen Unbehagens. Lady Warminster ergriff St. John Clarkes Hand vorsichtig, fast mit Erstaunen, um sie sogleich wieder loszulassen, so als empfinde sie die Textur oder Temperatur des Fleisches als unbefriedigend.

»Ich hoffe, sie haben keine großartige Lunchgesellschaft erwartet, Mr. Clarke«, sagte sie. »Es sind leider nur ein paar Mitglieder der Familie anwesend.«

Das war offenkundig nur zu wahr. Dem vom Treppaufwärtseilen geröteten Gesicht St. John Clarkes nach zu urteilen, hatte er zweifellos etwas Besseres erwartet als das, was er vorfand; vielleicht sogar ein Tête-à-tête mit seiner Gastgeberin statt dieser sperrigen Familienversammlung, die ihm weder Intimität noch Glanz bot. Aber obwohl auf den ersten Blick enttäuscht, war er doch ein alter Kämpe im Auf und Ab von Lunchgesellschaften und wusste, wie man das Beste aus einer schlechten Sache macht.

»Viel, *viel* angenehmer«, murmelte er, immer noch misstrauisch im Zimmer umherblickend, »und ich bin mir sicher, Lady Warminster, Sie stimmen mit mir darin überein, dass, was Gesellschaften betrifft, man die Feste feiern soll, wie sie kommen und man sich auch der kleineren erfreuen muss. Wie entzückend also, dass es jetzt hier so ist, wie es ist.«

Mir waren seine scharf geschnittenen Gesichtszüge von Fotografien in Zeitungen her bekannt, aber ich hatte diesen berühmten Autor noch nicht persönlich kennengelernt. Etwas an St. John Clarke reihte ihn in die Kategorie von Personen ein – Widmerpool war ein weiteres Beispiel –, die zugleich absurd und bedrohlich sind. St. John Clarkes Kopf erinnerte an den von William Blake, eine Ähnlichkeit, die er zweifellos sehr bewusst kultivierte, denn die Falten und Winkel seines Gesichts deuteten eindringlich auf ein sich selbst applaudierendes Innenleben, auf ein Verlangen, jeden von seinen eigenen ›geistigen Konflikten‹ wissen zu lassen. Ich hatte ihn schon früher bei zwei Gelegenheiten persönlich beobachten können, allerdings damals nie aus der Nähe: einmal, fünf oder sechs Jahre zuvor, wie er mit seinem damaligen Sekretär Mark Members über die Bond Street ging; ein zweites Mal an jenem nebligen Nachmittag im Hyde Park, während er von Mona und Quiggin (der inzwischen Members ersetzt hatte) in einem Rollstuhl geschoben wurde und die drei bei einer politischen Demonstration mitmarschierten. Obwohl er noch ein gewisses Maß an professionellem Elan an den Tag legte, sah St. John Clarke nicht gut aus. Man hätte ihn sehr wohl für älter halten können, als er wirklich war; seine Gesichtsfarbe war nicht die eines gesunden Mannes. Einst eine hochgewachsene, hagere Erscheinung, war er nun fett und wabbelig – ein körperlicher Zustand, der ihm irgendwie das Gehabe eines kirchlichen Würdenträgers gab, der sich aus nicht sehr erhebenden Gründen als Laie ausgibt. Längeres graues Haar und ein gequälter Ausdruck in den tiefliegenden Augen erinnerten an Mr. Deacon – wahrscheinlich eher, weil die beiden derselben Generation angehörten, als wegen einer größeren Ähnlichkeit in der Art und Weise, wie sie ihr Leben geführt hatten. St. John Clarke hatte sich ganz gewiss nie Mr. Deacons nicht zu kurierenden Bedürfnissen nach dem offen Zwielichtigen hingegeben. Im Gegenteil, St. John Clarke war immer ein moralisch strikter Mensch gewesen – sowohl aus Neigung als auch wegen seiner Prinzipien, die er im Laufe der Jahrzehnte seines Lebens als Schriftsteller stets ziemlich ernstgenommen hatte. Selbst jetzt, vergessen von den Kritikern, aber mit einer immer noch verhältnismäßig treuen Leserschaft in den Leihbibliotheken, war er eine, wenn auch nicht mehr bedeutende, Persönlichkeit des öffentlichen Lebens geblieben, die gelegentlich zu Radiovorträgen über irgendwelche nichtpolitische, nichtliterarische Themen wie das Müllproblem oder die Rauchbekämpfung eingeladen wurde, Vorträge, in die er – wie Members behauptete – stets kleine Zusätze an marxistischem Gedankengut einzuflechten pflegte.

»Und wie geht es Ihrer Schwester Lady Molly?«, fragte er, als wir uns in das Esszimmer begeben und unsere Plätze eingenommen hatten. »Es sind Jahre her, seit ich das Vergnügen hatte. Ich habe sie kaum noch gesehen, seit sie nicht mehr Schlossherrin auf Dogdene ist. Ach, wie lang her diese Sommernachmittage vor dem Krieg doch jetzt zu sein scheinen.«

Lady Warminster, die in einer ihrer unernsteren Stimmungen war, nahm die Nachfrage mit freundlicher Amüsiertheit auf und antwortete sogleich mit einer ganz formellen Erklärung, die ihm zu verstehen gab, ihr fehlten die Worte, die den Zuständen Gerechtigkeit widerfahren lassen würden, die in dem Hause Jeavons während der Renovierung herrschten. Sie machte sich wenige Illusionen darüber, dass St. John Clarke ihre Schwester als Marquise von Sleaford, als reich und Herrin eines berühmten Schlosses vorzog, statt sie mit Ted Jeavons verheiratet und in Unordnung und bescheidenem Wohlstand in South Kensington leben zu sehen. St. John Clarke erinnerte sich, dass er das Haus der Jeavons schon besucht habe, allerdings auch vor langer Zeit. Ein oder zwei Minuten später hörte ich, wie sie ihn fragte, ob er eines der zwei oder drei Bücher gelesen habe, die ich geschrieben hatte – eine Frage, die eher darauf abzielte, zu ihrer eigenen weiteren Erheiterung beizutragen als zu St. John Clarkes oder meiner Genugtuung. Wohl wissend, dass ich Members und Quiggin kannte, hatte er mir gegenüber eine steife, misstrauische Verbeugung gemacht, als wir einander vorgestellt wurden. Erinnerungen an seine eigenen Verbindungen mit den beiden dürften nicht sehr willkommen gewesen sein. Zudem war Lady Warminsters lebhafte Heiterkeit nicht von einer Art, die innere Sicherheit vermittelte.

»Gewiss, gewiss«, sagte St. John Clarke zurückhaltend. »Ich

erinnere mich, eins von ihnen anerkennend besprochen zu haben. Ein lobenswertes Werk.«

Er nahm einen Schluck von dem widerlichen weißen Bordeaux, der uns eingeschenkt worden war. Lady Warminster hatte einen Abscheu vor alkoholischen Getränken. In der Regel wurde an ihrem Tisch kaum genug serviert, um auch nur die bescheidensten Ansprüche zu befriedigen. Dies war vielleicht die einzige Eigenschaft, die sie mit Erridge teilte. Auch St. John Clarke war ein enthaltsamer Mensch. Während seiner Zeit als Sekretär hatte Members versucht, den Geschmack seines Herrn an Speisen und Wein zu stärken, sich aber später beschwert, das einzige Ergebnis sei viel Gerede über seltene Jahrgänge und wenig bekannte Rezepte gewesen, während die Mahlzeiten an St. John Clarkes Tisch schlechter als zuvor geworden seien.

»Ja«, sagte St. John Clarke, wischte sich den Mund und faltete die Serviette zurück auf sein Knie. »Ja.«

Es stimmte, er hatte sich in einer New Yorker Zeitung im Rahmen eines allgemein gehaltenen Diskurses über jüngere englische Schriftsteller lobend über mein erstes Buch geäußert. Das war, was mich betraf, das erste Anzeichen dafür gewesen, dass St. John Clarke – unter dem Einfluss von Members – im Begriff war, eine Art ästhetischen Wandel durchzumachen. Freundliche Worte von ihm wären auch nur kurze Zeit zuvor undenkbar gewesen. Wie auch immer, die Erwähnung eines Erstlingsromans in der sicheren Entfernung der Feuilletonseite einer amerikanischen Zeitung ist eine Sache, fünf oder sechs Jahre später seinem Autor von Angesicht zu Angesicht gegenüberzustehen eine ganz andere. Das wenigstens muss St. John Clarke ganz intensiv gefühlt haben. Das Verhältnis zwischen zwei Schriftstellern, welchen Alters sie auch sind, ist immer ein delikates, nicht so sehr – wie allgemein angenommen wird – aus Gründen der Eifersucht, sondern wegen der eminent persönlichen Natur ihres jeweiligen Rüstzeugs. Zum Beispiel: Ich hielt St. John Clarke für einen ›schlechten‹ Schriftsteller, das heißt, für eine Person, die (damals) nur mit Vorbehalt, wenn nicht mit kaum verschleierter Feindseligkeit zu behandeln sei. Später dann schien mir die Frage – das Verhältnis von Schriftstellern verschiedener Art zueinander – weniger leicht zu lösen, ja unendlich kompliziert zu sein. St. John Clarke hatte seinen Lebensunterhalt verdient, sogar ein kleines Vermögen angehäuft, indem er vielen durch das Schreiben von Büchern Freude bereitet hatte (Freude auch mir, als ich ein Junge war, muss ich zugeben); doch jetzt war er für mich zu einem Objekt des Missfallens geworden, weil seine Romane nicht einen gewissen Standard erreichten, den ich von mir selbst verlangte. Kurz gesagt, sie erschienen mir als trivial, unrealistisch, vulgär, schlecht konstruiert, in einem ekelhaften Stil geschrieben und ›unehrlich‹. Und dennoch, war St. John Clarke, selbst wenn man all diese Schwächen zugestand, nicht doch auch jemand, der mir ähnlicher war als all die anderen, die mit uns an dem Tisch saßen? Das war ein ernüchternder Gedanke. Auch er hatte, länger als ich, in der Imagination gelebt, selbst wenn diese Imagination ihn, in meinen Augen, zu einer Welt geführt hatte, die lächerlich gekünstelt, gesellschaftlich irreführend und professionell widerlich war. Zudem: Hatte er sich nicht bei jener früheren Gelegenheit die Mühe gemacht, ein Wort des vorsichtigen Lobes über mein eigenes Werk zu sagen? War das also nicht ein Aspekt seines kritischen Urteilsvermögens, für den man ihm Anerkennung zollen musste, oder war das eher ein noch stärkerer Grund, sich gegen eine mögliche Korrumpierung durch jemanden zu wappnen, dessen Werk man nicht gutheißen konnte? Glücklicherweise wurden diese Spekulationen, schwer befrachtet mit den idealistischen Gefühlen meiner jüngeren Jahre wie sie waren, nicht einem praktischen Test ausgesetzt; und zwar nicht nur, weil St. John Clarke in einiger Entfernung von mir seinen Platz hatte, sondern auch weil er selbst sogleich Schritte unternahm, um das wahrscheinlich für uns beide fruchtlose Thema zu wechseln. Er kommentierte rasch die Blumen in den Vasen, die mit viel Geschick arrangiert worden waren, von Blanche, wie sich herausstellte.

»Blumen bedeuten uns mehr in der Großstadt als in einem Garten«, sagte St. John Clarke.

Lady Warminster nickte. Sie war entschlossen, das Thema Literatur nicht ohne Kampf aufzugeben.

»Ich nehme an, Sie schreiben gerade selbst an einem neuen Buch, Mr. Clarke«, sagte sie. »Wir haben schon so lange keins mehr von Ihnen bekommen.«

»Und auch von Ihnen nicht, Lady Warminster.«

»Aber ich bin kein berühmter Schriftsteller«, sagte sie. »Ich delektiere mich nur an Leuten, an denen ich Gefallen finde, wie etwa Maria Theresia. Bei Ihnen verhält sich die Sache ganz anders.«

St. John Clarke schüttelte energisch den Kopf, wie ein Hund, der aus einem Teich auftaucht. Es war zehn oder fünfzehn Jahre her, seit er, außer kleineren Gelegenheitsarbeiten, etwas veröffentlicht hatte.

»Manchmal füge ich meinen Memoiren einen Abschnitt hinzu, Lady Warminster«, sagte er. »Unter den Kritikern der Gegenwart gibt es kaum jemanden, der einen Autor meines Alters und meiner Erfahrung dazu ermuntern könnte, seine Waren auf dem Marktplatz zur Schau zu stellen. Um die Wahrheit zu sagen, Lady Warminster, ich erfreue mich mehr an dem Gezwitscher der Spatzen bei ihren Versammlungen auf dem Dach gegenüber meinem Arbeitszimmerfenster oder an dem Anblick der Wolken, wie sie bei windigem Wetter über den See im Hyde Park jagen, als daran, lange Seiten mit einem krakeligen Text zu füllen, den nur ein paar gleichgesinnte Seelen, von denen sich einige schon längst auf den Weg gemacht haben in das Große Unbekannte, überhaupt noch zu lesen wünschen. ›Kein Spatz auf irgendeinem Dach war einsam je/Wie ich, und auch kein ungezähmtes Tier.‹ Sagt das nicht Petrarca irgendwo? Er ist mir eine große Stütze. Kindische Vergnügen, mögen Sie mir sagen, Lady Warminster, aber ich antworte Ihnen: Altwerden besteht in großem Maße aus Jungwerden.«

Lady Warminster war im Begriff zu antworten – doch ob sie

diesem Paradox beipflichtete oder nicht, blieb ungeklärt, denn St. John Clarke wurde sich plötzlich bewusst, dass seine Worte eine veraltete, ja sogar dekadente Geisteshaltung ausdrückten und in völligem Widerspruch zu einer politischen Erneuerung standen. Es konnte unmöglich der Weißwein gewesen sein, der ihn dazu hingerissen hatte. Wahrscheinlich war es einige Zeit her, seit er an einer Lunchgesellschaft dieser Art teilgenommen hatte, und ihre relative Unvertrautheit musste ihm für ein paar Minuten das Gefühl gegeben haben, er sei wieder in einen viel früheren Abschnitt seiner gesellschaftlichen Karriere zurückversetzt.

»Natürlich sprach ich von dem Moment, wenn der umherschweifende Geist vom Wege abkommt«, fügte er mit einer anderen, festeren Stimme hinzu, »wie es, fürchte ich, der Geist dieses unzuverlässigen Gesellen, des Intellektuellen, von Zeit zu Zeit zu tun pflegt. Ich wollte damit sagen, dass es, wenn es so viele Anliegen gibt, die unsere Aufmerksamkeit beanspruchen, eine Verschwendung von Zeit zu sein scheint, über die trivialen Begegnungen eines Individuums wie mir zu schreiben, der einen Großteil seines Lebens damit verbracht hat, egoistische und, fürchte ich, oft belanglose Ziele zu verfolgen. Wir müssen lernen, kollektiver zu leben, Lady Warminster. Daran besteht gar kein Zweifel.«

»Das ist genau das, was jemand an der Börse neulich zu mir gesagt hat«, sagte George. »Wir sprachen über diese Verräterprozesse in Russland. Ich durchschaue die überhaupt nicht. Er schien sehr gut informiert zu sein über Sinowjew und Kamenew und die Übrigen. Ein Wechselmakler namens Widmerpool. Du kennst ihn wahrscheinlich von der Schule her, Nick. Irgend so eine Geschichte über einen Mantel, oder?«

»Ich kenne ihn«, sagte Roddy. »War früher mal bei Donners-Brebner beschäftigt. Ziemlich korpulenter Mann mit dicken Brillengläsern. Ehrlich gesagt, wir haben ihn in unserer Familie immer für so was wie 'nen Witz gehalten, damals, als meine Schwester Mercy noch auf Bälle ging. Er war der absolut letzte

Ausweg, wenn ein Mann für das Dinner davor abgesagt hatte. Hat nicht eine Frau einmal auf einem Ball Zucker über seinen Kopf geschüttet?«

»Wie ist es Widmerpool denn so ergangen?«, fragte ich. »Ich hab ihn seit ein oder zwei Jahren nicht mehr gesehen. Nicht seit Isobel und ich geheiratet haben, genauer gesagt. Ich kenne ihn seit einer Ewigkeit.«

»Fettiplace-Jones hat ihm zu Ehren ein Dinner im Unterhaus gegeben«, sagte Roddy, »am Abend der Debatte über Indien.«

»Denkt er daran zu kandidieren?«, fragte George. »Er ist genau der Typ.«

»Nicht für die Konservativen«, sagte Roddy. »Widmerpool ist alles andere als ein Konservativer.«

Roddy schien leicht verärgert über Georges wahrscheinlich völlig arglose Bemerkung, dass Widmerpool die Sorte von Mensch sei, die Parlamentsabgeordnete werde.

»Ich hab ihn irgendwo kennengelernt«, sagte George. »Und dann saß er einmal im ›Sweeting‹ am Nebentisch. Er machte den Eindruck, sehr sachkundig zu sein. Wir haben ihn dann auch zum Abendessen bei uns gehabt. Jetzt erinnere ich mich, er sagte, er kenne dich, Nick. Meine Firma macht eine ziemliche Menge Geschäfte mit Donners-Brebner, wo Widmerpool ja mal war. Er geht vielleicht in einer beratenden Funktion wieder dahin zurück, zumindest zeitweise, sagte er mir.«

»Mr. Widmerpool war mir gar nicht sympathisch«, sagte Veronica, ihr Gespräch mit Susan über Geschäfte, wo man die besten Vorhangstoffe kaufen könne, abbrechend. »Er konnte an dem Abend, als er bei uns war, über nichts anderes als Mrs. Simpson sprechen. Er war überhaupt nicht von dem Thema abzubringen.«

Die Miene St. John Clarkes, der angesichts all dieses Geredes über Personen, die er nicht kannte, ein wenig verdrießlich dreinzuschauen begann, hellte sich bei diesem Namen wieder auf. Er schien etwas sagen zu wollen; doch dann muss irgendein innerer Beweggrund ihn dazu veranlasst haben, besser darauf zu verzichten, den Reflexionen, die sich in seinem Bewusstsein regten, Ausdruck zu geben, denn er schwieg schließlich doch und zerbröckelte nur gedankenvoll das Brot.

»Ich habe Mr. Widmerpool einmal bei Tante Molly getroffen«, sagte Susan. »War da nicht diese Sache mit dem Bruch seiner Verlobung – mit dieser ganz fürchterlichen Dame, einer von den Vowchurches?«

»Ich höre, Onkel Ted geht es jetzt ein wenig besser«, sagte Lady Warminster.

Sie spielte auf die Kriegsverwundung an, die Jeavons in regelmäßigen Abständen zu schaffen machte, aber gleichzeitig gelang es ihr auch, einen Eindruck von der Verbesserung in Jeavons' Selbstvertrauen und seinem gesellschaftlichen Verhalten zu vermitteln, der irgendwie eine weitere Diskussion über Widmerpools erfolglosen Versuch von ein oder zwei Jahren zuvor, Mrs. Haycock zu heiraten, zu verbieten schien.

»Roddy und ich waren letzte Woche bei den Jeavons«, sagte Susan. »Der schlimmste Teil der Renovierung ist jetzt vorbei, obwohl man noch immer über Leitern und Eimer mit Tünche fällt. Tante Mollys Freundin Miss Weedon – die ich nicht ausstehen kann – ist jetzt für immer eingezogen. Sie hat eine Art Wohnung im obersten Stockwerk. Und wisst ihr, wer da auch noch lebt? Charles Stringham, ausgerechnet der. Erinnert ihr euch an den? Es wird gesagt, Miss Weedon ›kümmert sich um ihn‹.«

»Ist das der Stringham, mit dem wir zusammen auf der Schule waren?«, fragte mich George, der aber keine Ahnung hatte, wie erstaunt ich über diese Neuigkeit war. »Widmerpool war auch zu der Zeit da.«

»Ich hielt Charles Stringham immer für *so* attraktiv, wenn er gelegentlich auch auf den Bällen erschien«, sagte Susan erinnerungsvoll. Sie sprach, als sei wenigstens ein halbes Jahrhundert vergangen, seit sie selbst auf einem Tanzboden zu sehen war. »Dann verschwand er völlig von der Bildfläche. Was ist mit ihm passiert? Warum muss man sich ›um ihn kümmern‹?«

»Charles Stringham ist nicht gerade ein Antialkoholiker, Liebling«, sagte Roddy, der eine leichte Verärgerung darüber erkennen ließ, dass seine eigene Frau derart uneingeschränkt Bewunderung für die Attraktivität eines anderen Mannes zeigte.

Lady Warminster schauderte sichtlich bei dem Gedanken, was diese untertreibende Beschreibung von Stringhams Gewohnheiten einschließen mochte. Ich fragte Susan, wie es zu dieser in der Tat außergewöhnlichen Situation gekommen sei, nämlich dass Miss Weedon und Stringham zusammen unter einem Dach bei den Jeavons wohnten.

»Charles Stringham hat eines Abends Miss Weedon dort besucht – sie war mal die Sekretärin seiner Mutter, und sie und Charles waren immer schon Freunde. Er war offensichtlich in einem fürchterlichen Zustand, eine Grippe war im Anzug und er praktisch im Delirium. Deshalb hat ihn Miss Weedon dabehalten, bis es ihm wieder besserging. Und seitdem lebt er dort. So hat es Tante Molly erzählt.«

»Molly hat mir gegenüber etwas davon erwähnt«, sagte Lady Warminster.

Sie sprach in einem sehr ruhigen Ton, so als ob sie uns allen fest versichern wolle, dass es für niemanden auch nur den geringsten Anlass zur Sorge gebe. Nachdem sie einmal ihre eigene grenzenlose Abscheu vor dem Alkohol zu Protokoll gegeben hatte, war Lady Warminster durchaus bereit, Stringhams Problem zu diskutieren, über das sie, wie üblich, wahrscheinlich viel besser unterrichtet war, als ihre Familie vermutete. Die Information über Stringham war nicht nur völlig neu für mich, sondern auch voller Implikationen im Hinblick auf andere Dinge, die ihre Wurzeln tief in der Vergangenheit hatten; sie war zum Beispiel weit erstaunlicher, weit dramatischer als Erridges Aufbruch nach Spanien.

»Charles ist Amy Foxe' Sohn aus ihrer zweiten Ehe«, sagte Lady Warminster. »Es gibt auch noch eine Tochter – geschieden von dem nicht sehr netten Mann mit nur einem Arm –, die mit einem Amerikaner namens Wisebite verheiratet ist. Amy hat Schwierigkeiten mit beiden Kindern.«

Stringhams Mutter war eine alte Freundin von Lady Warminster, obwohl die zwei sich jetzt nur noch selten sahen. Der Grund dafür lag hauptsächlich darin, dass Mrs. Foxe' unerbittliche gesellschaftliche Aktivitäten ihr nur wenig Zeit ließen für Besuche in dem trägen, unbewegten Seitenarm, in dem die Barke von Lady Warminsters Witwenschaft vor Anker gegangen war; das heißt, unbewegt in den Augen von jemandem wie Mrs. Foxe. In Wirklichkeit aber konnte man das Leben in Hyde Park Gardens keineswegs immer so bezeichnen, obwohl es sich in seinem Tenor stark unterschied von der permanenten Rotation von Partys zu Komitees zu Visiten, in der sich Mrs. Foxe unermüdlich drehte. Vielleicht war diese Beschreibung von Mrs. Foxe' Existenz jetzt, da sie sich so sehr mit Norman Chandler eingelassen hatte, nicht mehr ganz exakt, denn sie frequentierte nun wohl eine weniger formale gesellschaftliche Welt (ihre Wohltätigkeitsarbeit setzte sie allerdings unvermindert fort), doch bot ihr Chandlers eigenes Milieu des Theaters und der Musik Gelegenheiten genug für entsprechende Aktivitäten.

»Es ist sehr lobenswert von Miss Weedon, sich um Charles Stringham zu kümmern«, fuhr Lady Warminster fort. »Seine Mutter, mit ihren Krankenhäusern und diesen schrecklichen Kriegen, die sie deshalb mit Lady Bridgnorth führt, ist immer so fürchterlich beschäftigt. Miss Weedon – Tuffy, wie sie jeder nennt – war Flavia Stringhams Gouvernante, ehe sie die Sekretärin ihrer Mutter wurde. Solch eine nette, fähige Frau. Ich kann mir nicht vorstellen, warum du sie nicht leiden kannst, Sue.«

Diese Rede machte nicht wirklich deutlich, ob Lady Warminster Mrs. Foxe' frühere Sekretärin genauso wenig mochte wie Susan, oder ob sie Miss Weedon, was die Worte nach außen hin zu signalisieren schienen, sehr schätzte und sich gerne mit ihr traf. Lady Warminsters Verlautbarungen auf solchen Gebieten waren oft enigmatisch. Möglicherweise sollten wir alle aus ihrem Ton leise Zweifel darüber heraushören, dass es Miss Weedon erlaubt war, eine so absolute Kontrolle über Stringham auszuüben, wie es jetzt der Fall zu sein schien. Ich war mir bei diesem Thema ebenfalls unsicher. Diese neue Situation mochte gut sein, sie mochte schlecht sein. Ich erinnerte mich an Miss Weedons unverhohlene Bewunderung für ihn, als er noch ein Junge war, und an die Zeichen, die sie dann später bei den Jeavons hatte erkennen lassen, Zeichen der Hoffnung, eine autoritäre Rolle in Stringhams Leben zu spielen.

»Ich tue, was ich kann, um zu helfen«, hatte Miss Weedon gesagt, als wir uns kurz vor meiner Heirat in dem Haus der Jeavons begegnet waren.

Damals hatte ich mich gefragt, was sie meine. Jetzt sah ich, dass sie an Beschränkung, selbst an konkrete physische Beschränkung, gedacht haben mochte. Vielleicht wäre in Stringhams Fall nichts außer physischer Beschränkung wirklich angebracht. Das war zumindest denkbar. Miss Weedon schien etwas dieser Art zu bieten.

»Molly wird über die zusätzliche Miete froh sein«, sagte Lady Warminster, die sich jetzt, wo seine alkoholischen Aspekte in den Hintergrund gerückt waren, für das Thema zu erwärmen schien. »Sie hat in der letzten Zeit häufig beklagt, dass sie knapp bei Kasse sei. Ich zittere bei dem Gedanken, wie hoch Teds Arztrechnungen immer sein müssen. Welche Schwierigkeiten er doch mit seinen inneren Organen hat. Aber er braucht jetzt nicht mehr nur Flüssignahrung zu sich zu nehmen, höre ich.«

»Sind die Stringhams reich?«, fragte George.

»Ach, das glaube ich nicht«, sagte Lady Warminster. Sie sprach, als sei die bloße Vermutung, irgendjemand, von den Stringhams ganz zu schweigen, könne reich sein, eine an sich schon sehr skurrile Vorstellung. »Aber ich glaube, Amy wurde für eine sehr reiche Erbin gehalten, als sie zuerst in London auftauchte und die alte Lady Amesbury sie überall einführte.

Sie kam aus Südafrika, wisst ihr. Das meiste ist jetzt ausgegeben, vermute ich. Amy war immer ziemlich achtlos mit Geld. Sie ist sehr eigenwillig. Die Leute sagen, sie sei sehr dümmlich erzogen worden. Ich vermute, dass sie jetzt wahrscheinlich von dem lebt, was ihr erster Mann, Lord Warrington, ihr in einer Stiftung vererbt hat. Ich glaube nicht, dass Charles' Vater – ›Boffles‹, wie er genannt wurde – auch nur einen Penny besaß. Er war ein sehr gutaussehender Mann, und so amüsant. Er schaute wundervoll aus auf einem Pferd. Er ist jetzt mit einer Französin verheiratet, die er bei einem Tennisturnier in Cannes kennengelernt hat, und hat eine Farm in Kenia. Die arme Amy, sie hat einige sehr seltsame Freunde.«

Bei diesem letzten Kommentar dachte Lady Warminster zweifellos an Norman Chandler; obwohl niemand zu sagen vermochte, wie viel, oder wie wenig, sie von dieser Verbindung wusste oder was sie davon hielt. Ich sah zu Robert hinüber. Innerhalb der Familie galt er als die größte Autorität, was die versteckten Anspielungen ihrer Stiefmutter betraf. Seltsamerweise hatte er sich als einer der jungen Männer erwiesen, die ich drei oder vier Jahre zuvor bei jener Aufführung der »Duchess of Malfi« in Begleitung von Mrs. Foxe gesehen hatte. Die anderen beiden Gäste von Mrs. Foxe waren John Mountfichet, der älteste Sohn der Bridgnorths, und Venetia Penistone, eine der Töchter der Huntercombes, gewesen. Robert und ich waren dann Schwäger geworden und hatten uns später über diesen Zwischenfall unterhalten. Robert hatte mir dabei beschrieben, wie erregt Mrs. Foxe an diesem Abend angesichts der Aussicht gewesen sei, Chandler nach Beendigung der Aufführung zu sehen. Sie hatten sich nur ein oder zwei Wochen vorher kennengelernt.

»Weißt du, auf ihre Art ist Mrs. Foxe ziemlich furchteinflößend«, hatte Robert gesagt. »Wenigstens flößt sie mir immer Furcht ein. Doch an diesem Abend zitterte sie wie Espenlaub. Ich glaube, sie war völlig verrückt nach diesem jungen Schauspieler, mit dem wir dann schließlich auch soupierten.

Sie bekam nicht viele Gelegenheiten, mit ihm zu sprechen, denn Max Pilgrim kam auch und verbrachte den ganzen Abend damit, ältere Damen zu imitieren.«

Diese Beziehung zwischen Mr. Foxe und Chandler war jetzt immer noch sehr lebendig. Man sagte, sie mache ihm ›wundervolle‹ Geschenke, wobei sie keine anderen Gegenleistungen erwarte als das Vergnügen, ihn zu sehen, wenn er die Zeit erübrigen konnte. Dass eine der anspruchsvollsten aller Frauen Befriedigung darin fand, eine so bescheidene Rolle zu spielen, war sicherlich bemerkenswert. Chandler, lebhaft und leichtlebig wie er war, war nur allzu bereit, auf ihre Laune einzugehen. Man sah sie dauernd zusammen, verbunden in einer Beziehung, die irgendwo zwischen denen von Liebhaber zur Geliebten und Mutter zum Sohn lag.

»Ich könnte das verstehen, wenn Norman ein Sadist wäre«, sagte Moreland. »Ein psychischer Sadist, meine ich, der ihre Verabredungen vereitelt oder so was. Aber im Gegenteil, er ist immer charmant zu ihr. Und dennoch hält diese Beziehung. Frauen sind unerklärbar.«

Während dieses Gesprächs über Stringham und seine Eltern hatte sich St. John Clarke erneut aus der Unterhaltung ausgeschaltet. Auf seinem Gesicht begann sich abzuzeichnen, dass, obwohl er sich bewusst war, dass ein Gast, der sich selbst eingeladen hat, gewisse Perioden der Unaufmerksamkeit seitens seiner Gastgeberin hinnehmen muss, diesen jedoch eine Häufigkeit anzunehmen erlaubt worden war, die ein Mann seiner Position nicht tolerieren konnte. Er fing an, auf seinem Stuhl hin und her zu rutschen, so als ob er etwas auf dem Herzen habe, während er sich vielleicht fragte, ob ihm schließlich doch noch die Gelegenheit geboten würde, mit Lady Warminster allein zu sein, oder ob er besser das, was er zu sagen habe, in aller Öffentlichkeit sagen solle. Er muss zu dem Schluss gekommen sein, dass ein Tête-à-tête unwahrscheinlich war, denn er sprach sie jetzt mit einer leisen, vertraulichen Stimme an.

»Es gibt da eine Sache, die ich Ihnen mitteilen wollte, Lady

Warminster. Unter den hektischen Umständen unserer Begegnung bei Bumpus mochte ich sie nicht so recht aufbringen. Das war der Grund, warum ich mich so stillos selbst in Ihr Haus eingeladen habe. Worauf Sie liebenswürdigerweise mit einer Einladung zu dieser charmanten Lunchgesellschaft antworteten. Lord Warminster – Ihr ältester Stiefsohn – Alfred, so habe ich begonnen ihn zu nennen.«

St. John Clarke machte eine Pause, lachte ein wenig scheu und legte den Kopf auf die Seite.

»*Wir* nennen ihn Erridge«, sagte Lady Warminster freundlich, »ich weiß nie so recht, warum. In meiner eigenen Familie war das nicht üblich, aber wir waren in vieler Hinsicht anders als die Tollands. Die Tollands haben immer dem ältesten Sohn den zweiten Titel gegeben. Ich nehme an, es wäre völlig in Ordnung, ihn Alfred zu nennen. Und doch, irgendwie ist Erridge nicht eigentlich ein Alfred.«

Sie dachte einen Moment nach, und ihr Gesicht verdüsterte sich, als ob das Problem, warum Erridge nicht eigentlich ein Alfred war, ihr ziemliche Sorgen bereite, ja sogar einen Moment lang traurig stimme.

»Lady Priscilla erwähnte gerade ihres Bruders politische Sympathien«, erwiderte St. John Clarke milde lächelnd, so als ob er die Leichtigkeit zum Ausdruck bringen wolle, mit der er gesellschaftliche Hürden von der Art, wie sie Lady Warminster ihm in den Weg stellte, zu meistern vermochte. »Ich nehme an, Sie wissen, dass seine Abreise nach Spanien fast unmittelbar bevorsteht.«

»Er hat mir das selbst gesagt«, antwortete Lady Warminster.

»Die Sache ist«, sagte St. John Clarke, der jetzt sehr rot im Gesicht wurde und etwas von seiner Galanterie verloren hatte, »die Sache ist, Ihr Stiefsohn hat mich gebeten, mich um seine geschäftlichen Angelegenheiten zu kümmern, während er fort ist. Natürlich meine ich nicht seine Ländereien, nichts dergleichen. Seine Interessen im politisch-literarischen Bereich …«

Er nahm sein Glas auf, aber es war leer.

»Lord Warminster und ich haben uns seit seiner Rückkehr aus dem Osten sehr häufig getroffen«, sagte er, einen Seufzer unterdrückend, den wahrscheinlich Gedanken an Mona in ihm verursachten.

»Auf Thrubworth?«, fragte Lady Warminster.

Ihr Interesse war plötzlich geweckt. Und auch jeder andere am Tisch spitzte die Ohren angesichts der Annahme, dass St. John Clarke auf Thrubworth empfangen worden war. Es gab selten Besucher dort. Ein neuer Name im Gästebuch wäre ein signifikantes Ereignis.

»Auf Thrubworth«, sagte St. John Clarke ehrfurchtsvoll. »Wir hatten dort Gespräche bis in die frühen Morgenstunden. Während der letzten paar Jahre hatten wir beide erheblichen Stress, erhebliche Belastungen zu durchstehen, Lady Warminster. Alfred ist mir eine große Hilfe gewesen.«

Er starrte glasig den Tisch hinunter, so als ob er dächte, ich selbst sei vielleicht in großem Maße verantwortlich für Members und Quiggin, für die Turbulenzen, die die beiden in seinem persönlichen Leben hervorgerufen haben mussten.

»Niemand kann sagen, was Lord Warminster in Spanien zustoßen mag«, sagte St. John Clarke, jetzt in einem dramatischeren Ton. »Er weiß, dass ich die demokratisch gewählte Regierung vollstens unterstütze. Er weiß auch, dass ich eine gleich starke Bewunderung für ihn selbst empfinde.«

»Ja, natürlich«, sagte Lady Warminster ermunternd.

»Andererseits, Lady Warminster, ich bin ein Autor, ein Literat, kein Politiker. Ich hielt es nur für richtig, dass Sie meine Position kennen. Ich möchte nichts hinter Ihrem Rücken tun. Außerdem, Alfred hat gelegentlichen Umgang mit Personen, die mir aus der Vergangenheit bekannt sind und mit denen ich nur ungern … ich meine natürlich nicht …«

Diese Sätze, die an Lady Warminsters Wohlwollen zu appellieren schienen, bezogen sich zweifellos hauptsächlich auf Quiggin.

»Ach, ich bin sicher, dass er den hat«, sagte Lady Warminster mit Nachdruck. »Und ich stimme hier völlig mit Ihrer Meinung überein.« Sie deutete St. John Clarkes holprige Sätze einfach als Erklärung, dass jeder von Erridges Freunden ein Halunke sei.

»Kurz gesagt, ich fragte mich, ob ich Sie von Zeit zu Zeit um Ihren Rat bitten, wenn nötig mit Ihnen in Verbindung treten dürfte, Lady Warminster, vielleicht sogar Ihnen zumuten könnte, mit den Bekannten Ihres Stiefsohnes zu sprechen, mit denen zu tun zu haben ich – aus rein persönlichen Gründen, bestimmt nichts Schlimmeres, versichere ich Ihnen – abscheulich finden würde.«

Er machte eine Geste, die zeigen sollte, dass er sich ihr auf Gedeih und Verderb ausliefere. Ihrerseits schien sie nur allzu willens, auf diese Weise etwas über Erridges Angelegenheiten zu erfahren, obwohl sie kein sehr klares Bild von St. John Clarkes Absichten haben konnte, die sicherlich auch nicht leicht zu durchschauen waren. Ihm selbst sagte die Vorstellung, sich in Erridges Belange einzumischen, ohne Zweifel zu; gleichzeitig aber wünschte er nicht, wieder mit Quiggin in Kontakt zu treten. Lady Warminster muss sich geschmeichelt gefühlt haben, die Stellung einer Konfidentin St. John Clarkes angeboten zu bekommen, die ihre Neugier befriedigen und gleichzeitig im besten Interesse der Familie sein würde. Es war überhaupt nicht abzuschätzen, welches Chaos zu beseitigen sein würde, falls Erridge nicht mehr aus Spanien zurückkäme – eine Eventualität, die durchaus in Betracht gezogen werden musste. Zudem wechselte Erridge oft seine Pläne. Sein Verhalten musste empirisch angegangen werden. Wie weniger idealistische Menschen war auch er hauptsächlich darauf bedacht, seinen eigenen Willen durchzusetzen, selbst wenn dieser ungewöhnliche Formen annahm. Eine vordergründige Prüfung dieser Schwärmereien zu irgendeinem beliebigen Zeitpunkt ließ kaum verlässliche Rückschlüsse zu.

»Schreiben Sie mir, Mr. Clarke, oder rufen Sie mich an«, sagte Lady Warminster, »wann immer Sie meinen, ich könnte

Ihnen helfen. Sollte meine Gesundheit es nicht erlauben, Sie dann zu sehen, werden wir etwas für später arrangieren.«

Ich kannte inzwischen Lady Warminster und ihre Stiefkinder zu gut, um über die Gelassenheit, mit der sie eine Neuigkeit dieser Art aufnahmen, erstaunt zu sein. Mein eigenes Temperament stimmte durchaus mit einer solchen Geisteshaltung überein. Ich freute mich darauf, Quiggins Bericht über die gegenwärtige Situation Erridges zu hören. Möglicherweise entschied sich ja auch Quiggin dazu, nach Spanien zu gehen. Einen solchen Schritt konnte man nicht ausschließen. Zweifellos hatte auch er die Absicht, Erridges Belange im Auge zu behalten. Der beste Weg, das zu tun, war vielleicht, sich Erridge persönlich anzuschließen. Dass St. John Clarke sich zu einem engen Freund Erridges entwickelt hatte, musste Quiggin sehr hart angekommen sein.

St. John Clarkes Appell an Lady Warminster kam unerwartet. So gelang es ihm, den größten Teil davon rüberzubringen, ohne viel von der Aufmerksamkeit der übrigen Teilnehmer der Gesellschaft, die meist ihre eigenen Angelegenheiten besprachen, auf sich zu ziehen. Aber wahrscheinlich war es der Tenor seiner mit gedämpfter Stimme geäußerten Worte gewesen, der die Wende in der Unterhaltung bewirkt hatte, als sie dann wieder eine allgemeine Form annahm.

»Haben Sie eine Meinung darüber, wie die Sache in Spanien ausgehen wird, Mr. Clarke?«, fragte George.

St. John Clarke machte eine Geste mit den Fingern, die eine sehr abgemilderte Version der geballten Faust der Volksfront bedeuten sollte. Jetzt, da er mit Lady Warminster über Erridge gesprochen hatte, schien er heiterer zu sein, obwohl mich wieder die ermattete, ungesunde Textur seiner Haut betroffen machte. Er besaß immer noch eine Menge an nervöser Energie, aber seine frische Röte hatte er verloren. Seine Wangen waren bleich und grau. Er sah aus wie ein kranker Mann.

»Franco kann nicht gewinnen«, sagte er.

»Wie ist es mit den Deutschen und Italienern?«, fragte

George. »Es sieht nicht so aus, als ob Nichteinmischung funktionieren wird. Das war von Anfang an zum Scheitern verurteilt.«

»Wenn das der Fall ist«, sagte St. John Clarke, offensichtlich erfreut darüber, eine Gelegenheit zu haben, diesen Satz auszusprechen, »können sie es Caballero verdenken, wenn er sich anderswo um Hilfe bemüht?«

»Russland?«

»Zur Unterstützung der gewählten Regierung Spaniens.«

»Ich persönlich neige dazu zu glauben, dass Franco gewinnen wird«, sagte George.

»Wäre das nach Ihrem Geschmack?«, fragte St. John Clarke milde.

»Nicht eigentlich«, sagte George, »besonders, wenn das Hitler und Mussolini einschließen sollte. Aber Russland ist ebenso wenig nach meinem Geschmack. Man kann sich nur schwer begeistern für das, was die Regierungsseite tut, oder auch für das, was sie getan hat, bevor der Krieg ausbrach.«

»Leute wie ich begrüßen die gesellschaftliche Revolution in einem Land, das viel zu lange im Feudalismus verharrte«, sagte St. John Clarke in einem fast gütigen Ton, so als ob der Krieg in Spanien nur ihm zuliebe geführt würde und er nicht umhinkönne, sich deshalb geschmeichelt zu fühlen. »Wir können nicht immer in der Vergangenheit leben.«

Dieses ausdrückliche Eintreten für gesellschaftliche Umwälzungen um ihrer selbst willen rief Roddy Cutts auf den Plan. Er begann, seine Messer und Gabeln so auf dem Tisch zu verschieben, dass sie ein Muster ergaben, offensichtlich gedacht als Präliminarien zu so etwas wie einer Rede. St. John Clarke war im Begriff, seine Ansichten über die Revolution weiter auszuführen, als ihm Roddy in einem bedächtigen, gemäßigten, parlamentarischen Ton das Wort abschnitt.

»Die Frage ist«, sagte Roddy, »ob der Zusammenbruch der inneren Verwaltung Spaniens – und niemand bezweifelt ernsthaft die Existenz eines solchen Zusammenbruchs – einen militärischen Coup d'État rechtfertigt. Einige Leute sagen ja, andere bestreiten es ganz entschieden. Meine eigene Meinung ist, dass wir uns nicht in eine Lage versetzen sollten, in der wir einen politischen Abenteurer faschistischer Prägung, wie er selbst zugibt, zu unterstützen scheinen, aber gleichzeitig unmissverständlich unseren völligen Mangel an Sympathie für eine Partei oder für Parteien zum Ausdruck bringen müssten, die den rapiden Zerfall ihres Landes in einen Zustand der Gesetzlosigkeit zulassen, der nur, durch sowjetische Intrige, zu der Etablierung eines kommunistischen Regimes führen kann.«

»Ich glaube, beide Seiten sind abscheulich«, sagte Priscilla. »Norah unterstützt die Roten, wie Erry. Sie und Eleanor Walpole-Wilson haben ein Bild der Pasionaria über dem Kamin in ihrem Wohnzimmer aufgehängt. Ich habe sie gefragt, ob sie dafür sind, dass Nonnen erschossen werden.«

St. John Clarkes Gesichtsausdruck deutete völlige Neutralität in diesem Punkt an.

»Die Tradition des Antiklerikalismus in Spanien reicht sehr weit zurück, Lady Priscilla«, sagte er, »besonders in Katalonien.«

Auch Roddy Cutts hatte zweifellos die spanische Geschichte studiert, denn er sagte: »Sie finden einen fast gleichen Beleg für einen ungebrochenen Royalismus in Navarra, Mr. Clarke.«

»Ich bin seit Jahren nicht in Spanien gewesen«, sagte Lady Warminster in ihrer tiefen musikalischen Stimme, die jetzt kaum über einem Flüstern lag. »Ich mochte die Frauen lieber als die Männer. Natürlich haben sie alle englische Kindermädchen.«

Nach Beendigung des Lunchs begab sich St. John Clarke mit Blanche in eine Ecke des Salons, wo er mit einer vollen, sonoren Stimme, die ganz anders klang als die fast falsettartige gesellschaftliche Diktion, in der er bei seiner Ankunft gesprochen hatte, über den Humor bei Dickens dozierte. Blanche lächelte sanft, während St. John Clarke mit vielen Gesten und Grimassen über Mr. Micawber und Mrs. Nickelby sprach. Sie waren immer noch dort und hatten sich gerade »Great Expectations« zugewandt, als ich mich, befrachtet mit der Aufgabe, Isobel die besten Wünsche des Rests der Familie zu bestellen, zu der Entbindungsklinik aufmachte.

Eine zukünftige Ehe, oder auch eine vergangene, kann vielleicht von einer ihrer Parteien literarisch analysiert und erklärt werden, aber es ist zweifelhaft, ob es möglich ist, eine bestehende Ehe je in der ersten Person zu beschreiben und gleichzeitig das Gefühl zu vermitteln, die Beschreibung sei realistisch. Selbst jene Autoren, denen es am besten gelingt, etwas von der Substanz des Ehelebens herüberzubringen, stilisieren stark und büßen dabei die Subtilität der Beziehung zugunsten einiger weniger akkurat dargestellter, aber isolierter Aspekte ein. Eine objektive Meinung über seine eigene Ehe zu haben, ist unmöglich, während ein ausgewogenes Urteil über die Ehe anderer Leute, angesichts der Vielzahl von Informationen und deren geringer Glaubwürdigkeit, fast ebenso schwer zu erreichen ist. Natürlich ist Objektivität in der Literatur nicht alles; aber wenn man die Objektivität beiseitelässt, werden die Schwierigkeiten der Darstellung der Ehe ungeheuer groß. Ihre Formen sind zugleich so unterschiedlich und doch so gleichbleibend; sie ist ein Kaleidoskop, dessen Farben sich stets verändern, aber immer dieselben sind. Die Stimmungen einer Liebesbeziehung, die Widersprüche einer Freundschaft, die Eifersucht zwischen Geschäftspartnern, das Verbundenheitsgefühl gegnerischer Befehlshaber in einem totalen Krieg – all das muss entsprechend aufgezeichnet werden. Aus solchen – und tausend anderen – dualen Gegensätzen und Gemeinsamkeiten bestehend, entzieht sich die Ehe letztlich jeder Definition. Auf meinem Weg zu der Entbindungsklinik dachte ich über einige dieser Dinge nach.

»Wie geht es allen?«, fragte Isobel.

Ich gab ihr einen detaillierten Bericht von der Lunchgesellschaft, und wir diskutierten die Neuigkeit über Erridge. Isobel würde am nächsten Tag nach Hause kommen, so dass häusliche

Vorbereitungen zu besprechen waren – Mysterien im Labyrinth des ehelichen Lebens, außer Kraft gesetzt während ihrer Gefangenschaft, jetzt wieder zu erneuern mit ihrer Befreiung.

»Es wird mir nicht leidtun, wieder nach Hause zu kommen.«

»Es wird mir nicht leidtun, dass du wieder zu Hause bist.« Am späten Nachmittag verließ ich die Klinik. Ihre Gänge ähnelten ein wenig denen von Onkel Giles' *pied-à-terre,* dem Ufford, nur dass noch der Geruch von Desinfektionsmitteln hinzukam und dass sich mehr Menschen in ihnen aufhielten. Wie im Ufford war es hier leicht, sich zu verirren. Ich ging um eine Ecke, die zu den Treppen führte, und sah mich plötzlich ausgerechnet mit Moreland konfrontiert, der mit einem hochgewachsenen, grauhaarigen Mann sprach, offensichtlich einem Arzt, denn er trug, gleich einem Bühnenrequisit in einer Farce, eine kleine schwarze Tasche in der Hand. Moreland wirkte in dieser Umgebung hoffnungslos fehl am Platz, so dass beide ein wenig den Eindruck erweckten, sie seien Teil einer Theateraufführung. Der Arzt sprach ernst auf Moreland ein, während dieser nervös von einem Fuß auf den anderen trat und offensichtlich bestrebt war, schnell wegzukommen, ohne dass das als ein Zeichen allzu schlechter Manieren hätte gedeutet werden können. Wir hatten uns – obwohl wir gelegentlich Ansichtskarten ausgetauscht hatten – seit über einem Jahr nicht mehr gesehen, denn Moreland hatte einen Job in einem Seebadeort angenommen, der dafür bekannt war, dass er großen Wert auf seine musikalischen Aktivitäten legte. Früher oder später Dirigent irgendwo in der Provinz zu sein war ein Schicksal, das Moreland in Zuständen großer Mutlosigkeit oft für sich vorausgesagt hatte. Ich wusste so gut wie nichts über sein Leben dort, und auch nichts darüber, wie es seiner Ehe erging. Die Postkarten handelten gewöhnlich eher von irgendwelchen esoterischen Dingen, die seine Aufmerksamkeit erregt hatten – einem seltsamen Badeanzug am Strand, einer Peepshow auf dem Pier, der Vorstellung von Pierrots –, als den

Ereignissen des täglichen Lebens. In den Anfängen ihrer Ehe war Matilda sehr gut mit den Verhältnissen zurechtgekommen, die bestimmt, weil es häufig an Geld fehlte, nicht immer einfach waren. Als er mich erblickte, schien Moreland ziemlich ärgerlich zu sein, so als ob ich ihn in einer Situation überrascht hätte, über die er sich fast schämte.

»Was in aller Welt machst du denn hier?«, fragte er brüsk.

»Meine Frau besuchen.«

»Wie ich.«

»Ist Matilda denn auch in diesem schrecklichen Haus?«

»Aber natürlich.«

Auch er schien, als ich ihn zuerst erblickte, von tiefster Resignation erfüllt; doch jetzt, erfreut darüber, einen Freund in dieser unwirtlichen Umgebung zu finden, begann er zu lachen und sich mit einer aufgerollten Zeitung gegen das Bein zu schlagen. Matilda hatte ihn dazu gebracht, sich einen neuen Anzug zu kaufen und sein Äußeres insgesamt ordentlicher zu machen.

»Du bist also wieder zurück in London.«

»War unvermeidlich.«

»Für immer?«

»Ich musste einfach. Ich konnte das Meer nicht länger ertragen. Außerdem: Matilda kriegt jeden Moment ein Baby. Das ist der Grund, warum ich jetzt diese heiligen Hallen heimsuche.«

»Isobel hatte gerade eine Fehlgeburt.«

»Ach Gott«, sagte Moreland. »Ich höre aber auch dauernd von Fehlgeburten. Ich dachte immer, so etwas sei jetzt ganz aus der Mode und habe nur in der viktorianischen Zeit stattgefunden, als die Damen sich, wie Sir Magnus Donners zu sagen pflegte, ›ein winzig, winzig kleines Stück zu eng‹ schnürten. Ist eher eins von Sir Magnus' Themen. Ich darf hinzufügen, dass ich völlig bankrott bin, wenn Matilda nicht ganz bald zu einer Entscheidung kommt. Sie meldet dauernd falschen Alarm. Es kostet ein Vermögen.«

Er sah jetzt äußerst besorgt aus. Der Mann mit der schwarzen Tasche trat einen Schritt vor.

»Meine Herren, Sie würden vielleicht beide überrascht sein, wenn ich Ihnen von der Fehlgeburtsrate berichtete, die kürzlich in den medizinischen Zeitschriften zitiert wurde«, sagte er mit einer dünnen, krächzenden Stimme.

»O Entschuldigung«, sagte Moreland. »Dies ist Dr. Brandreth.«

Ich erkannte den Mann als jenen Brandreth, der zusammen mit mir auf der Schule gewesen war. Vier oder fünf Jahre älter als ich, hatte er damals meine Existenz wahrscheinlich überhaupt nicht wahrgenommen; aber im späteren Leben hatte ich ihn zumindest einmal wiedergesehen, nämlich anlässlich des Dinners der ehemaligen Schüler, in dessen Verlauf unser früherer Hausdirektor, Le Bas, in Ohnmacht gefallen war – ein Zwischenfall, bei dem Brandreth, als Arzt, das Kommando übernommen hatte. Hochgewachsen und knochig und mit dem lockigen Haar eines jungen Schauspielers, der seinen Kopf gepudert hat, um die Rolle eines älter gewordenen Mannes im letzten Akt zu spielen, besaß Brandreth jene unpersönliche Hübschheit, die ebenfalls an das Theater erinnerte. Ich erklärte ihm, dass ich ihn bereits kenne und wir auf die gleiche Schule gegangen seien, aber er wischte meine Worte mit einem strengen »ja, ja, ja ...« beiseite und fasste dabei meine Hand mit einem festen, glatten, forschenden, medizinischen Griff, der ohne Zweifel intendierte, einem Patienten Zuversicht zu vermitteln, aber in Wirklichkeit sogleich eine beunruhigende innere Furcht weckte vor der Möglichkeit einer schnellen, niederschmetternden Diagnose.

»Eine andere meiner Patientinnen«, fuhr er fort, »ist zufälligerweise hier im Haus. Ein ziemlich schwieriger Fall für den Gynäkologen. Ich habe ihm bei der Nachbehandlung geholfen – im Hinblick auf ihre psychische Konstitution.«

Brandreth sah Moreland weiterhin fest an, so als ob er sichergehen wolle, dass dessen Aufmerksamkeit nicht allzu sehr in die Ferne wanderte. Gleichzeitig machte er einen Schritt auf mich zu, anscheinend um an mich als jemanden, der wahrscheinlich mit Morelands Neigung zu Abschweifungen vertraut war, zu appellieren, ihm, wenn nötig, zu helfen, dessen Entkommen zu verhindern, ehe das zeitlich angemessen war. Eng bei uns stehend, war Brandreth offensichtlich entschlossen, jedes weitere Gespräch zwischen Moreland und mir, dessen persönlicher Charakter ihn vielleicht ausschließen würde, mit aller ihm zur Verfügung stehenden Macht zu blockieren. Doch in diesem kritischen Moment, gerade als Brandreth wieder zu sprechen begann, wurde er durch die Konkurrenz einer neuen treibenden Kraft unterbrochen. Ein kräftig gebauter Mann in einem Bademantel von Jaeger schob grußlos an uns vorbei auf die Milchglasscheibentür zu, vor der wir standen. Durch die Art, wie er sich bewegte, erweckte er den Eindruck, er sei der Auffassung, wir nähmen auf dem Gang zu viel Platz ein – was durchaus der Fall sein mochte –, und dass er selbst entschlossen sei, uns – wenn nötig durch kalkulierte Unhöflichkeit, zur Schau gestellt in seinem aggressiven ruckartigen Vorwärtsgehen – sein Gefühl starker moralischer Missbilligung Menschen gegenüber zu vermitteln, die ihre Zeit mit Klatsch verschwendeten. Brandreth hatte bereits den Mund geöffnet, wahrscheinlich um weitere Erläuterungen zur Geburtenhilfe zu geben, doch jetzt schloss er ihn schnell wieder und hielt den Mann am Ärmel seines Bademantels fest.

»Widmerpool, alter Junge«, sagte er, »ich möchte dich mit einem weiteren meiner Patienten bekannt machen – einem der vielversprechendsten jungen Musiker Englands.«

Widmerpool, der seinen abgetragenen Bademantel über einem schmuddeligen, graublau gestreiften Pyjama trug, hielt nur unwillig an. Ohne Freundlichkeit drehte er seinen Körper uns zu. Er ignorierte Brandreth und starrte zuerst Moreland und dann mich stirnrunzelnd durch seine dicken Brillengläser an. Doch sein Blick entspannte sich ein wenig, als er in mir jemanden wahrnahm, den er schon kannte.

»Ach, Nicholas«, sagte er, »was machst du denn hier?«

Wie Moreland schien auch Widmerpool gekränkt darüber, mich im dem Gebäude der Klinik anzutreffen.

»Ha!«, sagte Brandreth. »Natürlich kennt ihr euch. Zur gleichen Zeit Schüler von Le Bas. Seltsamer Zufall. Ich könnte euch von einigen seltsameren erzählen. Wir sprachen gerade von dem hohen Vorkommen von Aborten, mein lieber Widmerpool.«

Widmerpool zuckte heftig zusammen.

»Nicht Aborte, Dr. Brandreth«, sagte Moreland lachend. »Fehlgeburten – nichts Ungesetzliches.«

»Ich gebrauche dieses Wort«, sagte Brandreth, unsere Ignoranz mit freundlicher Amüsiertheit hinnehmend, »in dem strikt medizinischen Sinn, der nicht notwendigerweise Ungesetzlichkeit konnotiert. Ich sprach vorhin mit Mr. Moreland über Wagner«, fügte er hinzu, »der, wie ich meine, an einer Form chronischer Dermatitis litt, obwohl er schließlich, glaube ich, an einer kardialen Läsion verstarb – anders als Schubert und seine Unterleibsbeschwerden. Sie waren beide launische Menschen, kann ich mir vorstellen.«

Die Tatsache, dass Widmerpool und ich einander wenigstens genauso gut kannten wie Brandreth Widmerpool, hinderte Brandreth daran, die Situation so völlig zu dominieren, wie er es vor der Ankunft Widmerpools beabsichtigt hatte. Als er Widmerpool ansprach, war sein Ton zugleich herzlich und unterwürfig, ja fast servil gewesen in seinem unverhohlenen Bestreben, durch seine Anspielung auf Morelands Berühmtheit als Musiker einen guten Eindruck zu machen. Brandreth betrachtete Widmerpool offensichtlich als eine Person von größerer Bedeutung als Moreland, aber auch als jemanden, der daran interessiert sein mochte, mit Seiten des Lebens in Berührung zu kommen, die ganz anders waren als seine eigenen. Mit dieser Annahme zeigte Brandreth, dass seine Bekanntschaft mit Widmerpool nur oberflächlich war. Widmerpool blieb immer total unbeeindruckt von den Künsten. In Tête-à-tête-Gesprächen zeigte er gewöhnlich sogar offene Verachtung für sie. Für die Öffentlichkeit, aus gesellschaftlichen Gründen, hatte er sich ein minimales Hilfswissen angeeignet, das für eine Abendgesellschaft ausreichte. Als Schriftsteller genügte ihm St. John Clarke, als Maler Isbister.

»Ich weiß nichts von diesen Dingen«, hatte er einmal zu mir gesagt. »Wenn ich nichts von einer Sache weiß, interessiert sie mich auch nicht. Selbst wenn mich die Künste faszinierten, was sie nicht tun, würde ich mir nicht erlauben, meine Energien auf sie zu verschwenden.«

Jetzt stand er da und starrte mich an, als stelle meine Anwesenheit in der Klinik ein unlösbares, ein ärgerliches Rätsel dar. Ich erklärte noch einmal, dass ich gerade Isobel besucht hätte.

»Ach ja«, sagte Widmerpool, »du hast eine der Tolland-Töchter geheiratet, nicht wahr, Nicholas? Es tat mir leid, nicht zu deiner Hochzeit gekommen zu sein. Das war vor einiger Zeit... fast... Tatsache ist, ich war viel zu beschäftigt. Ich würde dir gerne ein Hochzeitsgeschenk machen. Du musst mir sagen, was du dir wünschst, obwohl ich nicht in der Lage war, zu der Feier zu kommen. Schließlich kennen wir uns ja jetzt schon eine lange Zeit. Einen kleinen Gegenstand aus Silber vielleicht. Ich werde meine Mutter konsultieren. Die regelt immer solche Sachen. Deine Frau leidet nicht an etwas Ernsthaftem, hoffe ich. Ich meine, ich hätte sie einmal bei ihrer Tante, Lady Molly Jeavons, getroffen. Vielleicht war das aber auch eine ihrer Schwestern.«

Das Treffen hatte in der Tat stattgefunden. Isobel hatte es erwähnt. Sie hatte Widmerpool nicht gemocht. Das war einer der Gründe, warum ich keine Anstrengungen unternommen hatte, mit ihm in Verbindung zu bleiben. Ich hätte mir auch sowieso nie die Mühe gemacht, Kontakt mit ihm aufzunehmen, denn ich wusste, wie man das eben bei bestimmten Menschen weiß, dass der Rhythmus des Lebens uns früher oder später zwangsläufig wieder zusammenbringen würde. Doch ich erinnerte mich jetzt, dass ich ihm noch ein Essen schuldete. Meine Schuldgefühle wegen dieser unerfüllten Verpflichtung wurden noch durch die Überzeugung verstärkt, dass er durchaus fähig war, sich öffentlich darüber zu beschweren, dass ich mich nicht für seine Einladung revanchiert hatte. Da ich diese Möglichkeit gerne vermeiden wollte, entschied ich mich an Ort und Stelle, Widmerpool zum Lunch in meinen Club einzuladen; die Tatsache, dass Isobel noch rekonvaleszierte, bot mir einen guten Grund, ihn nicht zu uns in unsere Wohnung zu bitten.

»Ich habe hier eine kurze Ruhepause genossen«, sagte er. »Eine Gelegenheit, eine kleine Unannehmlichkeit, Furunkel, wieder in Ordnung bringen zu lassen. Es sind einige Tests gemacht worden. Ich komme morgen raus, voller Freude auf die Arbeit.«

»Isobel wird auch morgen entlassen. Sie wird ein oder zwei Wochen Ruhe brauchen.«

»Richtig, richtig«, sagte Widmerpool, das Thema fallenlassend.

Er drehte sich abrupt auf dem Absatz um, murmelte etwas über »ein Treffen arrangieren in der nahen Zukunft« und machte gleichzeitig eine schnelle Bewegung in Richtung Milchglasscheibentür, die er angesteuert hatte, als er zuerst von Brandreth angesprochen worden war.

»Kannst du am nächsten Dienstag mit mir lunchen – in meinem Club?«

Widmerpool hielt einen Moment inne, um über die Frage nachzudenken. Er runzelte wieder die Stirn.

»Dienstag? Dienstag? Lass mich nachdenken. Ich hab etwas am Dienstag. Ich muss etwas haben. Nein, vielleicht doch nicht. Warte einen Moment. Lass mich in meinem Buch nachsehen. Ja … Ja. Zufälligerweise kann ich am Dienstag mit dir lunchen. Aber nicht vor halb zwei. Sicher nicht vor halb zwei. Eher fünf nach halb zwei.«

Er beschleunigte seinen Schritt, wickelte seinen Bademantel um sich, als wolle er einen größeren Abstand zu uns halten, und ging fast rennend durch die Tür. Sein Abgang hatte die unmittelbare Folge, dass Brandreth Moreland gegenüber wieder seine vorherige freundliche Haltung annahm.

»Um auf Wagner zurückzukommen«, sagte Brandreth, »erinnern sie sich an ›Wanderlust‹, Mr. Moreland? Natürlich tun sie das; wenn Siegfried singt – wie war das noch – ›Aus dem Wald fort in die Welt zieh'n: nimmer kehr' ich zurück!‹ Also, es schien mir immer äußerst bedauerlich, dass in keiner der Aufführungen des ›Ring‹, die ich je gesehen habe, dem tieferen Pessimismus dieser Worte volles Gewicht gegeben wurde ...«

Brandreth machte Bewegungen mit seinen Händen, als klettere er ein unsichtbares Seil hinauf. Moreland befreite uns brutal von ihm. Wir gingen die Treppe hinab.

»Wer war denn der Mann in dem Bademantel und mit der Brille?«, fragte Moreland, als wir die Straße erreicht hatten.

»Er heißt Kenneth Widmerpool. Ist an der Börse. Ich kenne ihn seit langer Zeit.«

»Ich kann nicht sagen, dass ich ihn besonders sympathisch fand. Aber sieh mal, das Eheleben, was ist das doch für eine Sache. Ich hoffe so sehr, dass mit Matilda alles gutgeht. Es gibt da verschiedene besorgniserregende Aspekte. Manchmal denke ich, ich werde verrückt. Vielleicht bin ich es ja schon. Das würde vieles erklären. Was machst du heute Abend? Ich bin auf dem Weg zu den Maclinticks. Warum kommst du nicht mit?«

Ohne auf eine Antwort zu warten, begann er mit seinem Bericht über all das, was Matilda und ihm passiert war, seitdem wir uns zuletzt gesehen hatten; die verschiedenen absurden Erfahrungen, die sie gemeinsam gemacht hatten; wie sie sich manchmal gegenseitig auf die Nerven gingen; warum sie nach London zurückgekehrt waren; wo sie wohnen würden. Es hatte so etwas wie einen Krach mit den städtischen Behörden des Seebadeortes gegeben. Moreland hatte dezidierte Auffassungen von seinem Beruf; er konnte hartnäckig sein. Einige Leute, gewöhnlich nicht die intelligentesten, fanden es schwierig, mit ihm zusammenzuarbeiten. Ich hörte mir einen Teil seiner Geschichte an und erzählte ihm meinerseits, dass die Filmgesellschaft, bei der ich als Drehbuchschreiber beschäftigt war, sich dagegen entschieden habe, meinen Vertrag zu erneuern; dass ich jetzt auf den Feuilletonseiten einer Tageszeitung erschiene und dass ich zudem von Zeit zu Zeit Rezensionen für eine Wochenzeitschrift schriebe, bei der Mark Members stellvertretender Literaturredakteur sei.

»Mark Members hat uns Dr. Brandreth empfohlen«, sagte Moreland. »Eine typische Boshaftigkeit von ihm. Brandreth ist St. John Clarkes Arzt – oder war es, als Mark St. John Clarkes Sekretär war. Klatsch ist die Passion seines Lebens, seine einzige wahre Leidenschaft, aber auch, wenn er über Musik spricht, kann er eine ganz schöne Qual sein.«

»Behandelt er Matilda?«

»Das macht ein Gynäkologe. Der ist, Gott sei Dank, kein Musikliebhaber. Natürlich kriegen viele Frauen Babys. Das muss man zugeben. Es wird sicher alles gutgehen. Es macht mich nur ein wenig aufgeregt. Sieh mal, Nick, du musst mitkommen zu den Maclinticks. Es wäre vergnüglicher, wenn wir zu zweit kämen.«

»Würde ich denn willkommen sein?«

»Warum denn nicht? Hast du irgendwelche peinlichen Gewohnheiten angenommen, seit wir uns zuletzt gesehen haben?«

»Ich glaube immer, Maclintick mag mich nicht besonders.«

»Mag *dich* nicht?«, sagte Moreland. »Welch ein Egoismus deinerseits. Natürlich mag er dich nicht. Maclintick mag niemanden.«

»Er mag dich.«

»Wir sind beruflich miteinander verbunden. Außerdem, in Wirklichkeit hasst Maclintick jeden gar nicht so sehr, wie er vorgibt. Ich hab nur einen schlechten Spaß gemacht.«

»Dennoch, allem Anschein nach macht es ihm meistens nur wenig Freude, andere Menschen kennenzulernen.«

»Da muss man drüberstehen. Aus reiner Freundlichkeit. Maclintick und seine Frau kommen nicht besonders gut miteinander aus. Die gelegentliche Gesellschaft von Freunden entschärft die Situation ein wenig.«

»In deinen Worten klingt dieser Besuch verlockend.«

»Ich fürchte, wenn niemand je hingeht, wird Maclintick

eines Tages nach mehr als üblich zermürbenden häuslichen Differenzen in den Fluss springen oder sich an seinen Hosenträgern aufhängen. Du musst mitkommen.«

»Also gut. Da du es als eine Frage von Leben und Tod darstellst.«

Wir nahmen den Bus bis Victoria und gingen dann zu Fuß weiter, hinein in eine riesige, trostlose Region von Stukkaturstraßen und -plätzen, über die sich ein tiefes Gefühl dumpfen Schicksals gesenkt zu haben schien, eine Mutlosigkeit kosmischen Ausmaßes. Wir gingen einige Zeit diese Bürgersteige entlang, vorbei an Wohnstätten heruntergekommener, mürrischer Vornehmheit, bis wir ein Gebiet unbestimmter, aber zunehmend fragwürdiger Couleur erreichten.

»Maclintick liebt diesen Teil Londons innig«, sagte Moreland. »Ich bin mir nicht sicher, ob ich seine Meinung teile. Er sagt, seine Stimmung sei immer wie Pimlico, wie dieser Stadtteil hier. Ich gebe zu, eine sympathetische Atmosphäre ist ein wichtiger Punkt für die Auswahl eines Wohnortes. Sie hilft einem bei der Arbeit. Dennoch, Geschmäcker sind verschieden. Maclintick ist stets in dieser Nachbarschaft anzutreffen. Allerdings nie lange in derselben Wohnung.«

»Er scheint nie besonders guter Laune, wenn ich ihn sehe.«

Seit unserer ersten Begegnung im Mortimer hatte ich Maclintick nur einige wenige Male zusammen mit Moreland getroffen.

»Er ist ein sehr melancholischer Mann«, stimmte mir Moreland zu. »Maclintick ist sehr melancholisch. Er ist natürlich enttäuscht.«

»Über sich selbst als Musiker?«

»Das – und andere Dinge. Er ist immer knapp bei Kasse. Zudem neigt er dazu, sich mit jedem zu streiten, der ihm beruflich von Nutzen sein könnte. Er schreibt an einem dicken Wälzer über Musiktheorie, der nie fertig zu werden scheint.«

»Wie ist seine Frau so?«

»Wie eine Ehefrau.«

»Ist das, wie du über die Ehe denkst?«

»Nun, nicht ganz«, sagte Moreland lachend. »Aber weißt du, man fängt an, all die Komikerwitze und Comicstrips über die Ehe zu verstehen, nachdem man es selbst eine Zeitlang versucht hat, meinst du nicht auch?«

»Und Mrs. Maclintick ist ein gutes Beispiel?«

»Du wirst sehen, was ich meine.«

»Wie ist Maclinticks Verhältnis zu Frauen? Das verstehe ich nicht so ganz.«

»Ich glaube, in Wirklichkeit hasst er sie – er mag nur Huren.«

»Ach.«

»Jedenfalls sagt das Gossage immer.«

»Der muss es ja wissen.«

»Dennoch, Maclintick hegt auch tief versteckte romantische Gefühle über ›Wein, Weib und Gesang‹. Das ist seine leidenschaftliche, sorgsam verborgene Seite. Seine Schroffheit dient ihm dazu, all das zu verdecken. Maclintick hat fürchterliche Angst davor, für sentimental gehalten zu werden. Ich vermute, all seine unterdrückten Gefühle kamen an die Oberfläche, als er Audrey kennenlernte.«

»Und die Prostituierten?«

»Er hat zu Gossage gesagt, er fände es leichter, sich mit ihnen zu unterhalten als mit ehrbaren Damen. Natürlich sprach Gossage – und du kannst dir vorstellen, wie begierig der war, mir das zu erzählen – von einer Zeit vor Maclinticks Heirat. Kein Grund anzunehmen, dass so was jetzt noch stattfindet.«

»Aber wenn er Frauen hasst, warum sagst du dann, er sei so leidenschaftlich?«

»Es scheint sich einfach so ergeben zu haben. Audrey ist eine der Antworten, vermute ich.«

Als wir das Haus schließlich erreichten, erwies es sich als eine kleine, unendlich verfallene zweistöckige Behausung, die schon bessere Tage gesehen hatte, bedrängt jetzt von einer Reihe schäbiger Geschäfte an dem einen Ende der Straße und von schrecklichen Elendsquartieren an dem anderen. Morelands auf eine stille Weise beträchtliche Loyalität seinem Freund gegenüber hatte verhindert, dass ich wirklich auf Mrs. Maclintick vorbereitet war. Dass sie mich aber so sehr überraschte, war zum großen Teil meine eigene Schuld. Ich kannte doch Moreland und hätte mehr aus seinem unzusammenhängenden, aber insgesamt entschieden vorsichtigen Bericht über den Haushalt der Maclinticks heraushören müssen. Außerdem: Seit meiner ersten Begegnung mit Maclintick – als er im Mortimer zum Telefon gegangen war – waren die Ehestreitigkeiten der Maclinticks als allgemein bekannte Tatsache akzeptiert. Doch wie viel man auch über eine Person gehört hat, das Bild, das man sich in seiner Vorstellung von ihr formt, kommt nur selten der Wirklichkeit nahe. So war es auch mit Mrs. Maclintick. Ich war nicht auf sie vorbereitet, als sie dann leibhaftig vor mir stand. Als sie uns die Tür öffnete, fegte ihre bestürzende Unzufriedenheit mit dem Leben in detonierenden, sengenden Wellen über die Schwelle. Sie war eine kleine, dunkelhaarige Frau, die etwas von einer Zigeunerin an sich hatte. Ihre blassgelbe Haut und die klaren schwarzen Augen legten diese letztere Möglichkeit nahe. Sie trug ihr schwarzes Haar in einer Ponyfrisur. Einige Männer mochten sie attraktiv gefunden haben. Ich gehörte nicht zu ihnen, obwohl mir sofort bewusst wurde, dass sie, was Männer anging, durchaus fähig sein könnte, erheblichen Ärger zu verursachen. Mrs. Maclintick sagte nichts, als sie uns erblickte, sondern zuckte nur die Schultern. Dann hielt sie, einen großen Schritt zur Seite tretend, so als ob sie sich trotz der überwältigenden Abneigung, die sie uns beiden gegenüber fühle, mit unserem Besuch abgefunden habe, die Tür weit auf. Wir traten über Maclinticks Schwelle.

»Es ist Moreland – und noch ein anderer Mann.«

Mrs. Maclintick rief, ja kreischte diese Worte nahezu, während sie gleichzeitig ihren Kopf zur Seite und nach oben in Richtung einer Treppe drehte, die in ein oberes Stockwerk führte, in dem Maclintick vermutlich bei der Arbeit saß. Wir folgten ihr in ein Wohnzimmer, in der ein Stil vorsätzlicher Banalität vorherrschte. Nur ein mit Biografien von Komponisten und musikalischen Nachschlagewerken vollgepackter Bücherschrank mit Glastüren deutete auf Maclinticks berufliche Tätigkeit hin.

»Setzen Sie sich irgendwo hin«, sagte Mrs. Maclintick in einem Ton, als sei der Tag, der zuvor schon schlimm genug gewesen sei, jetzt durch unsere Ankunft endgültig ruiniert. »*Er* wird bald herunterkommen.«

Angesichts dieses Empfangs schien sich Moreland genauso wenig wohlzufühlen wie ich. Doch offensichtlich war er in diesem Haus solche Begrüßungen gewohnt. Abgesehen von einem leichten Erröten gab es keine Anzeichen dafür, dass er irgendeine andere Art von Aufnahme erwartet hatte. Nachdem er Mrs. Maclintick meinen Namen genannt hatte, sagte er einige nichtssagende Worte über das Wetter und ging dann zum Bücherschrank hinüber. Ich hatte den Eindruck, dass er sich gewöhnlich so verhielt, wenn er in dieses Zimmer kam. Er öffnete die Glastür und überprüfte die Werke auf den Regalen, als habe er – was eine ganz unwahrscheinliche Annahme war – noch nie zuvor die Zeit gehabt, Maclinticks Bibliothek näher zu inspizieren. Nachdem wir alle ein oder zwei Minuten schweigend dagesessen hatten, nahm er ein Buch heraus und begann, darin herumzublättern. Angesichts dieses entschiedenen Verhaltens, durch das er klar zu verstehen gab, dass er nicht daran denke, sich durch die schlechte Laune seiner Gastgeberin aus der Ruhe bringen zu lassen, taute Mrs. Maclintick ein wenig auf.

»Wie geht es Ihrer Frau, Moreland«, fragte sie, das Nähzeug aufnehmend und neu ordnend, mit dem sie vor unserer Ankunft beschäftigt gewesen sein musste. »Sie kriegt ein Baby, nicht wahr?«

»Jeden Tag jetzt.«

Entweder nahm er kaum wahr, was sie sagte, oder er hielt sie nicht für jemanden, vor dem er die Ängste, die er zuvor zu diesem Thema mir gegenüber geäußert hatte, auszubreiten bereit war, denn er hob seine Augen nicht von dem Buch und stieß, eine Sekunde nachdem sie gesprochen hatte, eine seiner plötzlichen lauten Lachsalven aus. Diese Belustigung ging offensichtlich auf etwas zurück, das er gerade las. Ein oder zwei Minuten lang blätterte er, in sich hineinlachend, weiter in dem Buch.

»Diese Biografie Chabriers ist sehr amüsant«, sagte er, immer noch nicht aufblickend. »Wie wundervoll er als Stierkämpfer verkleidet auf dem Kostümfest in Granada ausgesehen haben muss. Welches Vergnügen alles war, damals. Viel lustiger, als wir jetzt sind. Warum war man nicht ein Komponist im neunzehnten Jahrhundert in Paris, befreundet mit den impressionistischen Malern?«

Mrs. Maclintick gab keine Antwort auf diese rhetorische Frage, die in keiner Weise die nostalgischen Tagträume in ihr zu befeuern schien. Sie war, wenn auch unwillig, im Begriff, ihre Aufmerksamkeit mir zuzuwenden, und zwar mit der Miene einer Frau, die Moreland eine faire Chance gegeben hatte und dann sehen musste, wie er sich als unzulänglich erwies, als Maclintick in das Zimmer kam. Er bewegte sich ohne Eile, so als ob er nach unten gekommen sei, um nach etwas zu suchen, das er vergessen hatte, und nun überrascht sei, dass seine Frau Gäste hat. Niedergeschlagenheit schien ihn, wie üblich, in ihrem eisigen Griff zu halten. Er trug Schlafzimmerpantoffel und zog an einer Pfeife. Doch sein Gesicht hellte sich ein wenig auf, als er Moreland sah. Er kniff die Augen hinter seiner kleinen Brille zusammen und begann mit dem Kopf zu nicken, so als ob er leise in sich hineinsumme. Ich erklärte ihm den Grund meiner Anwesenheit in dem Haus, woraufhin er eine kurze, vergleichsweise zustimmende Erwiderung murmelte. Ohne weitere Worte zu verlieren, ging er geradewegs zu einem Schrank, aus dem er Flaschen und Gläser holte.

»Was hast du nur den ganzen Tag gemacht?«, fragte Mrs. Maclintick. »Ich dachte, du würdest den Mann holen, der nach dem Gasofen sehen soll. Soweit ich weiß, hast du dich überhaupt nicht aus dem Haus gerührt. Ich wünschte, du hieltest dich an das, was du sagst. Ich hätte ihn selbst holen können, wenn ich gewusst hätte, dass du es nicht tust.«

Maclintick antwortete nicht. Er zog den Korken aus der Flasche, dessen leichtes ›plop‹ beim Herauskommen den Kern einer Antwort an seine Frau zu verkörpern schien, zumindest die ganze Antwort, die er zu geben beabsichtigte.

»Ich hab mir das Buch über Chabrier angesehen«, sagte Moreland. »Welch eine vergnügliche Zeit der doch in Spanien hatte.«

Maclintick grunzte. Er summte ein wenig. Chabrier schien ihn nicht zu interessieren. Er schüttete jedem von uns reichlich ein und reichte die Gläser herum. Dann setzte er sich hin.

»Bist du schon Vater geworden, Moreland?«, fragte er.

Er sprach, als ob er es Moreland übelnehme, dass er einem so engen Freund eine so formale Frage stellen musste.

»Noch nicht«, sagte Moreland. »Ich finde es eine ganz schöne Strapaze zu warten. Wie die ein, zwei Minuten, ehe das Licht ausgeht, wenn du dirigieren musst.«

Maclintick summte wieder.

»Kann mir nicht vorstellen, warum die Leute eine Reihe Blagen haben wollen«, sagte er. »Das Leben ist schlecht genug, ohne dass man diese Sorge noch den übrigen Problemen hinzufügt.«

Dass sie etwas zu trinken erhalten hatte, musste Mrs. Maclinticks Laune für den Moment verbessert haben, denn sie fragte mich, ob auch ich verheiratet sei. Ich erzählte ihr, dass Isobel bald aus der Entbindungsklinik entlassen werde.

»Jeder scheint heutzutage Babys haben zu wollen«, sagte Mrs. Maclintick. »Es ist erstaunlich. Maclintick und ich haben dieser Vorstellung nie etwas abgewinnen können.«

Sie war im Begriff, sich weiter über dieses Thema auszulassen, als es klingelte, woraufhin sie das Zimmer verließ, um die Haustür zu öffnen.

»Wie stehen die Dinge jetzt bei dir, wo du wieder zurück in London bist?«, fragte Maclintick.

»Soso«, sagte Moreland. »Ich muss eine Menge Nebenarbeit tun, um mich am Leben zu erhalten.«

Vom Flur her waren Gesprächsfetzen zu hören. Es war eine Männerstimme. Wen immer Mrs. Maclintick ins Haus gelassen hatte, er ging, statt sich zu uns ins Wohnzimmer zu gesellen, weiter in das Souterrain hinunter, wobei er mit seinen Schuhen auf den teppichlosen Stufen erheblichen Lärm verursachte. Mrs. Maclintick kehrte zu ihrem Stuhl und den Unterhosen, die sie dabei war auszubessern, zurück. Maclintick hob die Augenbrauen.

»Carolo?«, fragte er.

»Ja.«

»Was ist mit seinem Schlüssel passiert?«

»Er hat ihn verloren.«

»Wieder?«

»Ja.«

»Carolo verliert aber auch dauernd seine Schlüssel«, sagte Maclintick. »Er wird diesmal selbst für einen neuen bezahlen müssen. Es kostet ein Vermögen, ihn mit Schlüsseln zu versorgen. Ich kann mich nicht erinnern, ob ich dir erzählt habe, dass Carolo jetzt bei uns als Untermieter wohnt, Moreland.«

»Nein«, sagte Moreland. »Hast du nicht. Wie kam es dazu?«

Moreland schien überrascht und aus irgendeinem Grund über diese Nachricht nicht besonders begeistert zu sein.

»Es ging ihm finanziell nicht gut«, sagte Maclintick. Er sprach, als ob er selbst nicht besonders erpicht darauf sei, detaillierte Erklärungen zu geben. »Und uns auch nicht. Es schien damals eine gute Idee zu sein. Jetzt bin ich mir nicht mehr so sicher. Ja, ich hab schon daran gedacht, ihn wieder loszuwerden.«

»Wie geht es ihm?«, fragte Moreland. »Carolo ist immer sehr wählerisch hinsichtlich der Jobs, die er annimmt. All das Theater darüber, dass Unterrichten unter seiner Würde sei.«

»Er sagt, er möchte Zeit haben für dieses Werk, an dem er dauernd herumbastelt«, sagte Maclintick. »Ich würde mich sehr wundern, wenn je etwas daraus würde.«

»Ich finde es gut, dass Carolo hier ist«, sagte Mrs. Maclintick. »Er macht sehr wenig Arbeit. Ich möchte nicht an Melancholie sterben, weil ich nie eine Seele sehe.«

»Was meinst du damit?«, fragte Maclintick. »Guck dir die Gesellschaft an, die wir heute Abend haben. Was ich nicht ausstehen kann, ist, dass Carolo am anderen Ende des Zimmers herumkritzelt, wenn ich gerade esse. Warum kann er sich nicht an dieselben Zeiten halten wie andere Menschen?«

»Du sagst doch dauernd, Künstler sollten nach anderen Maßstäben gemessen werden als andere Menschen«, entgegnete Mrs. Maclintick scharf. »Warum sollte sich Carolo nicht die Zeit einteilen, wie er will? Er ist ein Künstler, oder nicht?«

»Carolo ist vielleicht ein Künstler«, sagte Maclintick, einen langen Rauchstrahl aus seinem Mund stoßend, »aber ein verdammt erfolgloser in der letzten Zeit. Eines dieser frühen Talente, die dann vertrocknen, meiner Meinung nach. Ich nehme ihn sicher nicht als aufblühenden Komponisten wahr. Also seht mal, ihr zwei bleibt am besten zum Abendbrot hier. Wie Audrey sagte, wir haben nicht oft Besuch. Ihr werdet dann Carolo treffen. Fällt euer eigenes Urteil. Heute ist einer dieser Abende, wo er zu Hause ist. Ich kann das an der Art hören, wie er die Treppe hinuntergegangen ist.«

»Er muss doch irgendwo arbeiten können, oder?«, sagte Mrs. Maclintick, deren Ärger nach einer Zeit relativer Beruhigung wieder anzusteigen schien. »Sein Schlafzimmer ist viel zu kalt bei diesem Wetter. Du hast das Zimmer mit dem Gasofen selbst in Beschlag, das einzige Zimmer, in dem man warm bleibt. Und dennoch kümmerst du dich nicht darum, dass er repariert wird. Willst du, dass Carolo sich zu Tode friert?«

»Es ist mein Haus, oder?«

»Du sagst, du willst ihn nicht im Wohnzimmer haben. Warum hast du ihm dann gesagt, er kann in dem Raum neben der Küche arbeiten, wenn du ihn da nicht haben willst?«

»Ich beschwere mich doch gar nicht«, sagte Maclintick. »Ich will diese beiden Herren doch nur davor warnen, was sie zu erwarten haben – nämlich Carolo, der an dem *einen* Ende des Zimmers auf einem Notenblatt herumkritzelt, und kaltes Rindfleisch mit Relish an dem *anderen*.«

»Hammel«, sagte Mrs. Maclintick.

»Hammel, dann. Wir können Bier in einem Krug aus der nächsten Kneipe holen.«

»Isst denn Carolo selbst nie?«, fragte Moreland.

»Er nimmt auch oft mit uns die Mahlzeiten ein, natürlich«, sagte Mrs. Maclintick. »Ich weiß nicht, warum Maclintick plötzlich dieses ganze Theater macht. Es ist nur, wenn Carolo andere Pläne hat, dass er arbeitet, während wir zu Abend essen. Er isst dann später auswärts. Er lebt gerne von Snacks. Ich sag ihm, es ist schlecht für ihn, aber ihm ist es egal. Was ist an all dem so besonders?«

Ihr Mann achtete nicht auf sie.

»Dann bleibt ihr also beide hier«, sagte er fast bittend. »Das steht jetzt fest. Wo ist der große Krug, Audrey? Ich gehe Bier holen. Was möchtet ihr? Herb? Halb und halb?«

Moreland hatte diese Einladung wahrscheinlich von Anfang an erwartet, aber das Gezänk der Maclinticks über Carolo schien ihn verärgert zu haben, so dass er, einen hastigen Blick in meine Richtung werfend, so als ob er sich vergewissern wolle, ob ich bereit sei oder nicht, den Vorschlag anzunehmen, eine weitläufige, unbestimmte Antwort gab, die die ganze Frage in der Schwebe ließ. Moreland neigte zu Anfällen von Gereiztheit dieser Art; und die beiden Maclinticks zusammengenommen reichten gewiss aus, einem jeden ein unbehagliches Gefühl zu geben. Maclintick jedoch hielt jetzt offensichtlich die Sache für entschieden. Die Aussicht, Morelands Gesellschaft für den Rest des Abends genießen zu können, heiterte ihn sichtlich auf. Sein Ton, als er den Vorschlag zu den verschiedenen Biersorten machte, klang wie eine Geste der Versöhnung gegenüber seiner Frau und der Welt im Allgemeinen. Mir gefiel die Aussicht auf ein Abendessen mit den Maclinticks nicht sonderlich, aber es schien keinen einfachen Ausweg zu geben. Morelands frühere Bemerkungen über Maclinticks Bedürfnis nach gelegentlicher Gesellschaft hatten sich durch diesen Besuch zweifellos bestätigt. Als Ehepaar vermittelten die Maclinticks in der Tat den Eindruck, mit ihrem Latein fast am Ende zu sein. Wenn sich, zum Beispiel, Mona und Templer gestritten oder wenn sich, später, in Monas Intermezzo mit Quiggin mehr und mehr Übellaunigkeit und Schmollen eingenistet hatten, war der Horror weniger gravierend, offener für eine Versöhnung gewesen als diese trostlose Verzweiflung in der Beziehung zwischen den Maclinticks. Mrs. Maclinticks Hass auf alles und jeden – außer, offensichtlich, auf Carolo, über den etwas Gutes zu sagen für sie augenscheinlich kaum mehr als ein Stock war, mit dem sie Maclintick schlagen konnte – machte die Anwesenheit im selben Zimmer mit ihr zu einem sehr verwirrenden Erlebnis. Sie ging nun ins Souterrain hinunter, sagte aber zuvor noch, sie würde uns rufen, wenn es so weit sei, dass wir herunterkommen sollten. Gleichzeitig machte sich Maclintick mit einem stark abgeschlagenen Porzellankrug für das Bier auf den Weg zu der Kneipe am Ende der Straße.

»Es tut mir leid, dass ich dir das zugemutet habe«, sagte Moreland, als wir allein waren.

Auf seinem Gesicht zeigte sich wieder jener hilflose, besorgte Ausdruck, den es manchmal anzunehmen pflegte. Bei solchen Gelegenheiten war es jetzt wahrscheinlich Matilda, die die Zügel übernahm. Ohne Zweifel fand er das Leben – das Warten auf die Geburt, das inzwischen ungewohnte Alleinsein – sowohl besorgniserregend als auch lästig.

»Ist es hier gewöhnlich so?«

»Heute etwas rauer als gewöhnlich.«

Wir warteten einige Minuten im Wohnzimmer. Moreland nahm die Biografie über Chabrier wieder auf, und ich blätterte

in einem bebilderten Buch über die Oper. Ich sah mir hauptsächlich die Bilder an, dachte aber auch über den seltsamen,
ganz eigenen Humor der Musiker nach, und auch über den
Stil, in dem sie schreiben, bei dem Ideen, Wörter und Sätze
hervorsprudeln wie Wasser aus einem Brunnen und der so
ganz anders ist als die steife Formalität der Prosa von Malern.
Nach einiger Zeit schrie Mrs. Maclintick aus der Tiefe, dass
wir zu ihr herunterkommen sollten. Fast im gleichen Augenblick kehrte Maclintick mit dem Bier zurück. Wir folgten ihm
hinunter in das Souterrain. Dort war in einem Zimmer direkt
neben der Küche ein Tisch gedeckt. Wir setzten uns an ihn.
Maclintick füllte einige Biergläser, und Mrs. Maclintick begann
damit, das Hammelfleisch zu zerlegen. Carolos Gegenwart war
sofort offenkundig. Obwohl, architektonisch gesprochen, das
Esszimmer der Maclinticks aus verschiedenen Teilen bestand,
war es nicht besonders groß. Das eine Ende wurde fast vollstän-
dig von dem Esstisch eingenommen. Maclinticks Einwände
dagegen, dass ihr Untermieter dort arbeitete, während sie ihre
Mahlzeiten einnahmen, schienen angesichts der Verhältnisse,
wie sie sich uns jetzt darboten, nur allzu berechtigt. Carolo saß
mit dem Gesicht zur Wand vor einem Stapel Notenpapier. Er
sah sich um, als Moreland und ich das Zimmer betraten, und
äußerte dabei so etwas wie ein kurzes Hallo, stand aber nicht
auf und unterbrach seine Arbeit auch nicht für länger als eine
Sekunde. Mrs. Maclinticks Laune hatte sich wieder gebessert,
und sie schien jetzt froh darüber zu sein, dass Moreland und
ich geblieben waren.

»Nehmt von der roten Beete«, sagte sie »sie ist heute ganz
frisch.«

Es dauerte nicht lange, und Moreland und Maclintick waren
tief eingedrungen in das Gebiet der technischen Einzelheiten
der Musik, von dem meine eigene Ignoranz mich ausschloss.
Also blieb es, während die beiden miteinander sprachen und
Carolo, genauso wie es Maclintick beschrieben hatte, in seiner
Ecke herumkritzelte, mir überlassen, Mrs. Maclintick zu un-

terhalten. In ihrer augenblicklichen Stimmung zeigte sie eine Seite, die nicht weniger angespannt war als die Laune, die sie bei unserer Ankunft zur Schau gestellt hatte. Nur war sie jetzt gesprächiger. Ja, es ergoss sich ein Strom von Worten aus ihr, der sich seit Monaten angestaut zu haben schien. Ohne Zweifel war Maclintick zu Hause genauso schweigsam wie auswärts, und seine Frau war dankbar, ein Ventil für ihre Gedanken gefunden zu haben. In der Tat, ihr Verlangen, sich mitzuteilen, war jetzt so groß, dass es nur schwer verständlich schien, warum sie uns anfangs mit so wenig Wärme empfangen hatte. Ihre Unzufriedenheit mit dem Leben hatte wahrscheinlich ein so fortgeschrittenes Stadium erreicht, dass es ihr unmöglich war, einem neuen Ereignis mit Freundlichkeit zu begegnen, selbst wenn es ihr eine vorübergehende Linderung ihres chronischen Gereiztseins in Aussicht stellte. Möglicherweise war sie verärgert über Morelands Freundschaft mit ihrem Mann, hinter der sie eine geistige Intimität vermutete, von der sie sich ausgeschlossen fühlte und deren uneigennützige Vertrautheit sie mehr kränkte, als wenn Maclintick anderen Frauen nachjagte. Sie begann jetzt damit, sich laut über ihr Eheleben auszulassen.

»Ich kann mir nicht erklären, warum Maclintick immer in diesem Aufzug herumläuft. Er will sich einfach keinen neuen Anzug kaufen. Er könnte sich locker einen leisten. Natürlich, Maclintick kümmert es überhaupt nicht, wie er aussieht. Und auf mich hört er sowieso nicht. In einer Hinsicht hat er ja recht, denke ich. Bei der Art, wie wir leben, macht es nichts, wie er aussieht. Ich weiß nicht, was ihn, außer irischem Whiskey, russischen Komponisten und dem Buch, an dem er schreibt, eigentlich interessiert. Meinen Sie, er wird es jemals fertigbekommen? Wissen Sie, er sitzt schon seit sieben Jahren daran. So lange, wie wir verheiratet sind. Nein, falsch. Er sagte mir, er hat es angefangen, bevor wir uns kennenlernten. Acht oder neun Jahre also. Ich sage ihm immer, keiner wird es lesen, wenn es fertig ist. Wer will schon ein Buch über Musiktheorie lesen, möchte ich gerne wissen. Er sagt selbst, es ist schon mehr als genug davon veröffentlicht. Es ist nicht so, dass der Mann keine Fähigkeiten hätte. Auf seine Art ist er sehr intelligent. Nur dass er nicht weiß, wie man die Dinge anpacken muss. Und dann sind da all diese Freunde von ihm, wie Moreland und Sie, die ihm sagen, er ist ein Genie, und dass das Buch sich zu tausenden verkaufen wird. Was machen Sie eigentlich? Sind Sie auch ein Musiker? Ein Kritiker, vermute ich. Ich nehme an, Sie schreiben selbst gerade an einem Buch.«

»Ich bin kein Musikkritiker. Aber ich schreibe gerade an einem Buch.«

»Über Musik?«

»Nein – einen Roman.«

»Einen Roman?«, fragte Mrs. Maclintick.

Die Vorstellung, jemand schriebe einen Roman, schien ihr kaum weniger zu missfallen als das Verfassen eines Werkes über Musiktheorie.

»Was ist sein Titel?«

»Ich weiß es noch nicht.«

»Haben Sie noch andere Romane geschrieben?«

Ich sagte es ihr. Sie schüttelte den Kopf. Literatur interessierte sie ebenso wenig wie Musik. Die ganze Zeit behandelte sie Maclintick so, als sei er persönlich gar nicht anwesend. Und da er und Moreland völlig in Anspruch genommen waren von Problemen wie Tonlage und Rhythmus, hatten beide wahrscheinlich nichts von ihren Ausführungen über ihre häusliche Situation mitbekommen.

»Und dann dieses Haus. Sie sehen selbst, es ist wie ein Schweinestall. Ich schufte sechzehn Stunden am Tag, um es sauberzuhalten. Zwecklos. Könnte es genauso gut lassen. Maclintick interessiert es gar nicht, ob das Haus sauber ist oder nicht. Was ich immer sage, ist, warum können wir nicht im Stadtteil Putney wohnen? Wo *ich* gerne leben möchte, spielt natürlich überhaupt keine Rolle. Maclintick mag Pimlico, also muss es Pimlico sein. Der Ort geht mir auf den Wecker. Also, meinen Sie nicht auch? Selbst wenn wir umziehen, es muss irgendwo in Pimlico sein, und die ganze Packerei ist nicht der Mühe wert. Ich hätte gerne ein Stück Garten. Hier geht das nicht. Nicht einmal ein Blumenkasten. Maclintick hasst natürlich den Anblick einer Blume.«

Ich zitierte St. John Clarkes Auffassung, dass die Schönheit einer Blume erhöht werde durch eine großstädtische Umgebung. Mrs. Maclintick antwortete nicht. Ihre Aufmerksamkeit war durch Carolo abgelenkt worden, der damit begonnen hatte, den Stapel seines Notenpapiers zusammenzuschieben und in einer Aktenmappe zu verstauen.

»Komm und trink etwas mit uns, Carolo, ehe du gehst«, sagte sie mit größerer Wärme, als sie sie bis zu diesem Moment gezeigt hatte. »Maclintick wird uns noch etwas Bier holen. Wir könnten alle noch einen Schluck gebrauchen. Hier ist der Krug, Maclintick. Essen Sie nicht den ganzen Käse auf, Moreland. Lassen Sie noch etwas für uns übrig.«

Maclintick schien nicht besonders erfreut über den Vorschlag, Carolo solle zu uns an den Tisch kommen, aber auch er war dafür, mehr Bier zu holen. Er nahm sofort den angeschlagenen Krug und machte sich auf den Weg zu der Kneipe. Ein Stuhl wurde für Carolo herangezogen, der die Einladung mit einer unfreundlich genuschelten Zustimmung annahm und hinzufügte, dass er nicht lange werde bleiben können. Ich hatte ihn seit jenem Abend im Mortimer nicht mehr gesehen. Er sah noch genauso aus: blass, unromantisch, schwarzes, welliges Haar, das jetzt länger und fettiger war als damals. Mrs. Maclintick sah ihn mit einem fast liebevollen Blick an.

»Musst du heute Abend noch weggehen, Carolo?«, fragte sie. »Es ist noch etwas Hammelfleisch übrig.«

Carolo schüttelte den Kopf und schaute lustlos auf den Braten, dessen Reste nicht besonders einladend waren. Er schien in einer nachdenklichen Stimmung zu sein, aber als Maclintick mit dem Krug zurückkam und ihm ein Glas Bier einschenkte, nahm er mit offensichtlichem Behagen einen tiefen Schluck davon. Nachdem er sich mit einem Taschentuch den Mund abgewischt hatte, sprach er mit seinem harschen nordenglischen Akzent.

»Wie ist es dir ergangen, Moreland?«, fragte er.

»Wie gewöhnlich«, sagte Moreland. »Und dir?«

»Mittelmäßig. Wie geht's Matilda?«

»Kriegt ein Baby«, sagte Moreland und wurde rot; dann fügte er, so als ob er für den Augenblick nicht mehr über dieses Thema sprechen wolle, hinzu: »Wisst ihr, in diesem Buch, das ich oben gelesen habe, sagt Chabrier, dass die spanischen Flöhe ihr eigenes Nationallied hätten – eine Walzermelodie in F-Dur, die Berlioz in ›Fausts Höllenfahrt‹ eingeführt hat.«

»Den spanischen Flöhen muss es heutzutage unheimlich gutgehen«, sagte Maclintick. »Sie stechen beide Seiten ohne Unterschied.«

»Die Internationale Brigade könnte ganz gewiss eine schmackhafte Mahlzeit abgeben«, sagte Moreland. »Von den deutschen und italienischen ›Freiwilligen‹ ganz zu schweigen. Ja, wahrscheinlich ziehen die Flöhe die Deutschen vor. Die haben mehr Blonde.«

»Ich hoffe so sehr, dass Franco nicht gewinnt«, sagte Mrs. Maclintick, als ob diese Möglichkeit ihr erst in diesem Moment in den Sinn gekommen sei.

»Wer soll denn deiner Ansicht nach gewinnen?«, fragte Maclintick schroff. »Die Kommunisten?«

Bis dahin war Maclintick in einer insgesamt besseren Laune gewesen als üblich. Aber dass Carolo jetzt mit uns am Tisch saß, hatte ihn aus dem Gleichgewicht gebracht. Es gab Anzeichen dafür, dass er mit jemandem einen Streit anfangen wollte. Unter den Anwesenden war seine Frau eindeutig die Person, mit der das am leichtesten zu sein schien. Er biss auf seine Pfeife und saugte laut an ihr und starrte Mrs. Maclintick wütend an. Es sah so aus, als ob der spanische Krieg schon lange ein Gegenstand von Kontroversen zwischen ihnen sei – eher eine Quelle des Streits zwischen Eheleuten als politischer Meinungsverschiedenheiten.

Maclinticks Ansichten über Politik waren unvorhersehbar – schrill vorgetragen, dauernd wechselnd, unorthodox. Gewöhnlich mochte er die Linken genauso wenig wie die Rechten. Er hatte mit großer Bitterkeit gesprochen.

»Mir wären die Kommunisten lieber als die Faschisten«, sagte Mrs. Maclintick und presste die Lippen zusammen.

»Doch nur, weil du glaubst, es sei jetzt modern, links zu sein«, sagte Maclintick mit einem aufreizenden Lächeln. »Es gibt keinen Halbgebildeten in diesem Land, der nicht dieselbe Meinung vertritt. Die sollten mal ein bisschen was von dem praktizierenden Kommunismus erleben und dann sagen, ob sie das gut finden. Du bist keine Ausnahme, versichere ich dir.«

Er nahm die Pfeife aus dem Mund und schluckte schwer. Moreland fühlte sich sichtlich unwohl angesichts der Wende, die die Dinge jetzt nahmen. Er begann, mit dem Fuß gegen die Seite seines Stuhls zu treten.

»Ich selbst bin so etwas wie rosarot«, sagte er lachend.

»Und du willst die Kommunisten?«, fragte Maclintick.

»Nicht notwendigerweise.«

»Und marxistische Musik?«

»Ich brenne darauf, einiges davon zu hören.«

»Schostakowitsch, dem einzigen akzeptablen nachrevolutionären Komponisten, wurde verboten, seine Oper aufzuführen, weil die Diktatur des Proletariats der Auffassung ist, das Werk sei musikalisch dekadent, bourgeois und formalistisch.«

»Ich verteidige das Sowjetregime doch gar nicht«, sagte Moreland, immer noch lachend. »Ich bin absolut für die ›Lady Macbeth des Mzensk-Distrikts‹ – mein Lieblingstitel. Gab es nicht mal eine Zeit im Mittelalter, als der Papst bestimmte Akkorde unter Androhung der Exkommunikation verboten hatte? Ich habe doch nur – apropos Krieg in Spanien – gesagt, das ich so etwas wie rosarot bin. Nicht mehr und nicht weniger.«

Dieser Versuch, die Spannung aufzulockern, war nicht sehr erfolgreich. Maclintick beugte sich hinunter und klopfte seine

Pfeife an seinem Absatz aus. Mrs. Maclintick war weiß vor Ärger, schwieg aber.

»Und wie war das mit Toscanini?«, fragte sie plötzlich.

»Ja und wie?«, sagte Maclintick.

»Die Faschisten haben ihn geohrfeigt.«

»Ja und?«

»Ich nehme an, du findest das gut.«

»Ich mag die Faschisten genauso wenig wie du«, sagte Maclintick. »Das weißt du ganz genau. Ich war es doch, den die Schwarzhemden in Florenz unbedingt mit auf die Polizeiwache nehmen wollten, nicht du. Du warst denen gegenüber doch nur unterwürfig.«

»Wenn schon«, sagte Mrs. Maclintick, »ich möchte, dass in Spanien die Regierung gewinnt – nicht die Kommunisten.«

»Und wie willst du das arrangieren, falls sie wirklich Franco besiegen? Wie es aussieht, haben die Extremisten die Oberhand auf Seiten der ›Regierung‹, wie du es nennst. Wie willst du es denn anstellen, dass die netten, liberalen Politiker die Macht übernehmen?«

»Was weißt du denn schon davon?«, sagte seine Frau, jetzt wirklich hasserfüllt. »Was weißt du denn schon von Politik?«

»Mehr als du.«

»Das bezweifele ich.«

»Bezweifele es ruhig.«

Während der Pause, die diesem Wortwechsel folgte, gab es einen Augenblick, in dem ich dachte, sie würde eines der abgewetzten Tafelmesser ergreifen und in ihn hineinjagen. Die ganze Zeit über hatte Carolo kein einziges Wort gesagt, so als ob ihm gar nicht bewusst sei, welche ungewöhnlichen Ereignisse sich um ihn herum abspielten, als ob er nichts wisse von Spanien, nichts wisse von dem Bürgerkrieg dort, nichts wisse von Kommunisten, nichts wisse von Faschisten; und der Ausdruck auf seinem Gesicht verriet nichts anderes als seine gewohnte Bereitschaft, die Trivialitäten derer zu ertragen, die die Welt bevölkerten, in die hincingeworfen zu sein sein unglückliches Schicksal war. Er trank jetzt sein Bier aus, wischte sich wieder mit seinem Taschentuch den Mund ab und erhob sich von seinem Stuhl.

»Ich muss jetzt gehen«, sagte er in seiner harten nordenglischen Intonation.

»Wann wirst du wieder zurück sein?«, fragte Maclintick.

»Weiß ich nicht.«

»Ich vermute, jemand wird dir aufmachen müssen.«

»So ist es wohl.«

»Ach, halt die Klappe«, platzte Mrs. Maclintick los. »Ich werde ihn reinlassen, du Idiot. Was kümmert es dich denn? Du machst doch nie jemandem die Tür auf, nicht einmal deinen feinen Freunden hier. Ich bin es doch, die die ganze Plackerei in diesem Haus am Hals hat. Du tust doch keinen Handschlag. Du sitzt doch nur da oben und pfuschst an Sachen herum, die einfach über deinen Horizont gehen, die viel zu hoch für dich sind.«

Inzwischen waren wir alle aufgestanden.

»Ich glaube, Nick und ich sollten jetzt wohl auch gehen«, sagte Moreland. Wie bedrückt er selbst war, zeigte sich an der ungewöhnlichen Förmlichkeit seines Tons. »Ich muss morgen früh aufstehen ... Matilda besuchen ... das eine oder andere ...«

Es gelang ihm nur, ganz deutlich zu machen, dass das Haus der Maclinticks ihm unerträglich geworden war. Maclintick schien keineswegs überrascht von dieser plötzlichen Abkürzung unseres Besuchs, sondern lächelte nur ziemlich grimmig in sich hinein.

»Möchtest du das Buch über Chabrier mitnehmen?«, fragte er. »Du kannst es dir gerne ausleihen, wenn du es zu Ende lesen willst.«

»Nicht im Augenblick, danke«, sagte Moreland. »Ich hab zu viel am Hals.«

Carolo hatte bereits das Haus verlassen, als wir die Eingangstür erreichten. Ohne sich zu verabschieden, hatte sich Mrs. Maclintick still in die Küche zurückgezogen, von wo aus man sie mit Töpfen und Pfannen und Geschirr klappern hören konnte. Maclintick stand auf der Schwelle und biss auf seine Pfeife.

»Kommt mal wieder«, sagte er, »wenn ihr es ertragen könnt. Ich bin mir nicht sicher, wie lange *ich* das noch kann.«

»Bestimmt nicht, bevor Matilda das Kind zur Welt gebracht hat«, sagte Moreland.

»Ach ja, das hatte ich ganz vergessen«, sagte Maclintick. »Du wirst ja bald Vater. Also dann, gute Nacht, ihr beiden. Angenehme Träume.«

Er schloss die Tür. Wir gingen die Straße hinauf.

»Lass uns noch ein Stück am Fluss entlanggehen, um uns zu erholen«, sagte Moreland. »Es tut mir leid, dass ich dir das alles zugemutet habe.«

»War das repräsentativ für die Abende der Maclinticks?«

»Es war nicht einer ihrer besten. Aber auf irgendeine seltsame Weise verstehen sich die beiden doch. Natürlich, so was sagen die Leute immer, kurz bevor dann ein Mord geschieht. Dennoch, du verstehst jetzt, was ich meine, wenn ich insistiere, dass es gut für Maclintick ist, gelegentlich Freunde zu treffen. Aber was in aller Welt macht Carolo dort? Alle müssen ziemlich knapp bei Kasse sein, wenn Carolo als Untermieter bei den Maclinticks lebt. Ich kann mir nicht vorstellen, dass das irgendeiner von ihnen für wünschenswert hält. Alle Kneipen in dieser Gegend sind jetzt zu, oder?«

Wir nahmen den kürzesten Weg zur Uferpromenade und gingen dann für einige Zeit an dem mondbeschienenen, glitzernden Fluss entlang, auf die Vauxhall Bridge zu und dann über die Millbank an dem Donners-Brebner-Gebäude vorbei, das auf der anderen Seite, einem gewaltigen Gefängnis gleich, das Ufer beherrschte. Dort hatte ich Jahre zuvor an einem Abend Stringham besucht, als er da arbeitete.

»Das Eheleben ist unbestreitbar schwierig«, sagte Moreland. »Es mag einem ein wenig besser gelingen als den Maclinticks, aber das heißt nicht, dass man keine Probleme hat. Ich werde froh sein, wenn das Baby da ist. Es war nicht einfach, mit

Matilda auszukommen, seit es damit anfing. Natürlich weiß ich, dass das traditionell so ist. Dennoch, man fragt sich, wie Maclintick, wie lange man noch verheiratet bleiben kann. Nein, so meine ich das eigentlich nicht. Es ist nicht, dass ich Matilda nicht mehr mag, als vielmehr, dass die Ehe – diese ganz eigenständige Einheit – irgendwie zwischen uns kommt. Aber ich hoffe, dass alles besser wird, sobald das Baby angekommen ist. Verzeih mir diese morbiden Gedanken. Ich sollte einen Artikel für eine Sonntagszeitung darüber schreiben, ein tolles Honorar bekommen und einen großen Sack Fanpost erhalten. Tatsache ist, ich mache eine schreckliche Zeit durch, wenn ich nicht arbeiten kann. Du weißt, was das für eine Hölle ist.«

Moreland und ich trennten uns, vereinbarten aber vorher noch, uns bald wiederzusehen. Das Thema Ehe kam, allerdings in einem ganz anderen Zusammenhang, wieder zur Sprache, als Widmerpool und ich eine Woche danach gemeinsam den Lunch einnahmen.

»Wir sollten nicht allzu viel Zeit mit dem Essen verbringen, wenn du einverstanden bist«, sagte er. Er sprach erst, als er Hut, Mantel und Schirm am Haken in der Eingangshalle aufgehängt hatte. »Ich bin wie immer sehr beschäftigt. Das ist auch der Grund, warum ich ein oder zwei Minuten zu spät bin. Ich hab wirklich 'ne Menge Arbeit am Hals. Du weißt wahrscheinlich, dass ich den Auftrag angenommen habe, Donners-Brebner im Zusammenhang mit Investmentfonds für ihr Pensionssystem zu beraten. Sir Magnus, bei unmittelbaren Verhandlungen ein ausgezeichneter Geschäftsmann, ist manchmal erstaunlich zögerlich, wenn es um langfristige Strategien geht. Auch unerwartet wankelmütig. Kurz gesagt, Sir Magnus weiß nicht immer, was er will. Vor allem ist er schwer zu erreichen. Es macht ihm gar nichts aus, Verabredungen drei- oder viermal zu verschieben. Ich musste seiner Sekretärin mehr als einmal erklären, dass meine Zeit genauso fest verplant sei wie seine eigene.«

Dennoch, trotz kleiner Ärgernisse wie Sir Magnus' Entscheidungsschwäche war Widmerpool in einer weit besseren

Verfassung als bei unserem vorhergehenden gemeinsamen Lunch vor zwei oder drei Jahren – damals, als er selbst die Absicht gehabt hatte zu heiraten. Er aß jetzt mehr als bei jener Gelegenheit, doch was Getränke anging, beschränkte er sich immer noch auf ein Glas Wasser, und er schluckte Pillen sowohl vor als auch nach dem Essen.

»Brandreth hat mir diese Tabletten empfohlen«, sagte er. »Er meint, sie wirkten beruhigend. Insgesamt gesehen halte ich ihn für einen ziemlich kompetenten medizinischen Berater. Er hört sich nur allzu gern selbst reden. Aber er vertritt ganz vernünftige Ansichten. Brandreth ist keineswegs dumm. Er ist nicht so engstirnig wie viele andere Ärzte.«

»Bist du zu ihm gegangen, weil du ihn von der Schule her kanntest?«

»Nein, nein«, sagte Widmerpool. »Welch eine Vorstellung. Dass ein Mann die gleiche Erziehung genossen hat wie ich, ist in meinen Augen keine besondere Empfehlung dafür, mich von ihm behandeln zu lassen. Es mag durchaus sein, dass ich mir schon früher einen Eindruck von seinem Charakter und seiner Effizienz hätte verschaffen können. Ich muss leider sagen, dass mich, wenn überhaupt, nur wenige meiner Mitschüler so sehr von sich überzeugt haben, dass ich mich besonders darum bemühen würde, ihre Dienste in Anspruch zu nehmen. Wie auch immer, Brandreth war viele Jahrgänge über mir, so dass es schwierig gewesen wäre, seine Fähigkeiten – und besonders seine Fähigkeiten als Mediziner – zu beurteilen. Dennoch ist es auch wahr, dass unsere Beziehung etwas mit der Tatsache zu tun hat, dass wir zusammen auf der Schule waren. Erinnerst du dich an das Ehemaligentreffen, auf dem Le Bas bewusstlos wurde? Ich war beeindruckt von der Art, wie Brandreth die Situation anging – wie er den Übrigen von uns sagte, wir sollten uns um unsere eigenen Angelegenheiten kümmern und Le Bas ihm überlassen. Das fand ich gut. Es ist eines meiner Prinzipien im Leben, mich mit Menschen zu umgeben, deren Verhalten mir positiv aufgefallen ist. Gewöhnlich wissen diese Leute gar nichts darüber, dass sie einen Vorteil davon haben, bei dieser oder jener Gelegenheit einen guten Eindruck auf mich gemacht zu haben. Brandreth ist ein Beispiel dafür.«

»Eine Umkehrung also von dem Fall, dass man Engel bewirtet.«

»Ich weiß nicht genau, was du meinst«, sagte Widmerpool. »Aber erzähl mir doch mal was von dir, von deinem Eheleben, Nicholas. Wo wohnst du jetzt? Ich habe kürzlich mit deinem Schwager, George Tolland, diniert. Ich bin mir nicht sicher, ob es weise ist, dass Soldaten ins Geschäftsleben einsteigen. Wenn die Jungs in die Armee gehen, sollen sie in der Armee bleiben. Das gilt für die meisten Berufe. Er hat mir allerdings einen akzeptablen Rat gegeben, wie ich an Geld für meine Reservetruppe kommen kann. In der Kantinenkasse herrscht dauernd Ebbe.«

Widmerpool zeigte nur selten großes Interesse an den Angelegenheiten anderer Menschen, aber seine Stimmung an diesem Tag war so gut, dass er mit mehr Aufmerksamkeit als üblich zuhörte, als Themen, die ihn nicht betrafen, zur Sprache kamen. Ich fragte mich, ob es ein günstiges Geschäft gewesen sei, das ihn in eine so wohlwollende Laune versetzt hatte. Wir kamen auf solche Dinge zu sprechen.

»Es geht ein wenig aufwärts an der Börse«, sagte er nach dem Essen. »Ich kann voraussehen, dass der Rhythmus des Konjunkturzyklus sich auf Verbesserung zubewegt. Ich habe für mich persönlich einige kleine Kalkulationen angestellt, um zu verifizieren, wie die Lage jetzt ist. Es wird dich interessieren zu hören, was ich herausgefunden habe. Wie du weißt, ist die allgemeine Höhe der Dividenden die wichtigste Determinante des allgemeinen Aktienwertes und der Marktpreise über einen langen Zeitraum. Über kürzere Zeiträume fluktuieren Aktienpreise stärker als Dividenden. Das ist natürlich offensichtlich. Ich habe beispielsweise herausgearbeitet, dass seit der großen Wirtschaftskrise Aktienpreise um zwischen $217 \frac{3}{8}$ Prozent und $218 \frac{1}{2}$ Prozent gestiegen sind. Soweit ich feststellen konnte, hat die Dividende nicht $62 \frac{3}{4}$ Prozent bis $64 \frac{4}{5}$ Prozent überschritten. Dies sind meine eigenen Zahlen. Ich behaupte nicht, dass sie unwiderlegbar sind. Kannst du mir folgen?«

»Vollkommen.«

»Wenn ich einen europäischen Krieg außer Betracht lasse«, sagte Widmerpool, »den ich trotz gewisser beunruhigender Anzeichen für nicht sehr wahrscheinlich halte, so favorisiere ich einen vorsichtigen Optimismus. Zufälligerweise hege ich bestimmte Ansichten über die Wechselwirkung von Motionen und Emotionen an der Börse, die weit mehr der Bewertung unterliegen, als der Laie vielleicht annimmt. Meine Methode könnte nicht einfacher sein. Ich teile in regelmäßigen Abständen den Marktpreis von Aktien – wie er sich in einem verlässlichen Index niederschlägt – durch die aufgrund des Index gezahlte Dividende. Was könnte leichter sein als das. Meinst du nicht auch?«

»Natürlich.«

»Aber damit es nicht so aussieht, dass ich mich nur über mein eigenes Gebiet auslieβe und zu sehr von den schäbigen Details des Geschäftemachens bestimmt sei, lass mich dir sagen, Nicholas, dass ich mir selbst gewisse Entspannungen zugestanden habe.«

»Wirklich?«

»Wie du weißt, drängt mich meine Mutter immer dazu, mehr Zeit darauf zu verwenden, mich zu zerstreuen. Sie glaubt, ich arbeite zu hart.«

»Ich erinnere mich, dass du mir das erzählt hast.«

Ich wusste nicht, worauf er hinauswollte. Zweifellos war er über etwas sehr erfreut. Er schien unsicher zu sein, ob er den Grund dafür offenbaren solle. Doch dann erklärte er plötzlich die Ursache für seine Genugtuung.

»Ich verkehre in der letzten Zeit in sehr gehobenen Kreisen«, sagte er und setzte ein äußerst zufriedenes Lächeln auf.

»Wirklich?«

»Nicht eigentlich königlich – das ist noch nicht das richtige Wort … Du verstehst mich …?«

»Ich glaube schon.«

»Es war eine interessante Erfahrung.«

»Hast du … die Person … – tatsächlich kennengelernt?«

Widmerpool neigte den Kopf – eine Geste, mit der er seine Kenntnis beneidenswerter Geheimnisse andeutete und gleichzeitig jedes Zugeständnis ablehnte, das für ein Kompromittieren sowohl seiner selbst als auch jener hohen Persönlichkeiten, deren Reputation zu Recht geschützt werden musste, gehalten werden könnte. Ich versuchte, ohne Erfolg, mehr aus ihm herauszuholen.

»Bitte, bedränge mich nicht, dir Details zu geben.«

Er war jetzt ganz Würde. Wir schwiegen eine kurze Zeit. Widmerpool holte tief Luft, so als ob er eine gesundmachende Brise der offenen See gehobenen gesellschaftlichen Lebens in seine Lunge ziehen wolle.

»Ich glaube, wir werden einige große Veränderungen erleben, Nicholas«, sagte er, »und zwar willkommene Veränderungen. Es gibt, wie ich schon früher oft gesagt habe, viel, das weggefegt werden muss. Ich bin mir sicher, die Dinge, von denen ich spreche, werden auch weggefegt werden. Neue Besen werden sich bald an die Arbeit machen. Ich wage zu hoffen, dass ich selbst auch ein Teilnehmer an dieser gesünderen Gesellschaft sein darf, der wir freudig entgegensehen können.«

»Und du glaubst, es wird nicht zu einem Krieg kommen?«

»Ja, davon bin ich überzeugt. Aber ich sprach diesmal von der Gesellschaft im engeren Sinne – von der vornehmen Welt. Ich sehe vieles in dem, was da unmittelbar vor uns liegt, das ich attraktiv finde.«

Ich fragte mich, ob er wieder plane zu heiraten. Widmerpool besaß, wie ich schon in der Vergangenheit bemerkt hatte, gewisse telepathische Fähigkeiten, wie sie manchmal bei Personen anzutreffen sind, die unzugänglich für die Gedankenabläufe anderer Menschen sind – es sei denn, diese betreffen sie selbst; mit anderen Worten, er schien es immer sofort zu wissen, dass sich eine mit ihm verbundene Vorstellung im Bewusstsein eines beliebigen Gegenüber zu bilden begann – in diesem Fall, dass ich an sein Fiasko mit Mrs. Haycock zurückdachte.

»Ich vermute, du erinnerst dich, dass ich, als wir das letzte Mal miteinander lunchten, selbst plante, in den Ehestand zu treten«, sagte er. »Zum Glück ist daraus nichts geworden. Das wäre ein großer Fehler gewesen. Mildred hätte ganz sicher keine passende Frau für mich abgegeben. Ihr anschließendes Verhalten hat das ganz offensichtlich gemacht. Es war am Ende eine Erleichterung für meine Mutter, dass die Dinge diesen Verlauf nahmen.«

»Wie geht es deiner Mutter?«

»Wie gewöhnlich wird sie ganz eindeutig immer jünger«, sagte Widmerpool, der sich über diese Nachfrage freute. »Und in ihrem stets enthusiastischen Verständnis für die Jugend versucht sie, wie ich sagte, mich dazu zu überreden, mich öfter in das gesellschaftliche Leben zu stürzen. Sie hat recht. Ich weiß, dass sie recht hat. Ich habe mich bemüht, ihren Rat zu befolgen – mit dem erfreulichen Ergebnis, von dem ich dir schon viel zu viel verraten habe.«

Es war zwecklos zu hoffen, dass ich mehr erfahren würde. Wie Moreland mit Andeutungen über seine Liebesaffären zielte Widmerpool nur darauf ab, meine Neugier anzustacheln. Es schien ihm sehr daran gelegen zu sein, mich davon zu überzeugen, dass er, obwohl seine eigene Verlobung unter peinlichen Umständen in die Brüche gegangen war, dies ohne ein Gefühl der Bitterkeit überstanden hatte.

»Ich höre, dass Mildred Haycock nach Südfrankreich zurückgekehrt ist«, sagte er. »Bestimmt der beste Ort für sie. Ich werde dir gegenüber nicht die Geschichte wiederholen, die mir neulich über sie erzählt worden ist. Meinerseits sehe ich keinen Grund dafür, mich mit dem Heiraten zu beeilen. Vielleicht ist schließlich doch vierzig das Alter, mit dem man sich einen Partner suchen sollte. Ich glaube, Léon Blum sagt das in seinem Buch. Er ist ein kluger Mann, der Monsieur Blum.«

3

So wie die leute redeten, hätte man glauben können, es sei ein besonderes Phänomen, dass Matilda überhaupt je ein Kind geboren hatte. Die Welt nimmt eben nur widerwillig hin, dass jemand – und besonders eine Frau, die ein ziemlich abenteuerliches Leben geführt hat – sehr wohl eine Zeitlang in einer bestimmten Weise leben kann, um später dann eine ganz andere Existenzform zu wählen. Das Baby, eine Tochter, überlebte nur wenige Stunden. Matilda selbst war sehr krank. Auch als sie wieder gesund war, verblieb Moreland im Zustand tiefster Mutlosigkeit. Vor der Geburt des Kindes hatte er sich so große Sorgen um die Gesundheit seiner Frau gemacht, dass er fast vorausgesehen zu haben schien, was geschehen würde. Das machte die Dinge nicht besser. Um diese Zeit stellten sich auch seine Lungenbeschwerden wieder ein; Geldschwierigkeiten bedrängten ihn; alles ging schief; es herrschte die Depression. Dann, nach einigen unerfreulichen Wochen, wurden ihm zwei unerwartete Aufträge angeboten. Fast von einem Tag auf den anderen besserte sich nun seine Gemütsverfassung. Es gab eigentlich keinen Grund, warum sie nicht im Laufe der Zeit ein weiteres Kind bekommen sollten. Die finanzielle Krise war überstanden; die Miete bezahlt; die Dinge hatten sich zum Guten gewendet. Dennoch, man musste zugeben, dass die Morelands kein sehr häusliches Leben führten. Die Routine, in die zu verfallen das Eheleben unerbittlich bestimmt ist, war etwas, das sie weiterhin zu vermeiden suchten. Sie kamen immer extrem spät nach Hause. Sie gingen stets zusammen aus. In die Umgebung ihrer kleinen, ziemlich öden Wohnung (nicht länger die, die Moreland jetzt »mein früheres apolaustisches Junggesellenquartier« nannte), wo sie auch kaum je anzutreffen waren, hätte nur schwer ein Kind gepasst.

Damals trafen wir uns häufig mit den Morelands. Wir dinierten zusammen bei Foppa oder im Strasbourg, gingen anschließend ins Kino oder, was Moreland wirklich vorzog, saßen in einer Kneipe und redeten. Er pflegte eine besondere Vorliebe für ein bestimmtes Lokal zu entwickeln (der Mortimer war es nach seiner Heirat nie), wurde seiner aber bald überdrüssig, wobei sich seine Neigung zu einer heftigen Abneigung wandelte. Isobel und Matilda kamen gut miteinander aus. Sie waren etwa gleichen Alters und teilten die Erfahrung in der Entbindungsklinik. Matilda hatte sich nach schwierigen Anfängen schnell wieder erholt. Es verschaffte ihr offensichtlich Erleichterung, über die erlittenen Beschwerden zu reden, doch sprach sie dabei stets in einer Weise, die einen Schleier der Unwirklichkeit über ihre Erlebnisse legte. Lebhaft, angriffslustig und großzügig, litt sie, wie Moreland auch, unter Anfällen tiefer Depressionen. Insgesamt gesehen schien das Leben, das sie zusammen – so völlig zusammen – führten, das richtige für sie zu sein. Vielleicht hatten die Leute schließlich doch recht, wenn sie glaubten, sie sei von der Natur zur Geliebten und Gefährtin eines Mannes bestimmt und nicht so sehr für die Rolle der Mutter gemacht.

»Matildas Vater war Apotheker«, bemerkte Moreland einmal, als wir beide allein waren, »aber er ist jetzt tot. Es ist also nichts mit Sonderkonditionen für Abführpillen und Schlaftabletten.«

»Und ihre Mutter?«

»Hat wieder geheiratet. Sie sind nie gut miteinander ausgekommen. Matty hat das Haus verlassen, als sie noch sehr jung war. Ich glaube, alle waren froh, als sie ihre eigenen Wege ging.«

Zufälligerweise waren zwei meiner Schwägerinnen Matilda einmal in ihrer Vor-Moreland-Zeit begegnet. Es waren Veronica, George Tollands Frau, und Norah, die sich eine Wohnung mit Eleanor Walpole-Wilson teilte. Veronica, deren Vater Auktionator in einer Kleinstadt in der Nähe von Schloss Stourwater war, gehörte zu den wenigen Leuten, die etwas über Matildas Jugendzeit wussten. Zudem sind Veronica und sie auf die gleiche Schule gegangen.

»Ich war natürlich viel älter«, sagte Veronica. »Ich erinnere mich, dass sie in die unterste Stufe der Grundschule ging – ein kleines Mädchen, das einem einfach auffallen musste. Damals hieß sie Betty Updike.«

»Wie hast du herausgefunden, dass Matilda dasselbe Mädchen war?«

»Als ich während meiner Scheidung von Fred zu Hause wohnte, habe ich eine Frau aus dem Ort auf der Hauptstraße getroffen, die einen Job bei der ›Daily Mail‹ hatte. Sie erzählte mir von Sir Magnus Donners und sagte: ›Weißt du, dass die Tussi namens Matilda Wilson, mit der zusammen er jetzt überall gesehen wird, in Wirklichkeit Betty Updike ist?‹«

Dass Matilda einen neuen Namen für die Bühne angenommen hatte, hatte nichts besonders Überraschendes. Viele Leute taten das. Es war zu erwarten gewesen. Die Art und Weise, wie Matilda Sir Magnus kennengelernt hatte, war viel interessanter.

»Die Frau erzählte mir, Matilda sei in einem Trimester an die Schule gekommen, um der Theater-AG bei der Inszenierung des ›Sommernachtstraums‹ zu helfen. Sie hatten die Erlaubnis erhalten, das Stück auf Stourwater aufzuführen. Während Sir Magnus dort herumwanderte, traf er auf Matilda, die gerade dabei war, mehrere kleine Mädchen als Elfen zu verkleiden. Das hat ihn sehr beeindruckt.«

Diese Geschichte schien so glaubhaft wie irgendeine andere. Einmal liiert mit Sir Magnus, war Matilda natürlich »überall gesehen« worden – mit der Einschränkung, dass Sir Magnus es vorzog, seine Gefährtin des Augenblicks immer so weit wie möglich für sich zu haben, und es ihr, wenn die beiden nicht zusammen allein sein konnten, nicht gestattete, mehr von seinen Freunden zu sehen, als es sein eigenes gesellschaftliches Leben unbedingt notwendig machte. Das war sicher zutreffend gewesen für die Zeit, als Sir Magnus mit Baby Wentworth verbunden war, die ihm, wie Barnby behauptete, aus genau diesem Grund ›gekündigt‹ habe. Es hatte eine Menge Klatsch über Matilda gegeben, während sie mit Sir Magnus ›zusammen‹ war. Als ich, nicht lange vor meiner eigenen Heirat, Quiggin und Mona in dem Häuschen besuchte, das Erridge ihnen vermietet hatte, hatte auch Quiggin, für Monas Geschmack zu viel, über Matilda gesprochen.

»Ach ja«, hatte Mona in einem ärgerlichen Tonfall gesagt, »Matilda Wilson – eine dieser unscheinbaren Frauen, denen Männer aus irgendeinem besonderen Grund gerne nachlaufen. Weil sie nicht viel Ärger machen, vermute ich.«

Norah Tolland war Matilda unter völlig anderen Umständen begegnet – nämlich auf einer kleinen Party bei Heather Hopkins, der Pianistin, die früher in einem der unteren Stockwerke des Hauses in Chelsea lebte, wo Nora und Eleanor Walpole-Wilson das Dachgeschoss bewohnten. Zu der Zeit, über die ich berichte – etwa zwei Jahre nach meiner eigenen Heirat –, hatten beide, Norah und Eleanor, einen Job gefunden und waren sehr ›seriös‹ geworden. Sie sprachen viel über Politik und Ökonomie und darüber, wie man die Welt verbessern könne. Sie schämten sich jetzt sehr über ihre Zeit mit Heather Hopkins.

»Die arme alte Hopkins«, sagte Norah, als ich sie einmal erwähnte. »Es ist so schade, dass sie rumläuft und aussieht und spricht wie die langweiligste Sorte von Männern. Als ob sie in der Bar eines Golfclubs zu Hause sei. Auf ihre Weise ist sie aber ein gutherziges Geschöpf.«

»Man wird dieses dauernde Zusammenhocken auch mal leid«, sagte Eleanor und kickte einen Schlafzimmerpantoffel außer Sichtweite unter das Sofa. »Und außerdem, Heather ist nicht im Geringsten an dem interessiert, was in der Welt geschieht. Man hätte doch gerne, dass die Leute auch ein wenig Verantwortungsgefühl zeigen.«

Einige Jahre zuvor hatten die Dinge allerdings noch ganz anders ausgesehen. Damals waren Norah und Eleanor begeistert gewesen von der Hopkins und ihrem Monokel und ihrem Smoking und ihrer Kasernenhofsprache. Eine junge Schauspielerin, die zu der Zeit sehr von der Gastgeberin bewundert wurde, hatte Matilda zu der Wohnung der Hopkins mitgenommen. Die Teilnehmer des Treffens waren, natürlich, überwiegend weiblich, und Matilda, die von vielen Angehörigen ihres eigenen Geschlechts für attraktiv gehalten wurde, selbst aber Männer, auch wenn sie in einer nichtaggressiv maskulinen Form daherkamen, bevorzugte, hatte sich den größten Teil des Abends mit Norman Chandler unterhalten. Sie war ihm auf dieser Party der Hopkins zum ersten Mal begegnet. Durch Chandler hatte sie danach Zutritt zu jenem Teil der Theaterwelt erlangt, in dem sie dann schließlich zu ihrer Rolle in »The Duchess of Malfi« gekommen war. Norah, die gewöhnlich nur sparsam mit Lob umging, war von Matilda beeindruckt gewesen, obwohl sie mit ihr im Verlaufe des Abends eigentlich nur wenige Worte hatte wechseln können.

»Ich fand sie einfach ganz wunderbar«, sagte Norah.

Moreland selbst hatte seine spätere Frau zu einer Zeit kennengelernt, als Matildas Verbindung mit Sir Magnus wenn nicht völlig gelöst so doch zumindest erheblich gelockert war. Sein Verhalten war bei dieser Gelegenheit charakteristisch gewesen. Er hatte sich sofort unsterblich verliebt und Matilda mit jener Mischung aus Aufmerksamkeit und Vergesslichkeit überschüttet, die die meisten Frauen an seiner Art, um sie zu werben, als beunruhigend empfanden. Diesmal war seine Methode allerdings sehr erfolgreich gewesen. Matilda wurde gewonnen. Es hatte schon vor der Zeit, in der mir schließlich gestattet wurde, sie kennenzulernen, hin und wieder Schwierigkeiten in ihrer Beziehung gegeben, aber im Prinzip waren sie vor ihrer Eheschließung glücklich miteinander gewesen. So schien es sich auch immer noch zu verhalten, als wir sie dann häufiger sahen und mit ihnen bei Foppa oder im Strasbourg zu dinieren pflegten. Ich nahm Morelands gelegentliche Ausbrüche gegen die Institution Ehe nicht ernst, ja, glaubte ihm aufs Wort, dass diese Einwände nur ein Zeichen dafür seien, dass er in einer realen Welt und nicht in einem Traumpalast lebe.

»Die Leute behandeln mich immer, als ob ich so eine Art 1880er-Bohemien sei«, sagte er. »Aber das Gegenteil ist richtig, ich bin ein nüchterner Engländer mit Pfeife.«

Es war an einem dieser Abende im Strasbourg, als er verkündete, dass seine Symphonie nun fertig sei und bald aufgeführt werde. Obwohl Moreland nie über seine eigenen Kompositionen sprach, wusste ich, dass er lange an dieser Symphonie gearbeitet hatte.

»Normans Freundin, Mrs. Foxe, gibt dafür einen Empfang«, sagte er.

»Aber wie wundervoll«, sagte Isobel. »Werden Mrs. Foxe und Norman oben an der Treppe stehen und Seite an Seite die Gäste empfangen?«

»Das hoffe ich«, sagte Moreland. »Sie sind uns allen ein Beispiel. Diese Art von Treue findet man äußerst selten unter seinen Freunden.«

»Lebt Mrs. Foxe noch in dem Haus in der Nähe des Berkeley Square?«, fragte ich.

»Genau«, sagte Moreland. »Mit diesen Dingern links und rechts der Eingangstür, die aussehen wie riesige Eiscremehörnchen und in denen man die Fackeln löschen kann, nachdem man seine Sänftenträger entlohnt hat.«

»Ich bin mir nicht sicher, ob ich die Partys in diesem Haus mag«, sagte Matilda. »Wir sind ein paar Mal da gewesen. Ich kann sowieso großartige Empfänge immer weniger ausstehen.«

Sie hatte an diesem Abend wieder eine ihrer Launen, aber im Großen und Ganzen stimmte es, dass Moreland seit seiner Heirat zunehmend gerne auf Partys ging, besonders auf Partys, wie Mrs. Foxe sie veranstaltete, während Matilda sie weniger und weniger mochte.

»Du redest, als ob wir unser Leben in einem Wirbel aus Champagner und Diamanten verbrächten«, sagte Moreland. »Es wird jedenfalls überhaupt nichts Großartiges werden. Mrs Foxe hat versprochen, nur unsere eigenen schäbigen Freunde einzuladen.«

»Wen also noch«, fragte Isobel, »außer uns?«

»Mir wäre es viel lieber, wenn wir nach dem Konzert ganz ruhig unter uns sein und mit Isobel und Nick irgendwo zu

Abend essen könnten«, sagte Matilda. »Das wäre viel amüsanter.«

»Es handelt sich doch hier um einen besonderen Anlass, Liebling«, sagte Moreland. Er war verärgert über diese Einwände. »Schließlich zeichne ich mich unter Komponisten durch den geringen Umfang meines Werkes aus. Ich produziere nicht jede Woche eine Symphonie wie andere Leute. Ein neues Werk von mir sollte mit einem gewissen Pomp gefeiert werden – und wenn auch nur, um dem Komponisten selbst Mut zu machen.«

»Ich hasse einfach die Partys heutzutage.«

»Es werden nur etwa zwanzig bis dreißig Personen da sein«, sagte Moreland. »Ich weiß, Edgar Deacon hat uns immer versichert, dass ›der Saloon und nicht der *Salon* das Milieu des wahren Künstlers‹ sei, aber seine eigenen Bilder waren keine große Werbung für dieses Prinzip. Ich persönlich empfinde weder unterwürfige Dankbarkeit noch ärgerlichen Widerstand bei der Aussicht, von Mrs. Foxe in einem luxuriösen Stil bewirtet zu werden.«

»Hast du je mit ihrem Mann, dem Marineoffizier, gesprochen?«, fragte ich.

»Manchmal trifft man in dem Haus auf so einen glatten, kräftig gebauten Kerl«, sagte Moreland. »Strahlt Wohlgenährtheit aus und bevorzugt einen guten mahagonifarbenen Whisky. Ich hörte ihn einmal einen Schmerzensschrei ausstoßen, als ein Diener zu viel Soda beigeben wollte. Ich wusste gar nicht, dass er ihr Mann ist. Er sieht überhaupt nicht aus wie ein Ehemann.«

»Natürlich ist er ihr Mann«, sagte Matilda. »Was für ein Esel du doch bist. Er hat mir an dem Abend, als wir nach ›Turandot‹ mit ihnen soupierten, ins Bein gekniffen. Das ist einer der Gründe, warum ich das Haus nicht mag.«

»Liebling, ich bin sicher, das hat er nicht getan. Du gibst doch nur an.«

»Ich hab's dir gesagt, als wir zu Hause waren. Ich hab dir sogar den blauen Flecken gezeigt. Du warst wahrscheinlich zu betrunken, um ihn zu sehen.«

»Mir gegenüber hat er sich immer äußerst korrekt betragen«, sagte Moreland. »Sicher, er hat ziemliche Angst vor Mrs. Foxe. Ich verstehe warum, jetzt, wo sich zeigt, dass sie seine Frau ist.«

Bald nach diesem Treffen mit den Morelands begann die Zeit der Krise, die schließlich zur Abdankung Edwards VIII. führte – einem öffentlichen Ereignis, das die Gedanken nicht nur jener Menschen stark beschäftigte, die vom Temperament her dazu neigen, endlos über das zu diskutieren, was sie in den Zeitungen lesen, sondern auch aller anderen im Land, was immer ihr Alter, ihr Geschlecht oder ihre gesellschaftliche Klasse sein mochte. Durch die dauernden Debatten klangen die konstitutionellen und emotionalen Fragen bald abgedroschen. Barnby pflegte seine Ansichten zu der Kontroverse in völlig ungeschminkter Form zu äußern; Roddy Cutts dagegen behandelte sie mit antiseptischer Diskretion; Fredericas Verbindungen zum Hof veranlasste sie dazu, sich so wenig wie möglich in der Öffentlichkeit zu zeigen; es gelang ihr allerdings nicht gänzlich, sich den Verfolgungen durch Freunde und Verwandte zu entziehen, die vergeblich auf einen für die Veröffentlichung nicht freigegebenen Leckerbissen hofften.

»Ich werde einen Nervenzusammenbruch kriegen, wenn sie diese Sache nicht bald ins Reine bringen«, sagte Robert Tolland. »Du hast wahrscheinlich keine Neuigkeiten, Frederica?«

»Ich kann dir versichern, Robert, dass meine Position ebenso nervenaufreibend ist«, sagte Frederica. »Und ich höre keine Neuigkeiten.«

Sie sah in der Tat fürchterlich besorgt aus. Als ich zu der Zeitung ging, um mir ein Buch für eine Rezension abzuholen, traf ich auf Members und Quiggin, die ebenfalls dabei waren, dieses unausweichliche Thema zu diskutierten.

»Ich bin natürlich aus Prinzip gegen die Monarchie, wie auch gegen all die anderen feudalen Überbleibsel«, sagte Quiggin gerade. »Aber wenn dieses Land schon einen König haben muss, dann halte ich es für wünschenswert, ja für essentiell, dass er eine Geschiedene heiratet. Zwei Scheidungen – doppelt so gut. Ich bin kein Freund der Zivilisation im Land des Big Business, aber wenigstens ist eine Heirat mit einer Amerikanerin besser als eine Verbindung mit unserer eigenen sogenannten Aristokratie.«

Members lachte trocken.

»Hast du schon an einem Protestmarsch teilgenommen, J. G.?«, fragte er. Er fühlte sich jetzt in einer ausreichend starken wirtschaftlichen Position seinem Freund gegenüber, um Quiggins Entrüstung mit amüsierter Ironie begegnen zu können. »Ich glaube, jede Menge bekannter Leute aus der intellektuellen Welt sind bereits mit diesen Reklametafeln an ihren Körpern durch die Straßen paradiert, um ihren beleidigten royalistischen Gefühlen Ausdruck zu verleihen.«

»Ich jedenfalls halte die ganze Sache für äußerst trivial«, sagte Quiggin und schob ärgerlich eine Handvoll kürzlich veröffentlichter Romane in das Regal hinter Members' Schreibtisch zurück, durch seine Heftigkeit zwei der Schutzumschläge zerreißend. »Du hast mich nach meiner Meinung gefragt, Mark, und ich habe sie dir gegeben. Wie Gibbon lass ich das Thema mit Ungeduld fallen. Vielleicht besorgst du mir ja diese Woche zur Abwechslung mal ein einigermaßen interessantes Buch und nicht diese endlosen Autobiografien unbedeutender Krimineller, die in solcher Zahl aus den Verlagen rollen und zu denen du mich dauernd verurteilst.«

Kurz nachdem die Geschichte in den Zeitungen bekannt geworden war, traf ich Moreland auf der Straße.

»Ist das nicht wieder mein übliches Pech«, sagte er. »Jetzt wird monatelang niemand mehr Musik hören, ins Kino gehen oder ein Buch lesen. Wir können es uns alle schön gemütlich machen und jeden Abend Diskussionen führen über Liebe und Pflicht.«

»Faszinierende Themen.«

»In unserem eigenen Leben – ja. Weniger, wenn es um andere Leute geht.«

»Du sagst das mit solchem Nachdruck.«

»Wirklich? Es ist nur meine von Natur aus vehemente Art zu sprechen.«

Wie sich dann zeigte, erwies sich die Abdankung, nachdem einmal der Schritt getan war, schnell als eine Sache der Vergangenheit, und alles fiel weit leichter als allgemein angenommen in die gewohnte Routine zurück. Es schien keinen Grund zu geben für die Annahme, dass zu der Aufführung von Morelands Symphonie weniger Zuhörer kommen würden. Priscilla zum Beispiel (die schließlich einen Job in der Organisation angenommen hatte, die Geld zur Förderung der Oper sammelte) berichtete, dass der Querschnitt der Öffentlichkeit, der durch dieses besondere Mikroskop wahrzunehmen war, nach einigen Wochen der Aufruhr wieder zu seinem normalen Zustand zurückgefunden habe. Priscilla war nicht besonders an Musik interessiert – weniger jedenfalls als Robert –, aber sie war durch ihre Anstellung natürlich in einem gewissen Maße mit der Welt der Musik in Berührung gekommen. Dennoch war ich überrascht, als sie am Tag vor Morelands Konzert anrief und fragte, ob sie uns am folgenden Abend begleiten könne. Isobel hatte das Gespräch angenommen.

»Ich wusste gar nicht, dass du oft in Konzerte gehst«, sagte sie.

»Tu ich auch nicht, außer ich hab eine Freikarte«, sagte Priscilla.

»Und du hast eine Freikarte für dieses Konzert?«

»Ja.«

»Wer hat sie dir gegeben?«

»Eine der Personen, deren Musik dort gespielt wird.«

»Ich dachte, die seien alle tot oder lebten im Ausland – außer Hugh Moreland.«

»Hugh Moreland hat mir die Karte gegeben.«

»Ich wusste gar nicht, dass du ihn kennst.«

»Natürlich kenne ich ihn.«

»Ach ja, du hast ihn bei uns getroffen, nicht wahr?«

»Und auch sonst. Ich treffe ihn in meinem Büro.«

»Das hast du noch nie erwähnt.«

»Also sieh mal, kann ich jetzt mit dir und Nick dahin gehen oder nicht?«, sagte Priscilla. »Ich frage ja nur. Wenn du glaubst, zusammen mit mir gesehen zu werden bringe euch in Verruf, werde ich alleine gehen und so tun, als ob ich keinen von euch beiden kennte, wenn wir uns an der Bar treffen. Nichts einfacher als das.«

Isobel berichtete mir später von dieser Unterhaltung und fügte hinzu, dass Priscilla am folgenden Abend auch mit uns dinieren würde.

»Typisch für Hugh, Priscilla, die nicht im Geringsten an Musik interessiert ist, eine Karte zu schenken«, sagte ich, »während alle möglichen Leute, die ihm nützlich sein könnten, hocherfreut darüber wären, dass er sich ihrer auf diese Weise erinnerte.«

Diese Feststellung war zutreffend, aber gleichzeitig auch unehrlich. Und ein wenig war ich mir dessen damals auch bewusst. Es war eine moralinsaure Bemerkung, und als solche nicht einmal echt. Ich hielt es für unnötig, noch hinzuzufügen, dass es ihm offensichtlich größeres Vergnügen bereitete, die Karte einem hübschen Mädchen wie Priscilla zu schenken statt einem ungeschlachten musikalischen Trittbrettfahrer, aus dessen Dankbarkeit ihm nicht unbedingt irgendein Gewinn erwachsen würde. Ich hatte das Gefühl, dass es sich hier um einen dieser Fälle handeln könnte, in denen die Zurschaustellung von Weltläufigkeit nichts anderes war als Vernebelungstaktik. Aber warum sollte eine Vernebelung überhaupt erwünscht sein?

»Ich vermute, Hugh hatte auf einer Party zu viel getrunken«, sagte ich, »und dann Karten in die Runde verteilt.«

Ich war schließlich selbst von der Wahrscheinlichkeit dieser Vermutung überzeugt. Isobel äußerte keinerlei Meinung zu diesem Thema. Als Priscilla dann zu uns in die Wohnung kam, erzählte sie, dass Moreland am Tag zuvor in einer beruflichen Angelegenheit das Büro aufgesucht habe, in dem der Opernfond verwaltet wurde. Er habe dort »in seiner Tasche nach Zigaretten gekramt« und dabei, »zusammengeknüllt und zwischen einer Reihe von Zeitungsausschnitten, Bindfäden und Büroklammern«, diese Eintrittskarte gefunden. Die hatte er Priscilla geschenkt und gleichzeitig vorgeschlagen, sie solle doch auch zu dem Empfang kommen, den Mrs. Foxe nach dem Konzert geben werde. Dies war eine plausible Geschichte und entsprach völlig Morelands sonstigem Verhalten. Wir unterhielten uns dann über andere Dinge: über Erridge, der telegrafiert hatte, man solle ihm dickere Unterwäsche nach Barcelona schicken, wodurch er zu verstehen gab, dass er, anders als einige prophezeit hatten, wahrscheinlich nicht so bald zurückkehren werde. Wir sprachen über Erridges Aussichten in Spanien. Als wir den Konzertsaal erreichten, schien es ganz so, als sei es schon lange vorher vereinbart worden, dass Priscilla uns an diesem Abend begleiten würde.

Moreland bestand häufig darauf, dass jedes Kunstwerk, unabhängig davon, ob die Kritiker es für gut oder schlecht hielten, einen Reifeprozess durchmachen müsse, ehe es den ihm angemessenen Platz im Gesamtzusammenhang der Kunst einnehme. Diese Auffassung ist nicht besonders originell, aber diejenigen, die ihr fest anhängen, sind im Allgemeinen weniger hochgestimmt durch Lob und weniger niedergeschlagen durch Tadel als andere – nicht notwendigerweise schlechtere – Künstler, die sich von jeder einzelnen Pressenotiz entweder in den Himmel oder in die Hölle versetzt fühlen. Die Symphonie wurde durchaus als ein Erfolg begrüßt, aber nicht als ein überwältigender Erfolg; als eine solide Arbeit, die die Reputation Morelands erhöhen werde, aber nicht als eine Detonation beispielloser Brillanz. Moreland wäre gut beraten – so hatte Gossage einmal bemerkt, als er sich in einem Restaurant an einem Senftopf zu schaffen machte, während Moreland sich außerhalb des Raums befand –, seinen Ruf mit einem Werk der letzteren Art zu festigen. Im Konzertsaal gab es viel Beifall, aber man fühlte gleichzeitig auch einen schwachen Hauch der

Enttäuschung. Auch für den Künstler mit der größten Selbstdisziplin ist ein überraschtes Publikum stimulierender als eines, das erleichtert darüber ist, dass das ihm Gebotene geschluckt werden kann, ohne das geringste Gefühl der Schärfe auf dem Gaumen zu hinterlassen. Das galt besonders für Moreland, dessen Hang zu verblüffen ein durchaus gesundes Maß angenommen hatte – trotz seiner eigenen, angeborenen Abneigung gegen alle professionellen Verblüffer. Wie auch immer, wenn sich die Symphonie auch für diejenigen, die sich ein Stück mit mehr Widerhaken erhofft hatten, als ein wenig enttäuschend erwies, so war die Form, wie sie aufgenommen wurde, doch sehr herzlich, so dass sich auch nicht die Spur eines Schattens über den Empfang legte, auf dem sie gefeiert werden sollte.

»Das war ein Erfolg, nicht wahr?«, sagte Isobel.

»Es scheint so.«

»Ich fand es absolut wundervoll«, sagte Priscilla.

Die Aussicht, Mrs. Foxe' Haus wiederzusehen, machte mich sehr neugierig. Ich hatte es seit dem Tag, an dem ich, noch ein Schuljunge, mit Stringham und seiner Mutter dort den Lunch eingenommen hatte, nicht mehr betreten. Nichts hatte sich an der Eingangshalle und ihren Säulen geändert. Und es gab natürlich auch nicht den geringsten Grund, warum sich irgendetwas hätte ändern sollen, aber mich überkam ein seltsames Gefühl der Unangemessenheit, als ich jetzt als verheirateter Mann dorthin zurückkam. Der Übergang vor demselben Hintergrund war doch zu abrupt. Einige Zwischenstadien, ähnlich den Abstufungen in der Freimaurerei, schienen ausgelassen zu sein. Wir wurden nach oben in einen karmesinroten, mit Damast ausgeschlagenen Salon im ersten Stock geführt, an dessen Ende Schiebetüren geöffnet waren, die auf der rechten Seite den Blick in einen Raum mit einer gewaltigen Malachiturne, dem Porträt von Romney und den Bücherschränken aus der Regency-Zeit freigaben, den ich als die ›Bibliothek‹ wiederkannte, in die mich Stringham bei jenem früheren Besuch gebracht hatte. Dort war ich zum ersten Mal der frösteln machenden Eleganz des Korvettenkapitäns Foxe begegnet und auch Zeuge gewesen von der Art und Weise, wie Stringham den »gegenwärtigen Ehemann« seiner Mutter behandelte.

Zufälligerweise war Korvettenkapitän Foxe auch die erste Person, die ich wahrnahm, als wir durch die Tür traten. Er sprach gerade mit Lady Huntercombe. Aus der leicht überschwänglichen Art und Weise, wie er auf sie einredete, schloss ich, dass er sich den Besuch des Konzerts erlassen hatte. Als wir angekündigt wurden, kam Mrs. Foxe auf uns zu, um uns zu begrüßen. Sie sah genauso aus wie an dem Abend der Aufführung der »Duchess of Malfi« – keiner Veränderung unterworfen, hinreißend, dominierend. Als eine alte Freundin Lady Warminsters hatte sie natürlich Isobel und Priscilla schon gekannt, als diese noch Kinder waren. Sie sprach einen Augenblick mit ihnen über die Gesundheit ihrer Stiefmutter und wandte sich dann an mich. Ich war im Begriff, sie an die Umstände zu erinnern, unter denen wir uns in der jetzt so fernen Vergangenheit schon einmal begegnet waren, und fragte mich gleichzeitig, was in aller Welt ich über Stringham sagen sollte, dessen Namen zu erwähnen praktisch unvermeidlich war, als sie selbst mir zuvorkam.

»Ich erinnere mich sehr gut daran, dass Charles Sie einmal zum Lunch mit hierherbrachte. Erinnern Sie sich auch noch daran? Es war, kurz bevor er nach Kenia fuhr. Wir gingen alle ins russische Ballett an diesem Abend. So schade, dass Sie nicht mit uns kommen konnten. Wie schön es doch damals war… Der arme Charles… Er hat so viele Probleme gehabt… Sie wissen natürlich… Aber er ist jetzt glücklicher. Tuffy kümmert sich um ihn – Miss Weedon; Sie haben sie kennengelernt, als Sie hier waren, nicht wahr? Und Charles hat mit dem Malen angefangen. Es wirkt Wunder.«

»Ich erinnere mich an seine Karikaturen.«

Stringham konnte im technischen Sinn überhaupt nicht zeichnen, aber er war ein Meister in seiner ganz eigenen Form grafischer Darstellung, ausgeführt in einem Zusammenspiel von Klecksen und spinnwebfeinen Linien und sehr effektiv in der Gestaltung von Ähnlichkeiten von Le Bas und anderen Lehrern der Schule. Ich konnte mir nicht vorstellen, wie Stringhams ›Malen‹ aussehen mochte. Diese Terminologie hob seine Aktivität in eine ganz andere Kategorie.

»Jetzt malt Charles Gouachen«, sagte Mrs. Foxe. Sie sprach in jenem festen, heiteren Ton, den Menschen besonders in Berichten über enge Verwandte anwenden, die dabei sind zu versuchen, eine mehr oder weniger desaströse Lebensführung zu ändern. »Er entwirft Theaterkostüme und solche Dinge. Norman sagt, sie sind wirklich sehr gut. Natürlich, Charles hat keine Ausbildung gehabt. Deshalb ist es wahrscheinlich zu spät für ihn, daraus einen Beruf zu machen. Aber Norman meint, die Entwürfe haben Originalität. Wissen Sie, Norman spricht häufig über Sie und Isobel. Er verehrt Sie beide. Norman hat mich auch dazu gebracht, eines Ihrer Bücher zu lesen. Es hat mir sehr gut gefallen.«

Sie sah ein wenig mitleiderregend aus, als sie das sagte, und ich hatte das Gefühl, dass in diesem Punkt Chandler in der Ausübung seiner Macht vielleicht etwas zu weit gegangen war. Doch da andere Gäste hinter uns die Treppe heraufkamen, waren wir gezwungen weiterzugehen. Direkt hinter Mrs. Foxe trafen wir auf Moreland. Er war ganz rot im Gesicht. Wir gratulierten ihm. Er murmelte einige Worte über den Horror, den die Aufführung eines neuen Werkes bereite, schien aber über alles sehr glücklich zu sein. Er unterhielt sich mit Priscilla, deren Gesicht von der Erregung der Ankunft ebenfalls ziemlich gerötet war, und wir ließen die beiden allein zurück. Der Empfang nahm jetzt langsam eine homogenere Form an. Im Großen und Ganzen war Mrs. Foxe pflichtbewusst den Wünschen Morelands gefolgt und hatte seine alten Freunde eingeladen, statt ein schickes Ereignis zu veranstalten, mit Gästen, wie sie selbst sie ausgewählt hätte. Ja, man konnte das hintere Ende des karmesinroten Salons fast mit einer Ecke im Mortimer an einem seiner besseren Abende verwechseln. Die

Gruppe, die dort versammelt war, gab einem das Gefühl, dass jeden Moment die Klänge des elektrischen Klaviers unvermittelt losdröhnen würden. Die Maclinticks, Carolo, Gossage und mehrere andere Musiker und Kritiker, die ich nur vom Sehen her kannte, waren anwesend, einschließlich eines berühmten Dirigenten aus einer älteren Generation als der Morelands, der wahrscheinlich eher wegen seiner gesellschaftlichen Verbindungen mit Mrs. Foxe als wegen gelegentlicher professioneller Kontakte zwischen ihm und Moreland eingeladen war. Diese distinguierte Persönlichkeit sprach ein wenig laut und selbstkritisch und heftig gestikulierend, so als wolle sie zeigen, dass sie nicht die geringste Herablassung gegenüber ihren weniger erfolgreichen Kollegen empfinde. In der Nähe dieses Knäuels von Musikern stand Chandlers alter Freund Max Pilgrim, der gerade versuchte, Rupert Wise, einem anderen, sehr bewunderten Freund Chandlers, einem Tänzer, der für seine strengen Moralvorstellungen und seine Abneigung gegen Smalltalk bekannt war, einige Worte zu entlocken. Wise' Verlobung mit einem gleichermaßen ehrbaren weiblichen Mitglied des Corps de Ballet war kurz zuvor bekanntgegeben worden. Mrs. Foxe hatte versprochen, ihnen einen Kühlschrank zur Hochzeit zu schenken.

»Der ist nicht kälter als Rupes Herz«, war Chandlers Kommentar gewesen. »Es war mein Vorschlag. Er mag ein Profil wie Apollo haben, aber er hat das Gemüt eines echten Philisters.«

Die Anwesenheit der Huntercombes musste, wie die des gefeierten Dirigenten, wohl eher Mrs. Foxe als Moreland zugeschrieben werden. Früher einmal hatte Mrs. Foxe – wie ich von Bemerkungen wusste, die Stringham in der Vergangenheit hatte fallenlassen – Lady Huntercombe für schrecklich ›langsam‹ gehalten und über ihre Kleidung gelacht, die gewöhnlich eher dramatisch war als modisch. Jetzt jedoch, da Mrs. Foxe' Energien in so großem Maße darauf gerichtet waren, Chandler und seinen Freunden von Nutzen zu sein, mussten Lord Huntercombes vielfältige Aktivitäten in der Welt der Kunst mit ins Kalkül gezogen werden. In seiner Eigenschaft als Mitglied in den Kuratorien mehrerer öffentlicher Galerien war Lord Huntercombe zwar eher mit Bildern befasst als mit der Musik oder dem Theater, aber seine allseits anerkannten Fähigkeiten auf seinem eigenen Gebiet hatten ihm einen Sitz in mehreren Komitees eingebracht, die sich um andere Künste oder generell um ›Kulturangelegenheiten‹ kümmerten. Lord Huntercombe war ein kleiner, äußerst gepflegter Mann, und er war in der Tat jemand, den man nicht unterschätzen durfte. Er hatte einen der renommiertesten Kunsthändler der Bond Street wie einen Laien aussehen lassen, als er in dessen Galerie ein Jungfrau-mit-Kind-Gemälde als das Werk eines unbedeutenden Meisters erstand, das dann später eindeutig als eine Arbeit Benozzo Gozzolis identifiziert wurde; und er hatte auch so geschickt den Zeitpunkt für den Verkauf der Sammlung englischer Pastellmalerei seines Vaters gewählt, dass er fast das Doppelte ihres Marktwertes erzielte.

Lady Huntercombe, wie gewöhnlich majestätisch gekleidet in einem langen, schwarzen Samtkleid, trug ein schwarzes Band um ihren Hals, an dem ein kunstvoll gearbeitetes, in Diamanten gehaltenes Schmuckstück befestigt war. Sie war lebhaft an Musik interessiert, viel mehr als ihr Mann, der sich lieber auf den Gebieten seiner eigenen Neigung besonders hervortat und keine Vorliebe für die Musik hatte. Ich erinnerte mich, dass Lady Huntercombe nach Stringhams Trauung enttäuscht über die Art gewesen war, wie der Chor die Hymne gesungen hatte. »Schrecklich schrill«, hatte ich sie auf dem Empfang sagen hören. »Es ist mir durch Mark und Bein gegangen.« Jetzt sprach sie, begleitet von einem lebhaften, entzückten Schütteln ihres Zeigefingers, was ohne Zweifel auf irgendein spezielles Vergnügen schließen ließ, das ihr Morelands Symphonie bereitet hatte, mit Matilda; anscheinend versuchte sie dabei, Matilda – die allerdings keine große Lust zu verspüren schien, diesem Werben nachzugeben – dazu zu überreden, eine Einladung oder eine andere, ähnliche Verpflichtung anzunehmen.

Ich ging weiter auf das hintere Zimmer zu und sah, dass Chandlers kleine Bronzeskulptur der »Wahrheit entschleiert von der Zeit«, lange zuvor auf dem Caledonian Market gekauft und nach Mr. Deacons Tod aus seinem Geschäft gerettet, nun endlich auf dem Konsolentisch unter dem Romney zur Ruhe gekommen war. Chandler selbst stand neben dem Tisch und rührte mit einem von Korvettenkapitän Foxe ausgeliehenen Sektquirl in einem Champagnerglas. Es mochte durchaus sein, dass Chandler einen übergroßen Einfluss auf Mrs. Foxe ausübte, aber sie hatte ihn ebenfalls, in einem gewissen Maße, gezähmt. Die lange Verbindung mit ihr hatte sein Verhalten verändert. Er hatte nicht mehr viel von dem *gamin* des Mortimer.

»Hallo, mein Lieber«, sagte er. »Schampus verursacht mir immer schrecklichen Schluckauf, es sei denn, ich rühre die Bläschen heraus. Du kennst Buster, nehme ich an.«

Korvettenkapitän Foxe, grauer jetzt und eine Spur korpulenter als damals, als ich ihn zuletzt gesehen hatte, schien, wenn das überhaupt möglich war, durch diese äußeren Zeichen der Reife noch achtungsgebietender geworden zu sein. In seiner Kleidung hatte er sich jene äußerste Perfektion der Zusammenstellung bewahrt, die es so brillant versteht, noch so eben den Anschein zu vermeiden, es handele sich bloß um die Insignien einer Schneiderpuppe. Sein Gebaren aber hatte sich sehr geändert. Er war jetzt geläutert, fast bescheiden. Ich konnte mir nicht vorstellen, dass ich ihn je als alarmierend empfunden hatte; doch auch trotz seiner neu gewonnenen Leutseligkeit hatte man noch das Gefühl, unter der Oberfläche wisse er sehr wohl, dass er in der Lage war, wenn nötig, äußerst unangenehm werden zu können. Ich erwähnte, wo wir uns zuletzt begegnet waren. Er erinnerte sich sofort daran, oder gab vor sich zu erinnern – der Inbegriff von Freundlichkeit und guten Manieren, fast schon servil in seinem Verlangen, gefällig zu sein.

»Der arme alte Charles«, sagte er. »Natürlich erinnere ich

mich, dass Sie ein Freund von ihm waren. Treffen Sie sich jetzt noch mit ihm? Ach ja, natürlich, man sieht ihn seit einiger Zeit kaum noch, oder? Dennoch, es steht ganz gut um ihn jetzt. Erinnern Sie sich an Miss Weedon, Amys Sekretärin? Eine ziemlich eindrucksvolle Dame. Ach ja, Ihnen ist das ja alles schon bekannt, nicht wahr? Molly Jeavons ist eine Tante Ihrer Frau, natürlich. Eine gute Lösung für Charles, in einer Hinsicht. So hat er die Möglichkeit, eine Zeitlang ein ruhiges Leben zu führen. Norman geht und besucht Charles manchmal, nicht wahr, Norman?«

»Ich verehre Charles einfach«, sagte Chandler. »Aber ich habe ziemliche Angst vor der Gorgo, die sich um ihn kümmert – du auch, glaube ich, Buster.«

Buster lachte und verfiel fast in das gleiche höhnisch-böse Grinsen von früher. Er mochte Miss Weedon nicht. Daran erinnerte ich mich. Er war auch zweifellos froh darüber, dass Stringham nicht mehr in dem Haus wohnte. Sie waren nie gut miteinander ausgekommen.

»Wenigstens bringt Tuffy Ordnung in Charles' Leben«, sagte Buster. »Wenn jemand keine Selbstdisziplin besitzt, muss ihm so etwas leider von außen aufgezwungen werden. Das klingt hart, ist aber nun mal so. Kommen Sie selbst auch aus dieser Musikbranche? Ich höre, Hugh Morelands Symphonie war großartig. Ich hab's nicht geschafft, auch hinzugehen. Hab das sehr bedauert.«

Ich fand es erschreckend, wie seine eigene Familie jetzt über Stringham sprach: als ob man ihn weggesperrt habe wie jemanden, der an einer fürchterlichen, unaussprechlichen Krankheit leidet, oder als ob er zu einer schrecklichen Figur aus der Welt der Legende geworden sei, furchterregend wie das Monster von Glamis, über dessen Grässlichkeit man sich gut belustigen kann, an dessen Existenz man aber nicht wirklich glaubt. Andererseits wusste ich selbst auch nicht, was man sonst hätte für ihn tun können, wie man sich besser ihm gegenüber hätte verhalten können. Aber schließlich war Stringham ihr

Problem, nicht meins. Ich vermochte keine bessere Lösung vorzuschlagen als die mit Miss Weedon; ich hatte kein Recht, seine eigenen Verwandten dafür zu tadeln, wie sie Stringham behandelten.

»Sie hatten es ein bisschen eilig, unseren früheren König vom Acker zu jagen, was?«, sagte Buster, das Thema hin zur Politik wechselnd, wohl weil er fürchtete, seine letzten Worte könnten ein Gespräch über Musik provozieren. »Einige meiner Freunde sind wegen all dem auf dem falschen Fuß erwischt worden. Wie auch immer, ich glaube, auf lange Sicht gesehen, wird er so ein viel besseres Leben haben. Seinen früheren Job wollte ich nicht geschenkt bekommen.«

»Mein Lieber, du würdest ihn superb ausfüllen«, sagte Chandler. »Dieser Meinung bin ich immer, wenn ich mir das Foto ansehe, das dich in der Tropenuniform zeigt.«

»Nein, nein, Unsinn, Norman«, sagte Buster, dem es keineswegs missfiel, dass ihm potentiell königliche Befähigungen zugeschrieben wurden. »Ich würde mich zu Tode langweilen. Ich kann mir nicht im Geringsten vorstellen, jedes Jahr die Thronrede vor dem Parlament halten zu müssen und all diese Dinge.«

Chandlers Gesten deuteten eine absolut andere Meinung an.

»Ich muss jetzt gehen und ein paar Worte mit Tantchen Gossage wechseln«, sagte er, »sonst fliegt die alte Hexe noch auf ihrem Besen davon und beschwert sich, dass ich sie geschnitten hätte. Bis später, ihr zwei.«

»Was für ein wundervoller Mensch Norman doch ist«, sagte Buster. Er sprach mit ungewohnter Wärme. »Wissen Sie, manchmal frage ich mich, was Amy ohne ihn tun würde. Oder auch ich, ehrlich gesagt. Er organisiert unser ganzes Leben. Er kann alles – vom Blumenarrangement bis zum Mixen des besten Tom Collins, den ich je getrunken habe. So talentiert auch auf anderen Gebieten. Haben Sie ihn schon mal auf der Bühne gesehen? Und was sein Tanzen und sein Saxofonspiel angeht... Also, ich bin noch nie einem Menschen wie ihm begegnet.«

Busters Bewunderung für Chandler schien grenzenlos. Ich widersprach nicht, war aber überrascht und ziemlich beeindruckt davon, dass er völlig frei von Eifersucht war. Nicht dass irgendjemand vermutet hätte, Chandler habe eine ›Affäre‹ mit Mrs. Foxe – obwohl, wie Barnby stets behauptete, in dieser Hinsicht niemand etwas mit Sicherheit über zwei Menschen zu sagen vermag –, aber abgesehen von der Frage einer körperlichen Beziehung war es offensichtlich, dass sie Chandler liebte, selbst wenn es sich nicht eigentlich um Liebe im üblichen Sinne handelte. Ein Ehemann, selbst ein so vorurteilsloser Ehemann wie Buster, hätte aus persönlichen oder bloß generellen Gründen durchaus empört sein können. Viele Männer, die äußerlich Buster ähnelten, hätten aus Prinzip eine Abneigung gefasst gegen einen jungen Mann von Chandlers Erscheinung und Betragen, hätten ganz gewiss missbilligt, einen solchen Menschen andauernd in ihrem Haus sehen zu müssen. Entweder hatte Buster mit zunehmendem Alter eine natürliche Toleranz entwickelt, oder es gab andere Gründe, warum er mit der Tatsache, dass seine Frau von Norman Chandler besessen war, ganz zufrieden zu sein schien. Schließlich hatte ja Matilda behauptet, er habe ihr ins Bein gekniffen. Möglicherweise hielt Chandler Mrs. Foxe davon ab, Buster bei seinen eigenen Amüsements zu stören. Wenn das der Grund war, bewies Buster große Diskretion in der Art und Weise, wie er seinen Bedürfnissen nachging – an sich schon eine Tugend, die man nicht allzu oft antrifft. Vielleicht war ihm ein wenig bewusst, dass er sich mir in einem unerwarteten Licht gezeigt hatte.

»Amy braucht es, dass man sich viel um sie kümmert«, sagte er. »Ich bin manchmal sehr stark beschäftigt, hab viel zu tun, geschäftliche Verpflichtungen und so was. Die meisten Ehemänner sind so, nehme ich an. Man kann seiner Frau nicht die ganze Aufmerksamkeit widmen, die sie braucht. Verstehen Sie, was ich meine?«

Diese Selbstoffenbarung zeigte einen Buster, der so verschieden war von dem, an den ich mich erinnerte, dass ich mir nicht sicher war, ob dieser auffallende Wandel in seinem Betragen nicht in gewissem Maße Veränderungen in mir zuzuschreiben sei. Vielleicht hatten ja auch die Entwicklungen, die wir beide durchlaufen hatten, eine neue Haltung zueinander möglich gemacht. Wie auch immer, ehe Buster weiter das Thema Eheleben konkretisieren konnte – ein Thema, zu dem ich gern mehr von ihm gehört hätte –, näherte sich Maclintick uns in seiner torkelnden Art zu gehen, so wie er, ob betrunken oder nüchtern, immer ging.

»Besteht wohl Hoffnung, in einem Haus wie diesem Irischen zu bekommen?«, fragte er mich mit gedämpfter Stimme. »Von Champagner krieg ich immer Durchfall. Es sähe den Reichen ähnlich, wenn sie nur Scotch zu bieten hätten. Meinst du, es ist okay, wenn ich mich an einen der Lakaien wende. Ich möchte Moreland nicht vor seinen großartigen Freunden blamieren.«

»Ich gab dieses Verlangen Maclinticks nach irischem Whiskey an Buster weiter.«

»Irischen?«, fragte Buster lebhaft. »Ich glaube, das ist ein Problem. Aber es kann sehr wohl sein, dass wir etwas im Keller haben, denn ich mag das Zeug selbst sehr gern. Jede Menge Scotch, natürlich. Ich nehme an, das hat man Ihnen gesagt. Warten Sie hier. Ich gehe und erkundige mich mal.«

»Wer ist dieser liebenswürdige, wunderschöne Gentleman«, fragte Maclintick bissig. Er zeigte nicht die geringste Dankbarkeit für Busters prompte Bemühung, sein Bedürfnis nach irischem Whiskey zu befriedigen. »Ist er ein Teil des Managements?«

»Korvettenkapitän Foxe.«

»Das sagt mir nichts.«

»Der Ehemann unserer Gastgeberin.«

»Ich dachte, sie sei mit Chandler verheiratet. Er ist der Mann, mit dem ich sie immer beim Ballett sehe – wenn man ihn einen Mann nennen kann. Ich vermute, ich habe wieder mal meine üblichen schlechten Manieren bewiesen. Ich hätte nie in ein Haus wie dieses hier kommen sollen. Ist völlig gegen meine Prinzipien. Dennoch, ich hoffe, Baron Scarpia kann einen Schluck Irischen aufstöbern. Es ist bestimmt nicht beneidenswert, mit einer solchen Frau verheiratet zu sein.«

Maclinticks Eheprobleme waren in einem so großen Maße schlimmer als die von Korvettenkapitän Foxe, dass ich es erstaunlich fand, Maclintick den Zustand einer anderen Ehe beklagen zu hören. Gossage – »diese alte Hexe«, wie Chandler ihn genannt hatte – gesellte sich zu uns, ehe ich antworten konnte. Ihm schien der Empfang zu gefallen. Er faltete seine Hände und schüttelte sie auf und ab.

»Was hältst du von Morelands Werk, Maclintick?«, fragte er. »Eine großartige Sache, großartig aufgenommen. Einfach wundervoll. Ich habe selten einen solchen Enthusiasmus erlebt. Meinst du nicht auch, Maclintick?«

»Nein, meine ich nicht«, sagte Maclintick in einem entschiedenen Ton. »Ich glaube, wie es aufgenommen wurde, war knapp vorbei an einem Desaster. Das Werk selbst war okay. Ich mochte es.«

Gossage war nicht im Geringsten über die Schärfe von Maclinticks Widerspruch verärgert. Er stellte sich auf die Zehen und legte seine Fingerspitzen wie einen Keil vor sich aneinander.

»Das ist dein Urteil, oder, Maclintick?«, sagte er nachdenklich, so als ob sich ein völlig neues Panorama vor ihm eröffne. »Das ist dein Urteil. Also, vielleicht ist etwas dran an dem, was du sagst. Dennoch, ich halte es für einen großen persönlichen Triumph für Moreland, einen großen Triumph.«

»Du weißt genauso gut wie ich, Gossage, dass es kein Triumph war«, sagte Maclintick, plötzlich wütend werdend. »Wir sind alle Morelands Freunde – wir wären heute Abend nicht in diesen schicken Klamotten zu diesem verdammten, fürchterlichen Empfang gekommen, wenn wir das nicht wären –, aber es hilft Moreland überhaupt nicht, wenn wir herumgehen und sagen, dass seine Symphonie wie ein Triumph aufgenommen wurde und dass sie das größte musikalische Werk ist, das je geschrieben worden ist, obwohl wir doch alle wissen, dass das nicht stimmt und dass sie es nicht ist. Sie hat mir gefallen, aber es war kein Triumph.«

Man sah Gossage an, das er keineswegs mit Maclinticks Kritik an Mrs. Foxes' Empfang und der Last, Abendkleidung tragen zu müssen, übereinstimmte, aber angesichts des Rufes seines Kollegen als eines notorischen Querulanten auch bereit war, sowohl diese Beschwerden als auch seine Ansichten über Moreland als Komponisten kommentarlos hinzunehmen.

»Es wird wahrscheinlich von einigen Seiten Widerstand geben«, sagte Gossage. »Das sehe ich sehr wohl. Einige von der alten Garde werden sich wahrscheinlich auf die Hinterbeine stellen. Ein Musikstück wird sicher dadurch nicht schlechter, dass es eine solche Reaktion hervorruft.«

»Ich kann nicht erkennen, warum es Widerstand geben sollte«, sagte Maclintick, als ob es ihm körperlich Erleichterung verschaffe, Gossage in jeder Hinsicht zu widersprechen. »Ein bisschen Steinewerfen könnte sogar was Gutes haben. In der Karriere der meisten Künstler kommt, wenn sie was taugen, einmal der Moment, in dem Angriffe auf ihr Werk eine Form annehmen, die fast nützlicher ist als Lob. Bei verschiedenen Karrieren geschieht das zu verschiedenen Zeitpunkten. Es mag sehr wohl sein, dass das jetzt für Moreland ein solcher Moment ist. Ich weiß es nicht. Ich bezweifle es. Was ich aber weiß, ist, dass rumzulaufen und vorzugeben, dass die Symphonie etwas ist, was sie nicht ist, Moreland mehr schadet als nützt.«

»Also gut«, sagte Gossage jetzt mit dem Ton bewusster Resignation, »wir werden ja bis zum Wochenende erfahren, was sie alle zu sagen haben. Ich selbst mochte das Stück. Mir schien, da war eine Menge Leben drin. Hat offensichtliche Mängel, natürlich. Dennoch, ich verstehe durchaus, was du meinst, Maclintick. Aber hier kommt Mrs. Maclintick. Und wie geht es der Mrs. Maclintick heute Abend?«

Mrs. Maclintick erweckte den Eindruck, als wolle sie jeden Moment irgendeinen Ärger vom Zaun brechen. Sie trug ein bauschiges, blassrosa, mit Rosetten und Schleifchen bedecktes Kleid, das an ihren Armen und am Hals in konzentrische Kreise aus Rüschen überging. Auf dem Kopf hatte sie eine als mittelalterlich oder präraffaelitisch konzipierte Kappe, die ihr zusammen mit ihren dunklen, elfenhaften Locken, ihrer tiefbraunen Gesichtsfarbe und den ärgerlichen schwarzen Augen den Anschein gab, sie habe den Empfang mit einem Kostümball verwechselt.

»Nimm deine Hände aus den Taschen, Maclintick«, sagte sie sofort. »Du stehst immer überall herum, als ob du in einer Kneipe wärest. Ich weiß nicht, was die Leute hier von dir denken sollen. Wir sind doch jetzt nicht im Nag's Head, weißt du. Denk daran, deine Pfeife nicht auf dem Teppich auszuklopfen.«

Maclintick nahm von seiner Frau nicht die geringste Notiz. Stattdessen richtete er sich mit einigen flüchtigen Bemerkungen über Smetana, die ihm in diesem Moment eingefallen zu sein schienen, an Gossage. Mrs. Maclintick wandte sich mir zu.

»Ich vermute, Sie sind genauso wenig wie ich diese Art von Partys gewohnt«, sagte sie. »Was Maclintick betrifft, der wäre gar nicht hier, wenn ich nicht dafür gesorgt hätte. Irgendwie habe ich ihn in diese Abendhosen gekriegt. Er will natürlich nie Abendkleidung tragen. Dann konnte er zum Schluss keine schwarze Schleife finden. Musste sich eine Fertigschleife leihen, die Carolo früher getragen hat. Hier trampelt er jetzt auch in seinen normalen schwarzen Quadratlatschen herum.«

Maclintick ignorierte seine Frau auch weiterhin, obwohl er all dies gehört haben musste.

»Was halten Sie von Morelands Symphonie«, fuhr sie fort. »Kein großer Erfolg, meint Maclintick. Diesmal bin ich derselben Meinung wie er.«

Maclintick hatte diese Worte gehört. Er schwang in einer solchen Wut herum, dass ich für einen Moment glaubte, er werde sie schlagen – so wie ich auch damals, als ich in ihrem Haus war, gedacht hatte, sie könnte vielleicht ein Dinnermesser in ihn hineinrammen. Zweifellos gab es an diesem Abend etwas in ihrem Verhalten, das physische Gewalt selbst in dem Ambiente von Mrs. Foxe' Empfang fast entschuldigt hätte.

»Ich habe nichts dergleichen gesagt, du verdammtes Miststück«, sagte Maclintick, »also halt dein schmutziges Maul und sag das nicht noch einmal, wenn du nicht willst, dass ich dich schlage. Es sieht dir und deiner Gehässigkeit ähnlich, dass du meine Worte so verdrehst. Dauernd versuchst du, Ärger zu machen zwischen Moreland und mir, oder? Was ich gesagt habe, war, dass diese Musik ›nicht Morelands risikoreichste‹ sei – dass die Kritiker ihn als ein Enfant terrible gewohnt seien und deshalb vielleicht den wahren Wert der Symphonie unterschätzen würden. Das war alles. Das war, was ich gesagt habe. Du weißt genau, dass das alles war. Du weißt genau, dass es das war, was ich gesagt habe.«

Maclintick war heiser vor Wut. Seine Hände zitterten. Sein Ärger war ziemlich alarmierend.

»Ja, Maclintick hat jetzt gerade genau dasselbe gesagt, nicht wahr?«, stimmte Gossage ihm zu. Er kicherte nervös angesichts dieser Zurschaustellung unkontrollierten Zorns. »Diese Worte hatten kaum seinen Mund verlassen, Mrs. Maclintick. Das ist genau das, was er denkt.«

»Fragen Sie mich nicht, was er denkt«, sagte Mrs. Maclintick ruhig, von der Heftigkeit der Beschimpfung durch ihren Mann nicht im Geringsten aus der Fassung gebracht. »Einmal sagt er das eine, und dann wieder was ganz anderes. Er weiß überhaupt nicht, was er will. Ich hab ihm gesagt, er stünde hier herum, als ob er im Nag's Head sei. Das ist die Kneipe in unserer Nähe, wohin all die Nutten gehen. Vermutlich denkt er, dass er da jetzt ist. Das ist der Ort, wo er sich am meisten zu Hause fühlt. Außerdem, wenn die Symphonie ein solcher Erfolg war, warum war dann Moreland nicht zufriedener? Oder auch Matilda? Matilda scheint nicht in bester Verfassung zu sein heute Abend. Ich vermute, dieses großartige Ambiente hier erinnert sie an bessere Zeiten.«

»Ich habe auch nicht gesagt, dass die Symphonie ›ein großer Erfolg‹ sei.« Maclintick sprach jetzt in einem müden Ton, so als ob sein Zornesausbruch ihn erschöpft habe. »Aber was meinst du eigentlich? Moreland scheint mir völlig okay zu sein. Was ist nicht in Ordnung mit ihm? Es war natürlich purer Wahnsinn von mir, vor einer Frau wie dir meine Meinung zu äußern.«

»Weiter so«, sagte Mrs. Maclintick. »Nur weiter so.«

»Und welchen Grund hast du überhaupt zu sagen, dass Matilda nicht zufrieden sei?«, sagte Maclintick. »Ich wünschte nur, ich wäre mit einer Frau verheiratet, die auch nur halb so viel Vernunft besitzt wie Matilda.«

»Matilda schien mir nicht allzu viel Vernunft zu beweisen, als ich mich vorhin mit ihr unterhielt«, sagte Mrs. Maclintick, immer noch völlig unberührt von diesem unangenehmen Wortwechsel; ja, seine Brutalität schien auf sie sogar stimulierend zu wirken. »Oder auch überhaupt zufrieden zu sein. Nicht dass ich mich darum kümmere, wie sie mit mir spricht. Ich wette, sie hat in ihrem Leben Dinge gemacht, die ich nicht für eine Millionen Pfund tun würde. Sie kann zu mir sprechen, wie sie will. Ich werde ihre Vergangenheit nicht wieder aufwärmen. Ich sage nur, dass sie und Moreland während der Pause Streit hatten. Vielleicht hat sie ja das, worüber sie sprachen, traurig gemacht, und nicht die Art, wie die Symphonie aufgenommen worden ist. Es steht mir nicht zu, das zu entscheiden.«

Weiteren gegenseitigen Vorwürfen wurde für den Moment durch den Butler, der Maclintick eine Karaffe brachte und sich im Namen Busters dafür entschuldigte, dass kein irischer Whiskey im Haus zu finden sei, ein Ende bereitet. Buster selbst erschien einen Augenblick später und entschuldigte sich noch einmal persönlich für diesen Mangel. Ich entfernte mich von der Gruppe, um mit Robert Tolland zu sprechen, der gerade das Zimmer betreten hatte. Robert kannte Moreland nur oberflächlich – eher als eine bedeutende Gestalt in der Welt der

Musik denn als Freund. Er war wahrscheinlich auf Anregung von Mrs. Foxe zu dem Empfang eingeladen worden, hatte vielleicht auch mit ihr diniert, um eine gerade Zahl der Gäste zu erreichen. Ich hatte ihn nicht im Konzertsaal gesehen.

»Ich dachte mir, dass ich dich und Isobel hier antreffen würde«, sagte er. »Ich wurde im letzten Moment eingeladen. Ich weiß kaum, warum. Einer dieser seltsamen späten Einfälle, die so charakteristisch sind für Amys Art, Gesellschaften zu organisieren. Ich sehe, dass Priscilla auch hier ist. Ist sie mit euch gekommen?«

»Priscilla hat mit uns diniert. Du hättest auch zum Dinner zu uns kommen können, wenn wir gewusst hätten, dass du auf dem Weg zu diesem Empfang warst.«

Roberts Gesicht zeigte sein gewohntes ruhiges Lächeln.

»Nett von dir, das vorzuschlagen«, sagte er, »aber es gab da ein paar Sachen, die ich am frühen Abend noch erledigen musste. Wie attraktiv Mrs. Moreland doch ist. Das denke ich jedes Mal, wenn ich sie sehe. Ist es nicht eine Erleichterung, nicht länger über die Abdankung sprechen zu müssen. Frederica sieht schon viel besser aus, jetzt, wo alles geregelt ist.«

Er lächelte und ging weiter, seine übliche Aura milder Rätselhaftigkeit verströmend. Lady Huntercombe, die sich von Matilda mit einer Fülle von Artigkeiten verabschiedet hatte, eilte Robert nach. Matilda gab mir ein Zeichen, dass ich zu ihr kommen und mit ihr reden solle. Sie sah blass aus und schien – entweder wegen ihrer langen Session mit Lady Huntercombe, oder vielleicht weil sie noch von der Anstrengung, die Aufführung der Symphonie zu hören, aufgewühlt war – ziemlich erregt.

»Hol mir noch etwas Champagner, Nick«, sagte sie, meinen Arm umklammernd. »Er ist wundervoll für die Nerven. Gefällt es dir auf diesem eleganten Empfang? Ich hoffe doch.«

Das war überhaupt nicht ihre übliche Art. Ich nahm an, dass sie wahrscheinlich ein wenig betrunken sei.

»Natürlich – und die Symphonie war ein großer Erfolg.«

»Glaubst du wirklich?«

»Ganz bestimmt.«

»Bist du sicher?«

»Du etwa nicht?«

»Ich denke schon.«

»Oh, ja.«

»Du bist dir sicher, Nick?«

»Natürlich bin ich das. Alles ist doch gut abgelaufen. Es gab viel Applaus. Was erwartest du denn noch?«

»Ja, es war okay, denke ich. Irgendwie hatte ich auf mehr echten Enthusiasmus gehofft. Es ist ein wundervolles Werk, weißt du. Das ist es wirklich.«

»Das ist es ganz bestimmt.«

»Es ist wundervoll. Aber einige Leute werden enttäuscht sein.«

»Meint Hugh das auch?«

»Ich glaube nicht, dass ihn das kümmert«, sagte Matilda. »Nicht in seinem gegenwärtigen Geisteszustand.«

Aus irgendeinem Grund – wegen des Tons in ihrer Stimme, weil ein Hauch von Ärger in der Luft lag, vielleicht nur aus natürlicher Vorsicht – hielt ich es für sicherer, mich nicht nach dem zu erkundigen, was sie für Morelands »gegenwärtigen Geisteszustand« hielt.

»Ich sehe, deine kleine Schwägerin, Lady Priscilla, ist auch hier«, sagte Matilda.

Sie lächelte ein wenig in der Art Roberts – so als ob sie es aus einer geheimen, inneren Freude tue, über die nachzudenken aber auch ein bisschen bitter war.

»Du hast sie in unserer Wohnung kennengelernt, nicht wahr?«

»Ja.«

»Sie hat heute Abend bei uns diniert.«

»Ich habe sie einmal in eurer Wohnung getroffen«, sagte Matilda. Sie sprach ganz langsam, so als ob dies ein außerordentliches Ereignis gewesen sei. »Sie ist sehr attraktiv. Aber ich kenne sie nicht so gut, wie Hugh sie kennt.«

Ich fühlte mich plötzlich furchtbar unbehaglich, so als ob eiskaltes Wasser sehr sanft, sehr langsam an meiner Wirbelsäule hinuntertropfe; so als ob aber gleichzeitig auch irgendein besonderer Umstand mich davon abhalte, dieses unerklärliche Faktum zuzugeben und jeden Versuch meinerseits verbiete, den Vorgang zu stoppen. Dieses letztere Gefühl war, wie ich sehr wohl wusste und als solches anerkennen musste, nichts anderes als die Fortführung meiner früheren Weigerung, den Tatsachen, die mit dem Umstand verbunden waren, dass Moreland Priscilla die Konzertkarte geschenkt hatte, ins Auge zu sehen. Ich begann jetzt, jene seltsame Erregtheit zu verspüren, die die Nachricht von den Liebesabenteuern anderer Menschen stets in mir hervorruft; sie war wie immer von einem Gefühl der Traurigkeit, des Bedauerns, fast der Eifersucht begleitet – Emotionen, die, wie nichts sonst im Leben, die irrationalen Unzufriedenheiten des Lebens zum Ausdruck bringen. Einerseits schien es äußerst interessant, dass Moreland sich vielleicht in Priscilla verliebt hatte (und sie sich in ihn); andererseits aber – und ich lasse jetzt einmal die Gefühle hinsichtlich der Ehe der Morelands und der Unerfahrenheit Priscillas (wenn sie denn unerfahren war) beiseite – drohte eine solche Situation Komplikationen einer äußerst beunruhigenden Natur an zwei getrennten Fronten meines eigenen tagtäglichen Lebens mit sich zu bringen. Was mein unmittelbares Handeln anging, so musste ich es unbedingt vermeiden, Matilda gegenüber die Freikarte zu erwähnen. Mein Schweigen zu diesem Punkt bot zumindest eine solide Basis, auf der man aufbauen konnte. Es folgte dem einfachen Prinzip, dass man über das Verhalten eines Freundes zu einer anderen Frau, so farblos es auch sein mag, mit dessen Ehefrau besser nicht reden sollte. Das Nachdenken über diese banale Maxime vergrößerte noch die Depression, die mich plötzlich befallen hatte. Die Vorstellung, Moreland habe so etwas wie eine Affäre mit Priscilla – substantiell genug, um

Matilda, selbst wenn sie zu viel Champagner getrunken hatte, zu veranlassen, meine Aufmerksamkeit auf solche Vorgänge zu lenken – schien mir zugleich lächerlich und irritierend. Wahrscheinlich waren Matildas Vermutungen nicht wirklich schlüssig. Sehr gut möglich, dass Moreland und Priscilla sich wirklich idiotisch aufführten. Aber warum meine Aufmerksamkeit darauf lenken? Die Sache würde bald vorbei sein. Alle drei Personen sanken in meiner Wertschätzung. Zudem: Matildas Spekulationen waren vielleicht völlig unbegründet. Priscilla war, körperlich gesehen ebenso wie auch gesellschaftlich gesehen, nicht der Typ von Frau, den Moreland normalerweise bevorzugte. »Nichts beunruhigt mich mehr«, hatte er selbst immer gesagt, »als wenn meine Freunde einen unerwarteten sexuellen Geschmack offenbaren.« Priscilla ihrerseits fand im Allgemeinen ein Leben, wie es Moreland führte, wenig attraktiv; es hatte auch nie Anzeichen dafür gegeben, dass sie verheiratete Männer bevorzugte – eine Vorliebe, wie sie einige Frauen in jungen Jahren entwickeln. Ich hielt es für das Beste, das Thema zu wechseln.

»Ich sehe, ihr habt Carolo eingeladen«, sagte ich.

Moreland hatte, obwohl er stets ausgesprochen freundlich zu Carolo war, ja, sich mehr um ihn bemühte, als er es gewöhnlich um düstere, schweigsame Genies tat, nie den Eindruck erweckt, er lege großen Wert auf dessen Gesellschaft. Ich vermutete, Carolos Einladung sei die Folge gewisser Winkelzüge in der Musikpolitik, die mir unbekannt waren und die mich, um die Wahrheit zu sagen, auch herzlich wenig interessierten. Doch mein Kommentar schien Matilda zu ernüchtern oder zumindest ihre Stimmung zu verändern.

»Wir mussten ihn einladen«, sagte sie. »Es war nicht mein Vorschlag, kann ich dir versichern. Es war wegen der Maclinticks. Da Carolo in demselben Haus wie die Maclinticks wohnt, dachte Hugh, es wäre peinlich, wenn er keine Einladung erhielte. Hugh legte großen Wert darauf, dass Maclintick kam, ja, wollte es auf keinen Fall hinnehmen, dass er nicht kam. Hugh und Maclintick sind wirklich sehr gute Freunde, weißt du.«

»Die Maclinticks hatten einen fürchterlichen Streit, als ich sie gerade verließ.«

»Den haben sie andauernd.«

»Sie sollten auf Veranstaltungen wie dieser für ein paar Stunden Ruhe geben. Eine kurze Pause würde ihre Energien wieder für einen Neustart aufladen, wenn sie nach Hause kommen.«

»So ist das Eheleben nun mal.«

»Es kann kein großer Spaß sein, mit einem der beiden Maclinticks verheiratet zu sein.«

»Macht es Spaß, mit irgendjemandem verheiratet zu sein?«

»Das ist eine ziemlich große Frage. Wenn du zugestehst, dass es überhaupt Spaß gibt – vielleicht tust du das ja nicht –, dann kannst du nicht kategorisch behaupten, dass kein Ehepaar Spaß aus dem Verheiratetsein ableitet.«

»Aber ich meine *verheiratet* mit jemandem«, sagte Matilda mit ziemlicher Leidenschaft. »Nicht mit ihm schlafen oder sich mit ihm unterhalten oder mit ihm ausgehen. Mit ihm *verheiratet* sein. Ich bin zum zweiten Mal verheiratet, und ich fang manchmal an, das zu bezweifeln.«

Wir waren jetzt mitten in gefährlichen Abstraktionen, die möglicherweise auf weitere Peinlichkeiten der Art hinausliefen, die ich zu vermeiden hoffte. Allgemeine Aussagen über das Eheleben konnten schnell zu speziellen Behauptungen über Moreland und Priscilla führen – eine Beziehung, über die ich mich lieber später, auf meine eigene Weise und zu einer mir passenden Zeit, kundig machen wollte, statt sie von Matilda auf einem Tablett serviert zu bekommen. Im letzteren Fall, so schien es mir, würden fast sicher Entscheidungen und Einverständnisse von mir erwartet werden, die mir in diesem Stadium der Geschichte nicht möglich waren. Ich war zudem sehr überrascht über das, was Matilda zuletzt gesagt hatte, nämlich dass sie vor Moreland schon einen anderen Ehemann gehabt hatte.

»Du bist zum zweiten Mal verheiratet, Matilda?«

»Wusstest du das nicht?«

»Ich hatte nicht die geringste Idee.«

Einen Augenblick lang fragte ich mich, ob Sir Magnus Donners sie möglicherweise heimlich geheiratet haben könnte. Falls das stimmte – und das war sehr unwahrscheinlich –, dann war eine ebenfalls heimliche Scheidung kaum denkbar. Ich konnte diese Vermutung also sofort verwerfen.

»Ich war mit Carolo verheiratet«, sagte sie.

»Meine liebe Matilda.«

»Das überrascht dich?«

»Enorm.«

Sie lachte schrill.

»Ich dachte, Hugh hätte es dir erzählt.«

»Mit keinem Wort.«

»Das ist kein besonderes Geheimnis. Die Ehe hielt nur eine sehr kurze Zeit. Ich war noch sehr jung, damals. Nicht lange nachdem ich von zu Hause abgehauen war, genauer gesagt. Auf seine Weise ist Carolo gar kein so schlechter Kerl. Nur nicht sehr intelligent. Keineswegs so wie Hugh. Wir hatten andauernd Streit. Und es klappte eigentlich nicht zwischen uns im Bett. Außerdem, ich war es leid, dass er immer nur von sich selbst sprach.«

»Das ist verständlich.«

»Nachdem ich Carolo verlassen hatte, war ich, wie du weißt, eine Zeitlang Donners' Geliebte. Das zumindest ist allgemein bekannt. Es ist solch eine Erleichterung, dass man nicht jedem alles über sich erklären muss. Wir haben uns etwa um die Zeit herum kennengelernt, als Donners die Art nicht mehr ertragen konnte, wie Baby Wentworth ihn behandelte. Er ging auch ziemlich oft mit Lady Ardglass aus, aber sie mochte es nie wirklich, zusammen mit ihm gesehen zu werden. Ich denke, sie fand ihn schrecklich spießig. Genaugenommen tat das Baby Wentworth auch, glaube ich. Mir hat diese triste Seite von ihm nie was ausgemacht. Ich war ihn aus anderen

Gründen leid, obwohl er auf seine Art nett sein kann. Er ist natürlich manchmal fürchterlich. Wirklich fürchterlich. Aber er kann auch großzügig sein – ich meine moralisch großzügig. An Geld bin ich nicht interessiert. Eins muss man Donners lassen, er weiß nicht, was Eifersucht ist. Als Baby mit Ralph Barnby herummachte, hat ihn das überhaupt nicht gestört. Für mich war das nicht besonders wichtig, denn anders als so viele Frauen ziehe ich es vor, jeweils immer nur einen Mann zu haben. Aber es ist ganz angenehm, nicht dauernd erklären zu müssen, wo man gestern Abend war oder wo man morgen Nachmittag hingeht. Meinst du nicht auch?«

»Sicherlich. War Carolo auch so – was die Eifersucht angeht?«

»Ein bisschen. Aber Carolos Hauptinteresse ist es, Eroberungen zu machen. Ihm kommt es nicht sehr darauf an, wer es ist. Es würde mich nicht wundern, wenn er hinter Audrey Maclintick her wäre. Wahrscheinlich wäre Malintick froh, wenn jemand sie stillhielte und sie ihm abnähme. Was für ein Miststück sie ist.«

»Dennoch, es besteht ein Unterschied darin, ob du die Nase voll hast von deiner Frau oder willst, dass ein anderer Mann sie dir abnimmt.«

»Nicht in Carolos Fall. Er war dankbar, als ich wieder in einer festen Beziehung war. Das ist Teil seiner simplen Natur, die hauptsächlich seinen Charme ausmacht. Ich hatte Donners endgültig verlassen, als ich Hugh kennenlernte. Was hältst du von Hugh?«

»Ich vermute, er war, wenn man bedenkt, wie Männer so sind, nicht besonders eifersüchtig.«

»Ach, das meine ich nicht. Er ist es nicht. Ich meine, was hältst du von ihm als Menschen?«

»Du weißt sehr wohl, Matilda, dass er ein sehr guter Freund von mir ist.«

»Aber sein Werk ... Ich bin mir sicher, er ist ... ungeheuer intelligent ... ein großer Mann ... was immer du willst. Wenn man so etwas über jemanden sagt, den man kennt – und ganz sicher über jemanden, mit dem man verheiratet ist –, klingt es immer töricht. Und ich hatte auch die Nase voll davon, gesagt zu bekommen, dass mein Mann ein Genie sei, als ich Carolos Frau war. Aber was Hugh betrifft, stimmst du mir zu, nicht wahr, Nick?«

»Ja, das tue ich in der Tat.«

»Das ist auch der Grund, warum ich mir solche Sorgen um die Symphonie mache. Weißt du, ich bin mir sicher, sie wird nicht angemessen gewürdigt werden. Die Leute sind so beschränkt.«

Ich hätte gerne mehr über Sir Magnus Donners gehört: ob denn einige der nur auf Indizien beruhenden, sehr anschaulichen Geschichten, die über die Art und Weise zirkulierten, wie er seinen sehr besonderen Neigungen nachging, auch nur annähernd der Wahrheit entsprächen. Doch der Moment, eine solche Information zu erfragen, der Moment für solche Frivolitäten war, wenn er je existiert hatte, nun verpasst. Das Gespräch hatte einen zu ernsthaften Ton angenommen. Ich konnte mir nicht vorstellen, was sie mir als Nächstes eröffnen würde. Gewiss nicht etwas so Heiteres wie einen Bericht aus erster Hand über die Sexualfantasien eines Millionärs.

»Dann ist da das Problem, dass wir beide eine Karriere haben.«

»Das ist immer schwierig.«

»Ich will nicht wieder eine Schauspielerin sein.«

»Natürlich nicht.«

»Schließlich, wenn Hugh ein Heimchen am Herd heiraten wollte, hätte er leicht ein Heimchen am Herd finden können. Die gibt es in Musikerkreisen massenhaft. Für viele Künstler ist das die Lösung.«

»Hugh war immer gegen Heimchen am Herd. Zu Recht, meine ich. Auf lange Sicht ist ein Heimchen am Herd eine viel größere Plage als seine Antithese – und oft auch die schlechtere Köchin.«

»Warum ist es dann für Hugh und mich so schwer, gut miteinander auszukommen?«

»Aber es schien immer so, als kämet ihr ganz toll miteinander aus.«

»Das denkst du.«

»Also, du nicht auch – wenn du dir zum Beispiel die Maclinticks ansiehst?«

»Und dann ...«

Für einen Moment dachte ich, sie würde nun auf den Tod ihres Kindes zu sprechen kommen, der, wie ich jetzt sah, ihre Ehe ernsthafter aus dem Gleichgewicht gebracht hatte, als alle Außenstehenden angenommen hatten. Stattdessen nahm sie ihr früheres Thema wieder auf.

»Und jetzt hat er sich auch noch in deine Schwägerin Priscilla verliebt.«

»Aber ...«

Matilda lachte über meine Unfähigkeit, eine Antwort zu finden. Es gab auch wirklich nichts, was ich hätte sagen können. Wenn es stimmte, dann stimmte es. Einerseits fand ich es ungerecht, dass ich in dieser Weise mit Matildas Gekränktsein konfrontiert wurde; andererseits hatte ich das jedoch sehr wohl verdient, weil ich es versäumt hatte, mich mit dem vertraut zu machen, was um mich herum vorging.

»Natürlich ist das alles völlig unschuldig. Von meinem Standpunkt aus gesehen, ist das gerade das Schlimmste an der Sache. Es wäre viel leichter, wenn er sich in irgendeine alte Nutte wie mich verknallt hätte. Er könnte eine Zeitlang mit ihr schlafen und sie wieder verlassen, wenn sie ihn langweilt.«

»Wann hat das alles angefangen?«

In gewisser Weise bestätigte ich mit dieser Frage, dass ich ihren Bericht über Moreland und Priscilla akzeptierte. Ich hatte keine andere Wahl.

»Ach, ich weiß nicht. Vor ein oder zwei Monaten. Sie haben sich in dem Büro kennengelernt, wo sie arbeitet. Ich wusste, dass etwas Derartiges passiert war, als er an jenem Tag nach Hause kam.«

»Aber sie haben sich erst in unserer Wohnung kennengelernt.«

»Sie kannten sich schon, ehe du sie uns in eurer Wohnung vorgeführt hast. Sie haben sich das nicht anmerken lassen, als sie sich dort trafen.«

Mir schoss durch den Kopf, wie verschlagen Priscilla doch war; und auch, wie allumfassend Matildas Informationsdienst sein musste. Ehe wir mehr zu diesem unbehaglichen Thema sagen konnten, ereigneten sich zwei Dinge, die unser Gespräch beendeten. Zunächst näherte sich uns der berühmte, für seine besondere Wertschätzung femininer Attraktivität allgemein bekannte Dirigent und begrüßte Matilda mit großer Überschwänglichkeit. Jeder wusste, dass er sie bewunderte, aber es war ihm bis zu diesem Zeitpunkt nicht gelungen, Leuten zu entkommen, die diese Gelegenheit zu einem Plausch mit einer Berühmtheit seines Kalibers nutzen wollten; und schließlich war er von Lady Huntercombe festgehalten worden, die sich nach ihrem vergeblichen Versuch, Robert einzufangen, auf ihn gestürzt hatte. Er begann das Gespräch mit einigen Komplimenten an Matilda, die bewusst an die elaborierten Höflichkeitsformen einer früheren Epoche erinnern sollten, und ich war im Begriff, ihn mit Matilda allein zu lassen, als meine Aufmerksamkeit von etwas abgelenkt wurde, das sich am äußersten Ende des Zimmer ereignet hatte.

Es handelte sich um nichts Geringeres als die Ankunft von Stringham. Anfangs wollte ich kaum meinen Augen trauen. Er stand dort an der Tür und redete mit Buster. Die Szene erhielt ihre Glaubwürdigkeit allein durch die Tatsache, dass Buster äußerst ärgerlich aussah. Nach all dem, was ich im Laufe des Abends über Stringham gehört hatte, war er sicherlich die letzte Person, die man auf dem Empfang seiner Mutter erwartet hätte. Er trug keine Abendkleidung, sondern einen sehr alten Tweedanzug und einen Wollpullover. Wie gewöhnlich war er

eine distinguierte Erscheinung, auch in diesen alten Kleidungs-
stücken, die kaum weniger dem Ereignis angemessen hätten
sein können, die aber gleichzeitig den Eindruck erweckten,
er trüge sie mit der Absicht, Buster als overdressed erscheinen
zu lassen. Stringham selbst war, wie früher, völlig locker. Er
lachte lange über etwas, das er gerade zu Buster gesagt hatte,
der, mit gekräuselter Stirn und erhobenen Augenbrauen, aus-
nahmsweise einmal seine ganze Aura träger Gleichgültigkeit
dem Leben gegenüber verloren hatte und nun eindeutig die
Rolle eines Mannes zu mimen schien, der plötzlich eine unangenehme Überraschung erfahren hat. Stringham beendete,
was er zu sagen hatte, gab Buster einen Klaps auf den Rücken
und wandte sich seiner Mutter zu, die sich in diesem Moment
näherte. Ich stand zu weit weg, um Mrs. Foxe' Worte verstehen
zu können, aber offensichtlich begrüßte und küsste sie ihren
Sohn so liebevoll, wie es für jemanden angebracht gewesen
wäre, der unerwartet von einer Reise um die Welt zurückgekehrt ist. Gleichzeitig zeigte sie sich, anders als ihr Mann,
über Stringhams Erscheinen keineswegs überrascht oder aus
der Fassung gebracht. Sie sprachen einige Sekunden miteinander, dann nahm sie ihr Gespräch mit Lord Huntercombe
wieder auf. Stringham wandte sich von seiner Mutter ab und
schlenderte, lächelnd um sich blickend, durch das Zimmer.
Als er mich plötzlich sah, machte er mit einer Geste gespielten
Horrors einen Schritt zurück und kam dann auf mich zu. Ich
ging ihm entgegen.

»Mein lieber Nick.«

»Charles.«

»Ich hatte keine Ahnung, dass du eine Vorliebe für Musik
hast, Nick. Warum hast du das all die Jahre vor mir geheim-
gehalten? Weil ich dich nie gefragt habe, nehme ich an. Man
findet die Antwort auf jede Frage immer im eigenen Egoismus.
Aber wie schön es ist, dich wiederzusehen. Ich bin jetzt ein
Einsiedler. Ich sehe niemanden. Ich nehme an, das weißt du
bereits. Jeder scheint es inzwischen zu wissen. Es ist ein wenig

so, als ob ich ein Aussätziger sei, nur muss ich nicht wirklich eine Schelle tragen. Sie haben entschieden, mir das zu erlassen. Dachten wohl, ich könnte zu viel Krach machen, vermute ich. Du kannst dir nicht vorstellen, welch eine Freude es ist, unerwartet einen alten Freund zu treffen, den man vor mehreren Millionen Jahren einmal gekannt hat.«

Es konnte kein Zweifel daran bestehen, dass er betrunken war, aber innerhalb des gewaltigen Gebietes, das dieser Begriff abdeckt, unter den äußerst unterschiedlichen Geistes- und Körperzuständen, die der Rausch vermittelt, war der Stringhams in diesem Moment der einer kontrollierten Hochstimmung, die mehr dem Wahnsinn ähnelte als den Folgen eines Trinkgelages – eine Hochstimmung, die einige Süchtige schon nach einem einzigen Glas erreichen können. Aus der Nähe betrachtet, sah er ganz fürchterlich aus: seine Haut blass und fleckig, seine Augen tiefliegend und blutunterlaufen. Dennoch, es war viel von seinem früheren Flair erhalten geblieben.

»Ich hatte keine Ahnung, dass meine Mutter heute Abend einen Empfang geben würde«, sagte er. »Ich dachte, ich könnte mal vorbeischauen und mich ein bisschen mit ihr am Kamin unterhalten, da ich sie schon einige Zeit nicht mehr gesehen hatte. Aber was finde ich vor: Jubel und Trubel in allen Räumen. Ich bin eigentlich gekommen, um Buster ein wenig aufzuziehen. Gelegentlich tue ich das gern. Es heitert mich irgendwie auf. Du weißt, dass ich jetzt eine Wohnung oben in dem Haus habe, das einer Verwandten deiner Frau gehört – Molly Jeavons, eine äußerst entzückende und charmante Person. Manchmal erzählen sie und Ted mir von euch. Ich bin ganz vernarrt in Ted. Es geht ihm in der letzten Zeit gar nicht so gut, weißt du, und er kann wundervoll beschreiben, was in seinen unteren Gedärmen vor sich geht – diese Kriegswunde von ihm. Es ist einem nie langweilig, wenn Ted auf dieses Thema zu sprechen kommt. Er und ich gehen manchmal aus, um ganz, ganz schnell einen zu trinken. Ich soll eigentlich in der letzten Zeit nicht viel trinken. Ted auch nicht. Ich versuche ja, es ganz aufzugeben, aber es ist so verdammt langweilig, ein totaler Abstinenzler zu sein – so nennt man, glaube ich, diese Leute. Ein Glas darf ich immer noch trinken, weißt du. Ich muss nicht völlig damit aufhören.«

Er sagte das in einem so flehenden Ton, dass es mir das Herz zerriss, daran zu denken, in welch einer Lage er sich befand, unter welchen Umständen er leben musste. Dass ihm sein eigener Zustand auch bewusst war, schien fast schlimmer zu sein als eine totale Flucht in den Alkohol. Es sah sehr danach aus, dass er gerade nach einem dieser »ganz, ganz schnellen« Ausflüge mit Jeavons zum Haus seiner Mutter gekommen war. Vielleicht fühlte er sich nicht in der Lage, zu Miss Weedons Wohnung zurückzukehren und Gouachen zu malen – wenn es denn wirklich das Malen war, mit dem er therapeutisch Ordnung in seine Freizeit zu bringen suchte. Es war unmöglich, sich sein Leben mit Miss Weedon vorzustellen.

»Kennst du diesen Moreland?«, fuhr er fort. »Ich höre von Buster, dass der Empfang zu seinen Ehren gegeben wird – dass er offensichtlich ein berühmter Musiker ist. Es zeigt nur, wie richtig es ist, dass ich wie ein Eremit leben muss, wenn ich nicht einmal weiß, dass Moreland ein berühmter Musiker ist und mir das von Buster gesagt werden muss. Dennoch, es hat auch seine guten Seiten. Wenn du ein Eremit bist, kann niemand von dir erwarten, dass du dich über all die neuesten Berühmtheiten auf dem Laufenden hältst. Buster war natürlich völlig unfähig, verlässliche Auskünfte über Moreland, den Empfang, die Gäste oder sonst etwas zu geben. Er ist schrecklich stupide, der arme alte Buster. Ein absoluter Affe. Weißt du, eine Tatsache, die einem besonders stark auffällt, wenn man älter wird, ist, dass einige Leute intelligent sind und andere stupide. Ich bilde mir gar nicht ein, ein Intellektueller zu sein – obwohl ich ein großer Könner mit dem Malerpinsel bin, haben sie dir das gesagt, Nick? –, aber wenn ich von so wenig Dingen eine Ahnung hätte wie Buster, würde ich etwas unternehmen, um mich zu bilden. Auf eine Abendschule gehen, oder einen belesenen Studenten anheuern, der mir in den großen Ferien ein paar Dinge beibringen könnte. Die Person, an die ich mich wenden muss, ist Norman. Er wird mir alles über all die Dinge hier erzählen. Hast du Norman schon kennengelernt? Er ist einfach charmant. Er ist – also ich will nicht auf der Sache herumreiten, und ich kann von deinem Gesicht ablesen, dass du erraten hast, was ich sagen wollte, und du hast völlig recht. Dennoch, er ist ein großer Protegé meiner Mutter. Du musst ihn kennenlernen, Nick.«

»Aber ich kenne ihn gut. Ich kenne ihn seit Jahren.«

»Ich bin erstaunt über den Umgang, den du offensichtlich pflegst, Nick. ›Kenne ihn seit Jahren‹? Na so was. Das hätte ich nicht von dir gedacht. Und du bist auch noch verheiratet. Aber du stimmst mir zu, nicht wahr, dass Norman ein reizender Mensch ist?«

»Absolut.«

»Ich wusste, dass du das tun würdest. Ich kann dir gar nicht sagen, welch eine Wohltat Norman für meine Mutter ist. Es ist ja nicht so, dass brillante Ideen und hilfreiche Kommentare nur so aus Buster heraussprudeln – trotz all seiner männlichen Qualitäten. Außerdem, wenn irgendeine Gelegenheitsarbeit im Haus anfällt – Buster hat zwei linke Hände. Was, höre ich dich sagen, ein Seemann und zwei linke Hände? Ich glaub dir nicht. Ist aber die reine Wahrheit. Ich ziehe ihn manchmal damit auf. Er nimmt das nicht immer mit Humor. Jetzt ist da endlich jemand im Haus, an den man sich wenden kann, wenn es darum geht, ein Bild aufzuhängen oder ein Möbelstück zu verrücken, ohne dass es gleich in tausend Stücke zerschlagen wird. Und nicht nur das. Norman entscheidet, welche Kriminalromane wir vom Buchclub der ›Times‹ kaufen sollen; legt fest, welche Theateraufführungen zu besuchen sind; gibt meiner Mutter gute Ratschläge über Hüte – kurz gesagt, er glänzt auf all den Gebieten, auf denen Buster so erbärmlich versagt. Und obendrein, Norman lässt sich nicht einschüchtern. Er setzt seinen Willen durch. Er ist so ungefähr der einzige Mensch, der es mit meiner Mutter zu tun hat und auch seinen Willen durchsetzt.«

»Ist doch prima.«

»Sieh mal, Nick. Du nimmst das alles nicht ernst. Es ist aber ernst gemeint. Die Leute kritisieren mich immer dafür, dass ich nicht ernsthaft genug sei. Ich will dir jetzt mal eine ernsthafte Frage stellen. Weißt du von der Abdankung?«

»Ich hab etwas davon gehört.«

»Also, ich hielt das für eine gute Sache. Eine ganz ausgezeichnete Sache. Die einzig mögliche Sache. Ich flehe zum Himmel, dass Buster auch bald abdankt.«

»Hoffnungslos.«

»Du hast recht. Hoffnungslos. Also, Nick, es ist furchtbar nett, dich nach all den Jahren wiederzusehen. Lass mich dir noch was zu trinken holen. Weißt du, es ist so ungewöhnlich, dass ich nicht das leiseste Bedürfnis verspüre, selbst etwas zu trinken. Ich stehe darüber. Das ist ein Fortschritt, nicht wahr? Nicht jeder, den wir kennen, sagt die Wahrheit, wenn er damit prahlt. Ich muss dir gegenüber erwähnen, dass heute Abend einige ganz seltsame Leute auf dem Empfang sind. Gar nicht so wie die, die meine Mutter gewöhnlich einlädt. Ich vermute, die sind seltsam, und nicht ich. Meinst du nicht auch? Ja, ich wusste, dass ich recht hatte. Sie erinnern mich eher an die Zeit, als ich mit Milly Andriadis bekannt war. Arme alte Milly. Ich frage mich, wie es ihr ergangen ist. Vielleicht haben sie sie ja auch eingesperrt.«

Während er sprach, waren seine Augen auf Mrs. Maclintick gerichtet, die jetzt auf uns zusteuerte.

»Diese Dame, zum Beispiel«, sagte Stringham. »Was mag sie dazu gebracht haben, sich so anzuziehen?«

»Sie kommt zu uns und will mit uns sprechen.«

»Mein Gott, ich glaube, du hast recht.«

Mrs. Maclintick kam zu uns heran. Sie war immer noch von kalter Wut beherrscht. Sie wandte sich an mich.

»Das war eine schöne Art, mit seiner eigenen Frau zu sprechen«, sagte sie. »Haben Sie je etwas Derartiges gehört?«

Ehe ich antworten konnte, nahm Stringham sie beim Arm.

»Hallo, kleine Schäferin Bo-Peep«, sagte er. »Was haben Sie mit Ihrem Hirtenstab gemacht? So werden Sie Ihre Schafe niemals finden. Schauen Sie mich nicht so böse an und schmollen Sie nicht so mit mir, sonst bring ich all Ihre hübschen kleinen Rüschen durcheinander – und was machen Sie dann?«

Die Wirkung dieser unkonventionellen Anrede auf Mrs. Maclintick war elektrisierend. Sie wurde rot vor Freude und verbog ihren Körper in eine Haltung erhöhter Provokation. Ich sah sofort, dass genau dies die Methode war, wie man sie behandeln musste; dass in einem Mangel an Verspieltheit seitens ihres Mannes und seiner Freunde wahrscheinlich der Grund für ihre endemische Übellaunigkeit lag. Zweifellos spielte auch etwas in Stringhams Haltung, spielte der Eindruck, den er an diesem Abend gab, er habe sich von allen normalen Zwängen befreit, eine Rolle in Mrs. Maclinticks Unterwerfung. Er war in der Stimmung, auf der ganzen Linie siegen zu wollen. Dennoch, sie machte einen Versuch, sich zu wehren.

»Wie kann man nur so etwas sagen«, bemerkte sie. »Und wer sind Sie, möchte ich gerne wissen?«

Ich stellte sie einander vor, aber beide gaben kaum acht auf Namen und Erklärungen. Aus irgendeinem Grund schien Stringham unbedingt den eingeschlagenen Kurs fortsetzen zu wollen. Und Mrs. Maclintick machte, abgesehen von ihrer Weigerung, ihre traditionelle Bissigkeit völlig aufzugeben, keine Anstalten, ihn davon abzubringen.

»Wie kommt es nur, dass es einem kleinen Mädchen wie Ihnen erlaubt wurde, auf einen Erwachsenenempfang wie diesen zu gehen«, sagte Stringham. »Ich bin sicher, Sie sollten schon lange im Bett sein.«

»Wenn Sie glauben, die meisten der Leute hier seien mir nicht bekannt«, sagte Mrs. Maclintick, unsicher, ob sie über diesen Kommentar erfreut oder beleidigt sein sollte, »dann haben Sie sich sehr geirrt. Ich kenne sie fast alle.«

»Dann sind Sie in dieser Hinsicht mir gegenüber im Vorteil«, sagte Stringham, »und Sie müssen mir erklären, wer jeder ist. Zum Beispiel, wie der fette Mann da heißt, der eine Smokingjacke trägt, die eine Nummer zu klein für ihn ist – der Mann, der gerade etwas aus einem Whiskyglas trinkt?«

Falls irgendein Zweifel daran bestand, dass Stringham bereits einen guten Eindruck auf Mrs. Maclintick gemacht hatte – diese Frage katapultierte ihn sofort an die oberste Spitze ihrer Wertschätzung.

»Das ist mein Mann«, sagte sie mit einer Mischung aus Freude und all dem Hass, dessen sie fähig war. »Er hat mich gerade rüde beschimpft. Er hasst es, Abendkleidung zu tragen. Der Zustand, in dem sie sich befand – obwohl er sie nie anzieht –, Sie hätten es nicht geglaubt. Ich musste den Saum der Hose festheften, ehe er sich in ihr sehen lassen konnte. Er ist auch nicht richtig rasiert. Er sagte, er habe keine neuen Klingen mehr. Er sieht furchtbar aus, nicht wahr?«

»Ja, das stimmt«, sagte Stringham. »Sie haben es auf den Punkt gebracht.«

»Wenn Sie einiges von dem gehört hätten, das er mir in diesem Zimmer hier an den Kopf geworfen hat, Sie hätten Ihren Ohren nicht getraut. Der Mann besitzt nicht einen Funken Dankbarkeit.«

»Was können Sie von jemandem mit einem so dicken Hals erwarten«, sagte Stringham. »Bestimmt nicht Dankbarkeit, oder?«

»Die Sprache der Gosse«, sagte Mrs. Maclintick, als genieße sie nachträglich die Ausdrucksweise ihres Mannes. »Schmutzige Wörter.«

»Denken Sie nicht mehr an seine trivialen Beschimpfungen«, sagte Stringham. »Kommen Sie mit mir und vergessen Sie bei einem Glas Wein die Unzulänglichkeiten des Ehelebens – mit denen ich selbst einst nur allzu vertraut war. Lassen Sie sich von mir dazu überreden, ihren Kummer zu ertränken. ›Und wenn an Flusses Rand die edle Rose blüht/Mit Stringham trink den Wein, der rot im Glase glüht…‹ Es ist diesmal zwar kein Roter, aber er ist deshalb keineswegs schlechter. Was

Champagner angeht, ist Busters Geschmack gar nicht so übel. Das ist eine seiner versöhnenden Eigenschaften.«

Ehe Mrs. Maclintick ihm eine – ohne Zweifel zustimmende – Antwort geben konnte, führte Stringham, mir zulächelnd, sie weg. Ich konnte mir nicht vorstellen, warum er sich weiter mit Mrs. Maclintick einzulassen wünschte. War es das Trinken; eine Vorliebe für seltsame Situationen; gar ein Hingezogensein zu einer Frau, die er für völlig ungewöhnlich hielt? Alles das mochte der Grund sein. Seine Behandlung hatte Mrs. Maclintick zahm, fast sanftmütig gemacht. Ich dachte noch über Stringhams exzentrisches Verhalten nach, als ich mich plötzlich in der Nähe Lord Huntercombes befand, der gemächlich im Zimmer herumging und die Bilder und Ornamente dort untersuchte. Er hatte gerade »Wahrheit entschleiert von der Zeit« in die Hand genommen, seine Brille abgesetzt und den Sockel der Gruppe sorgfältig untersucht. Jetzt stellte er den Abguss zurück auf den Konsolentisch. Dabei lächelte er ironisch zu mir herüber und schüttelte den Kopf, als wolle er sagen, dass es solchem wertlosen Nippes nun wirklich nicht erlaubt sein sollte, großen Kennern wie uns die Zeit zu stehlen. Smethyck (der bei einem Museum angestellt war und den ich seit meiner Studienzeit kannte) hatte uns kurz zuvor auf einer Ausstellung von Gemälden und Möbeln des siebzehnten Jahrhunderts, die zu organisieren er selbst geholfen und zu der Lord Huntercombe einige Leihgaben aus seiner eigenen Sammlung beigesteuert hatte, miteinander bekannt gemacht.

»Haben sie Ihren Freund Smethyck in der letzten Zeit mal wieder getroffen?«, fragte Lord Huntercombe, immer noch lächelnd.

»Nicht, seit wir uns auf der Ausstellung über das Reinigen von Gemälden unterhalten haben.«

»Vor der Eröffnung der Ausstellung«, sagte Lord Huntercombe, »war es für Smethyck sehr wichtig, mich darauf hinzuweisen, dass mein ›Prinz Rupert mit einem Herold sprechend‹ von Dobson und nicht von Van Dyck gemalt sei. Glücklicherweise war ich schon lange Zeit vorher zu dem gleichen Schluss gekommen und hatte kürzlich veranlasst, dass das Schild geändert wurde. Und ich war sogar noch in der Lage, den Krieg in Smethycks eigenes Land zu tragen und ihn zu fragen, ob er denn von der Authentizität des angeblichen Porträts von Richter Jeffreys, das Lely zugeschrieben wird, eine Leihgabe seiner eigenen Galerie, absolut überzeugt sei. Wie viel schönes Porzellan es doch in diesem Haus gibt. Es sieht so aus, als sei in dieser Vitrine einiges Wiener Porzellan mit Meißener verwechselt worden. Ich glaube, Warrington wusste eine Menge über Porzellan. Das war der Grund, warum Kitchener ihn mochte. Wissen Sie, ich denke, ich sollte diese Stücke ein wenig gründlicher untersuchen.«

Lord Huntercombe versuchte, die Tür der Vitrine zu öffnen. Obwohl sich der Schüssel drehen ließ, weigerte sich die Tür aufzugehen. Er hielt die Vitrine oben mit einer Hand fest und versuchte es dann noch einmal. Die Tür blieb fest verschlossen. Lord Huntercombe schüttelte den Kopf. Er nahm ein kleines Messer aus der Tasche, klappte die kürzere Klinge aus und führte sie in die Ritze.

»Wie geht es Erridge?«, fragte er.

Er sagte das mit jenem fast sehnsüchtigen Ton in der Stimme, den Angehörige des Hochadels geneigt sind anzuwenden, wenn sie von ihresgleichen sprechen – besonders wenn diese jünger sind als sie und sie nicht viel von ihnen halten.

»Er ist noch in Spanien.«

»Ich hoffe, er versucht, seine Freunde dazu zu überreden, nicht *alle* Kirchen in Brand zu stecken«, sagte Lord Huntercombe, ohne aufzublicken, während er die Klinge behutsam vor und zurück bewegte.

Er war in die Hocke gegangen, um sich die Sache leichter zu machen, und in dieser Position machte er den Eindruck eines alten Handwerkers, der dabei ist, eine Arbeit auszuführen, für die er immens qualifiziert ist – ein Eindruck, den seine äußerste Gepflegtheit und die schnellen Bewegungen seiner Finger noch erhöhten. Doch seine Anstrengungen blieben ohne Erfolg. Die Tür ließ sich nicht öffnen. Mir kam der Gedanke, nach Isobel zu suchen, um sie Stringham vorzustellen. Aber während ich noch Lord Huntercombe bei seinen Anstrengungen zusah, erschien Chandler wieder.

»Nick«, sagte er, »komm und sprich mit Amy.«

»Halten Sie doch beide für einen Moment die Vitrine fest«, sagte Lord Huntercombe. »Ja… sie kommt… das wäre geschafft. Ich danke Ihnen sehr.«

»Also, Lord Huntercombe«, sagte Chandler, »ich war einfach hingerissen von den Kristallleuchtern, die Sie neulich an die Ausstellung ausgeliehen haben. Ich werde dem Produzenten der Show, für die ich gerade probe, vorschlagen, dass wir im zweiten Akt die Effekte mit etwas Derartigem zu erzielen versuchen statt mit den trostlosen alten Kerzenhaltern aus Zinn, die wir jetzt benutzen.«

»Ich bin mir ganz sicher, dass das Victoria and Albert Museum nur allzu gerne diese Kerzenleuchter in seinem Bestand hätte«, sagte Lord Huntercombe selbstgefällig, während er einige der Stücke aus der Vitrine nahm. »Ah, die Marcolini-Periode. Dachte ich mir doch. Und hier sind einige ›Indianische Blumen‹.«

Wir verließen höflich Lord Huntercombes unmittelbare Umgebung, damit er ungestört weiter seinen Untersuchungen nachgehen konnte.

»Mein Lieber«, sagte Chandler, mit leiser Stimme sprechend, »Amy ist ziemlich besorgt darüber, wie Charles hier aufgetaucht ist. Sie dachte, dass du, als ein alter Freund von ihm, ihn vielleicht dazu überreden könntest, nach einiger Zeit ruhig nach Hause zu gehen. Er ist ein süßer Junge, aber in dem Zustand, in dem er jetzt ist, weiß man nie, was er als Nächstes tun wird.«

»Es ist eine Ewigkeit her, seit ich Charles gesehen habe. Wir haben uns heute Abend zum ersten Mal seit Jahren wieder getroffen. Ich bezweifle, dass er auch nur die geringste Notiz nehmen würde, wenn ich ihm etwas sagte. Außerdem, er ist gerade mit Mrs. Maclintick weggegangen, der er, wie man früher sagte, verstärkte Aufmerksamkeit schenkte.«

»Das ist einer der Punkte, die Amy Sorgen bereiten. Amy hat Augen wie ein Luchs, weißt du.«

Ich war in der Tat überrascht zu hören, dass Mrs. Foxe so gründlich die einzelnen Vorgänge auf dem Empfang verfolgt hatte, dass selbst Mrs. Maclintick ihrer Aufmerksamkeit nicht entgangen war. Als Gastgeberin erweckte sie nämlich nicht den Eindruck, sie beobachte das Zimmer *peinlich genau* (zumindest nicht, wenn man diesen Begriff pedantisch in seiner ursprünglichen Bedeutung als ›Unbehagen befürchtend‹ gebraucht). Und sie schien auch nicht im Geringsten beunruhigt, als wir sie erreichten.

»Ach, Mr. Jenkins«, sagte sie, »der liebe Charles ist hierhergekommen. Das wissen Sie ja, denn Sie haben ja schon mit ihm gesprochen. Ich dachte, Sie hätten vielleicht nichts dagegen, wenn ich Sie bäte, ein ganz kleines bisschen auf ihn achtzugeben. Seine Nerven sind in letzter Zeit so schwach. Sie kennen ihn schon eine so lange Zeit. Er wird viel eher etwas tun, was Sie vorschlagen, als das zu befolgen, was ich wünsche. Er sollte wirklich nicht zu lange aufbleiben. Das ist nicht gut für ihn.«

Sonst sagte sie nichts. Und es gab auch keinen Hinweis darauf, dass sie erwartete, dass Stringham unmittelbar entfernt werden sollte. Das war auch gut so, denn ich hatte keine Idee, wie ich das hätte bewerkstelligen können. Ich erinnerte mich plötzlich daran, dass schon einmal eine Frau mich gebeten hatte, ihr dabei zu helfen, Stringham zu manipulieren. Das war vor Jahren gewesen, als Mrs. Andriadis auf ihrer Party zu mir sagte: »Bitte überreden Sie ihn zu bleiben.« Damals war es seine Geliebte; jetzt seine Mutter. Mrs. Foxe war zu taktvoll gewesen, um frei heraus zu sagen: »Bitte überreden Sie ihn zu gehen.« Dennoch, das war, was sie gewünscht haben musste. Die kluge Zurückhaltung, mit der sie diesen Wunsch zum Ausdruck brachte; die Art, wie sie sich auf mich verließ, sicherte ihr, wie damals Mrs. Andriadis, ganz gewiss meine Sympathie, machte mich jedoch auch diesmal nicht zu einem effektiven Verbündeten. Es war schwer zu sagen, wie man sich Stringham gegenüber verhalten sollte. Zudem, ich hatte inzwischen zu lernen begonnen, dass es auf Menschen wie Stringham keine wirkliche Antwort gibt – eine Einsicht, von der ich auf Mrs. Andriadis' Party nicht die geringste Vorstellung gehabt hatte.

»Mach dir keine Sorgen, Amy, Liebling«, sagte Chandler. »Mit Charles ist im Augenblick alles völlig in Ordnung. Hab keine Angst, Nick und ich werden auf ihn achtgeben.«

»Wirklich? Es wäre schrecklich, wenn etwas schiefliefe. Ich würde mich schuldig fühlen, wenn der Empfang für die Morelands ruiniert würde.«

»Das wird nicht passieren.«

»Ich verlass mich auf euch beide.«

Sie schaute Chandler mit einem Blick tiefer Zuneigung an. Aus der Art, wie sie miteinander sprachen, hätte man schließen können, dass sie seit Jahren verheiratet seien. Einige Leute kamen, um sich zu verabschieden. Ich sah Isobel und war im Begriff, ihr vorzuschlagen, dass wir nach Stringham Ausschau halten sollten, als Mrs. Foxe sich von dem Paar abwandte, mit dem sie gerade gesprochen hatte.

»Isobel, Liebes«, sagte sie. »Ich habe dich den ganzen Abend nicht gesehen. Komm, wir setzen uns auf das Sofa. Ich möchte dich einiges fragen.«

»Seltsame Szenen im Zimmer nebenan«, sagte Isobel zu mir, ehe sie sich zu Mrs. Foxe gesellte.

Ihr Ton sagte mir, dass die Szenen in der Tat seltsam sein mussten. Ich sah bald, dass sie nicht übertrieben hatte. Stringham, Mrs. Maclintick, Priscilla und Moreland saßen in einem Halbkreis zusammen. Die übrigen Gäste hatten sich aus jener Ecke des Zimmers zurückgezogen, so dass diese Gruppe ziemlich weit von allen anderen getrennt war. Sie lachten sehr viel und sprachen über die Ehe. Stringham bestimmte den Fluss der Unterhaltung, wurde aber häufig von Moreland und Mrs. Maclintick unterbrochen. Er hatte seinen Ellbogen in einer Attitüde burlesker Förmlichkeit auf sein Knie gestützt und neigte von Zeit zu Zeit den Kopf Mrs. Maclintick zu, wenn er sich in einer für eine Salonkomödie von Wilde oder Pinero typischen Weise an sie wandte. Diese übertriebenen Komplimente und epigrammatischen Sätze mochten für Mrs. Maclintick größtenteils unverständlich sein, sie machte aber den Eindruck völligen Entspanntseins; ja, es schien ihr Befriedigung zu verschaffen, dass sie Stringham halb zu hänseln, halb zu verführen suchte. Priscilla erweckte den Anschein, außergewöhnlich glücklich zu sein, obwohl sie nicht ganz verstand, was um sie herum vorging. Moreland war fast hysterisch vor Lachen, was er dadurch zu unterdrücken versuchte, dass er sich dauernd ein Taschentuch in den Mund presste. Falls er sich in Priscilla verliebt hatte – und die Beweise dafür waren nicht von der Hand zu weisen –, war es, dachte ich, typisch für ihn, dass er es vorzog, sich die Vorstellung hier anzuhören, statt die Frau in einem entfernten Teil des Zimmers für sich allein zu haben. Das war allerdings eine oberflächliche Einschätzung, denn wie ich schon sagte, konnte Moreland, wenn er wollte, im Hinblick auf seine Frauen durchaus geheimnistuerisch sein; zudem verlangten auf diesem Empfang die Höflichkeit und die Diskretion die Zurschaustellung eines nach außen hin gleichgültigen Verhaltens. Dennoch, man konnte sein Verhalten an diesem Abend kaum als diskret im allgemeinen Sinne bezeichnen. Von der Art und Weise, wie er neben ihr saß, war es offensichtlich, dass er in Priscilla verschossen war. Er war eindeutig von Stringham begeistert, von dessen Identität er, so schien es mir, keine Ahnung hatte. Als ich mich der Gruppe näherte, war Mrs. Maclintick anscheinend gerade dabei, die Eheprobleme irgendwelcher Freunde von ihr zu beschreiben.

»… und dann«, sagte sie, »kam ihr erster Mann immer um vier Uhr morgens zurück und stellte das Grammofon an. Regelmäßig. Sie hat es mir selbst erzählt.«

»Einige Frauen meinen, man hätte nichts Besseres zu tun, als wachzuliegen und sich Anekdoten über ihren ersten Ehemann anzuhören«, sagte Stringham. »Milly Andriadis war so – ist zweifellos immer noch so –, und ich muss sagen, wenn man bereit war, auf seinen Schönheitsschlaf zu verzichten, erfuhr man stets einige ganz bemerkenswerten Dinge von ihr. Grammofonspielen ist eine andere Sache. Ihre Freundin hatte einen Grund, sich zu beschweren.«

»Das meinte auch der Richter«, sagte Mrs. Maclintick.

»Was hat er denn immer gespielt?«, fragte Priscilla.

»Militärmärsche«, sagte Mrs. Maclintick. »Nacht für Nacht. Kein Wunder, dass die arme Frau nach ihrer Scheidung in eine Anstalt musste.«

»Meine Mutter hätte das gemocht«, sagte Stringham. »Sie ist hingerissen, wenn Soldaten vorbeimarschieren. Sie sagt immer, zu Paraden zu gehen sei der beste Teil ihrer Ehe mit Piers Warrington gewesen.«

»Aber nicht mitten in der Nacht«, sagte Priscilla. »Er hätte etwas Ruhigeres wählen sollen. ›Hoffmanns Erzählungen‹ oder Händel ›Wiegenlied‹.«

»Unsinn«, sagte Moreland. »*Aut Sousa aut nihil* ist in solchen Fällen immer mein Motto gewesen. Stellt euch vor, der Mann hätte Hindemith gespielt. Wenigstens war er kein Intellektueller.«

»Er war einfach nur einer von diesen Musiker-Ehemännern«, sagte Mrs. Maclintick scharf. »Ich sage ja nicht, dass er schlechter war als Maclintick. Und ich sage nicht, dass er besser war. Ich beschreibe nur, wie Musiker ihre Ehefrauen behandeln. Beschreibe die Art von Ehemann, die ich zu ertragen habe.«

»Meine eigene Beschwerde gegen die Ehe ist eine ganz andere«, sagte Stringham. »Ich gestehe, meine frühere Frau hatte kein Interesse an der Musik. Das hätte die Sache vielleicht noch schlimmer gemacht. Aber man weiß nie. Falls doch, hätte sie die ganze Zeit über Musik reden können, während ihre Schwester, Anne, über Braque und Dufy daherquasselte. Es wäre ein Gegenmittel gewesen. Arme Anne. Dicky Umfraville geheiratet zu haben war eine fürchterliche Strafe für sie. Doch ein Empfang ist kein Ort für sinnloses Bedauern, und sicherlich nicht, wenn es der eigenen Ex-Schwägerin gilt.«

»Sie hätten Maclinticks Schwester sehen sollen«, sagte Mrs. Maclintick, »ehe Sie sich über ihre Schwägerin beschweren.«

»Wir werden sie, wenn nötig, besuchen, liebe Dame, später im Laufe des Abends«, sagte Stringham. »Die Nacht ist noch jung.«

»Das geht nicht«, sagte Mrs. Maclintick. »Sie ist tot.«

»Mein herzliches Beileid«, antwortete Stringham. »Aber wie ich gerade sagte, meine frühere Frau war nicht an Musik interessiert. Musik lag nicht in ihrer Familie. Mountfichet war nicht ein Haus, das zur Musik anregte. Man hätte vielleicht ein paar Totengesänge dort komponieren können, vermute ich. Selbst die hätten das Haus aufgeheitert – besonders das Morgenzimmer.«

»Ich wäre beinah einmal auf Mountfichet zu Besuch gewesen«, sagte Priscilla. »Aber dann hat Hugo Windpocken bekommen, und wir mussten alle in Quarantäne.«

»Sie sind gerade noch einmal davongekommen, Lady Priscilla«, sagte Stringham. »Sie wissen gar nicht, welches Glück Sie hatten. Nein, was ich gegen die Ehe einzuwenden habe, ist nicht das aktive schlechte Betragen – wie bei Ihrem Musikfreund, der das Grammofon mitten in der Nacht anstellte. Das hätte ich ertragen können. Ich schlafe sowieso erbärmlich schlecht. Das Grammofon hätte einem die Zeit vertrieben, wenn man wach im Bett liegt und über die Liebe nachdenkt. Was mich gebrochen hat, war der passive Widerstand. Das war es, was mich fertiggemacht hat.«

Moreland begann wieder, unkontrolliert zu lachen. Er steckte sein Taschentuch in den Mund, bis er fast daran erstickte. Auch er hatte sehr viel getrunken. Mrs. Maclintick biss die Zähne zusammen – offensichtlich dem zustimmend, was Stringham gesagt hatte. Stringham fuhr ohne Unterbrechung fort.

»Es ist ein wunderschöner Morgen. Aus irgendeinem Grund

fühlst du dich relativ wohl an diesem Tag. Du machst eine versöhnliche Bemerkung. Keine Antwort. Du glaubst, sie hat nichts gehört. Schläft vielleicht noch. Du sagst es noch einmal. Ein erstickter Seufzer. Was ist passiert? Du fängst an, dein Gedächtnis nach all den schrecklichen Dingen zu durchkämmen, die du vielleicht getan hast.«

»Maclintick träumt nicht einmal davon, all die schrecklichen Dinge durchzugehen, die er getan hat«, sagte Mrs. Maclintick. »Schon allein, weil das viel zu lange dauern würde. Jedenfalls denkt er nie über sie nach. Wenn man ein oder zwei von ihnen auch nur erwähnt, verlässt er sofort das Bett und schläft auf dem Sofa in seinem Arbeitszimmer.«

»Also hören Sie«, sagte Moreland, der sich immer noch schüttelte vor Lachen, »ich kann nicht ohne ein Wort des Protestes dulden, dass Sie meinen alten Freund Maclintick in dieser Weise verunglimpfen. Ich weiß, Sie sind mit ihm verheiratet, und die Ehe verleiht jedem alle Arten von besonderen Rechten, was Beschwerden angeht …«

»Du fängst an, dir alle deine Sünden, sowohl die begangenen als auch die Unterlassungssünden, aufzuzählen«, fuhr Stringham unerbittlich fort. »Warst du betrunken? Es scheint Monate um Monate her, seit du betrunken warst. Also kann es das nicht sein. Hast du am Abend zuvor etwas Dummes getan? Viel wahrscheinlicher. Etwa die Bemerkung über die Gesichtsfarbe ihres Vaters beim Frühstück? Das kann es nicht gewesen sei. Es hat sie amüsiert. Sie hat sogar ein wenig gelacht. Nebenbei bemerkt, ich weiß nicht, ob jemand von Ihnen schon einmal meinem früheren Schwiegervater, Major Earl of Bridgnorth, ehemaliger Angehöriger der Königlichen Reitergarde, begegnet ist? Ein Name, der Wunder wirkt im Pferderennsport. Als ich mit seiner älteren Tochter, der wunderschönen Peggy, verheiratet war, konnte man auch oft sehen, wie ich auf der Rennbahn von Epsom und anderswo mit ihm Wunder zu wirken versuchte – mit geringem Erfolg allerdings –, mitten unter den Buchmachern und Prinz Monolulu und dem Tippgeber, der die Krawatte der ehemaligen Schüler von Harrow trägt und nie einen Verlierer empfiehlt.«

»Sie schweifen vom Thema ab, mein lieber Herr«, sagte Moreland. »Wir sprechen gerade über das Verheiratetsein, nicht über Pferderennen. Die Ehe ist der strittige Punkt.«

Stringham brachte ihn mit einer Geste zum Schweigen. Ich hatte bisher noch nicht erlebt, dass jemand Moreland in einer Unterhaltung so völlig überlegen war. Man konnte sich nur schwer vorstellen, wie die zwei unter nüchterneren Umständen miteinander ausgekommen wären. Sie waren sehr verschieden. Stringham hatte nichts von Morelands leidenschaftlicher, vollständiger Identifizierung mit den Künsten; Moreland fehlte Stringhams bitteres Verständnis gesellschaftlicher Zusammenhänge. Gleichzeitig aber hatten sie etwas gemeinsam. Es gab auch ein großes Potential gegenseitiger Abneigung. Über einen langen Zeitraum gesehen, hätte jeder den anderen wahrscheinlich unsympathisch gefunden.

»Und dann«, sagte Stringham mit gesenkter Stimme und leicht erhobenen Augenbrauen, »fragst du dich, wie das mit dem Sex war ... du zählst es an deinen Fingern ab ... Nein ... Das kann es nicht sein ...«

Mrs. Maclintick stieß ein heiseres Lachen aus.

»Ich weiß!«, Stringham schrie jetzt fast, so als ob er eine Erleuchtung gehabt habe. »Ich hab's. Dass ich mich so lange darüber ausgelassen habe, wie charmant Rosie Manasch doch sei – das war es. Das war verdammt blöd von mir, wo ich doch weiß, dass Peggy Rosie wie Gift hasst. Aber ich verliere mich ... spreche von Dingen, die lange her sind ... von der Zeit, bevor Rosie Jock Udall heiratete ...«

»Du meine Güte«, sagte Moreland. »Kennen Sie die Manaschs? Ich habe einmal in deren Haus ein Wohltätigkeitskonzert dirigiert.«

Stringham ignorierte ihn.

»Aber andererseits«, fuhr er in einem langsameren, viel ruhigeren Ton fort, »hat es vielleicht überhaupt nichts mit

Rosie zu tun. Meine Frau ist vielleicht krank. Ist von einem schrecklichen Leiden befallen. Daran hast du bisher überhaupt noch nicht gedacht. Sie sinkt dahin. Stirbt dir weg vor deinen eigenen Augen. Es ist nur deine Gefühllosigkeit ihrem Zustand gegenüber. Das ist der wirkliche Grund. Du machst dir jetzt große Sorgen. Sollst du sofort aufstehen und den Arzt holen?«

»Der Arzt sagt Maclintick immer, er soll weniger trinken«, sagte Mrs. Maclintick. »Immer die gleiche Geschichte. ›Geben Sie etwas mehr Wasser zu‹, sagt er, ›dann werden Sie sich besser fühlen.‹ Man könnte genauso gut gegen eine Wand reden. Maclintick trinkt nicht weniger, nur weil der Arzt es ihm sagt. Wenn er nicht nach dem aufhört, was ich zu ihm gesagt habe, ist es dann wahrscheinlich, dass er es einem Arzt zuliebe tut? Warum sollte er?«

»Ja, in der Tat, warum, Sie kleiner Schlingel?«, sagte Stringham und schlug mit einem gefalteten Exemplar des Konzertprogramms, das ihm irgendwie in die Hände gefallen war, leicht auf Mrs. Maclinticks Knie. »Also, natürlich entdeckst du dann schließlich, dass diese ganze böse Laune überhaupt nichts mit dir selbst zu tun hat. Ja, deine Frau ist sich fast gar nicht bewusst, dass sie in demselben Haus mit dir wohnt. Es handelte sich vielmehr um etwas, das eine Frau zu einer anderen Frau, die beim Frisör mit einer weiteren Frau – die meine Frau kannte – tratschte, über sie gesagt hatte. Nicht weniger und nicht mehr als das. Dennoch, du bist es, ihr Ehemann, der die Folgen dafür, dass irgendjemand irgendwelche unbedachten Bemerkungen über irgendjemanden gemacht hat, tragen muss. Ich habe über all das mit Ted Jeavons gesprochen, und er ist derselben Meinung.«

»Ich finde Onkel Ted ganz, ganz toll«, sagte Priscilla, die unbedingt zeigen wollte, dass sie diesen Ausführungen zu folgen auch wirklich in der Lage gewesen war.

»Und Sie, schwarzäugige Susanne«, sagte Stringham, indem er sich wieder an Mrs. Maclintick wandte und dabei fragend das Programm hob, »leiden auch Sie in ihrem Familienleben –

von dem Sie uns mit einem solchen Reichtum an Desillusion berichtet haben – an der von mir beschriebenen besonderen Malaise: der Strafe schrecklichen Schweigens?«

Es war dies ein Thema, über das maßgeblich zu sprechen Mrs. Maclintick sich durchaus in der Lage fühlte; und die Diskussion hätte sich, wenn sie nicht unterbrochen worden wäre, vielleicht noch lange hingezogen. Es gab Anzeichen der Unruhe bei Moreland, obwohl er und die anderen dort Sitzenden in dem, was gesagt wurde, eine gewisse Befreiung von sich selbst und ihrem individuellen Leben zu finden schienen. Aus irgendeinem Grund hatte man den Eindruck, als seien die übrigen Gäste von Mrs. Foxe, obwohl sie sich in Wirklichkeit im Nebenzimmer aufhielten, unendlich weit entfernt. Dann wurde ich mir plötzlich bewusst, dass sich eine neue Persönlichkeit, eine zusätzliche Kraft, unserer Gruppe angeschlossen hatte. Es war eine Frau. Wie lange sie schon dort gestanden hatte und woher sie gekommen war, wusste ich nicht.

Es war Miss Weedon. Sie hatte es wahrscheinlich vermieden, sich ankündigen zu lassen, um sich still zu der Stelle begeben zu können, wo Stringham zu finden war. Wie auch immer, bei ihrer langen Verbindung mit dem Haus – sie hatte früher einmal dort gewohnt – wäre eine solche Formalität auch fast unangemessen gewesen. Wie gewöhnlich hatte sie es geschafft, sowohl geschäftsmäßig als auch sehr elegant auszusehen, und ihre lange, scharfe Nase und ihr strenger Gesichtsausdruck erhöhten noch das sie umgebende Fluidum einer effizienten, insgesamt erfolgreichen, ziemlich schicken Karrierefrau. Sie trug schwarz, und ihr Kleid war durchaus für den Abend geeignet, konnte aber auch gut tagsüber getragen werden; es war angemessen für Mrs. Foxe' Empfang, aber wäre auch für weniger vornehme Gelegenheiten passend gewesen. Niemand hätte in ihr die frühere Gouvernante von Stringhams Schwester, Flavia, vermutet, doch hatte Miss Weedon immer noch etwas Dominierendes, Kontrollierendes, das darauf hindeutete, dass sie es gewohnt war, eine gewisse Form professioneller Autorität auszuüben. Sie war zweifellos gekommen, um Stringham mit nach Hause zu nehmen. Kein anderer Grund konnte sie zu dieser späten Stunde hierhergebracht haben. Priscilla, die sie wahrscheinlich mehr als einmal bei den Jeavons – wo Miss Weedon schon ein häufiger Gast war, ehe sie dann als Mitbewohnerin in das Haus zog – getroffen hatte, sah sie als Erste.

»Hallo, Miss Weedon«, sagte sie und errötete.

Sie rückte, wahrscheinlich unwillkürlich, weg von Moreland, der ziemlich eng neben ihr auf dem Sofa saß. Miss Weedon lächelte kalt. Sie trat ein wenig weiter in das Zimmer hinein und ihre mysteriöse, undurchschaubare Gegenwart warf einen dunklen Schatten über die Szene.

»Ach hallo, Tuffy«, sagte Stringham, der sie plötzlich auch sah. »Ich bin so froh, dass du gekommen bist. Ich war mir nicht sicher, ob ich dich sehen würde. Ich hab nur kurz vorbeischauen wollen, um Mama, die ich schon eine Ewigkeit nicht mehr gesehen hatte, Guten Abend zu sagen; und was finde ich vor: die fröhlichste aller fröhlichen Partys. Lass mich dir jeden vorstellen. Lady Priscilla Tolland – Sie kennen natürlich Tuffy. Wie dumm von mir. Dies jetzt ist Mrs. Maclintick, die mir einige wirklich haarsträubende Geschichten über Musiker erzählt hat. Ich werde nie wieder einem Orchester zuhören, ohne die schmerzlichsten Vermutungen über das Privatleben der Spieler anzustellen. Nick hast du natürlich schon oft getroffen. Ihren Namen weiß ich leider nicht, Mr. – –?«

»Moreland«, sagte Moreland, äußerst entzückt über Stringhams völlige Unkenntnis seiner Identität.

»Moreland«, sagte Stringham. »Dies ist Mr. Moreland, Tuffy. Mr. Moreland, für den dieser Empfang heute gegeben wird. Was für ein superber Fauxpas meinerseits. Ein wirklich exquisiter Lapsus. Wie richtig es doch ist, dass ich nur selten noch an die Oberfläche komme. Nun, so ist es nun mal. Und dies, hätte ich fast vergessen hinzuzufügen, Mr. Moreland, ist Miss Weedon.«

Er war immer noch völlig entspannt. Für einen oberflächlichen Beobachter gab es nicht das geringste Anzeichen dafür, dass seine eigene Familie und die meisten seiner Freunde ihn jetzt für eine Person hielten, die kaum noch für ihre eigenen Taten verantwortlich war; dass er jeden Moment von einer früheren Sekretärin, die es auf sich genommen hatte, sich um ihn zu kümmern, weil sie ihn – wie ich vermute – liebte, aus dem Haus seiner Mutter geschafft werden würde. Wie auch immer, obwohl keine äußeren Symptome darauf hindeuteten, dass sich gerade etwas Dramatisches abspielte, war mir, als er sich, nachdem er uns alle vorgestellt hatte, von seinem Stuhl erhob, aufgrund der leichten, unbestimmten Art seiner Bewegungen klar, dass Stringham selbst wusste, dass das Spiel vorbei war; dass er innerhalb der nächsten paar Minuten unweigerlich von Miss Weedon in den wie immer gearteten Kerker zurückgeführt werden würde, der ihn nun gefangenhielt. Moreland und Priscilla warfen sich kurze Blicke zu. Sie fühlten den Bruch in dem Rhythmus der Party; wollten wahrscheinlich auch von sich aus den Kreis verlassen, merkten aber kaum, was hier vor sich ging. Mrs. Maclintick zeigte sich dagegen gar nicht gewillt hinzunehmen, dass die Gruppe in einer so willkürlichen Weise aufgelöst wurde. Sie starrte Miss Weedon äußerst unfreundlich an, und ihr verächtlicher Gesichtsausdruck schien anzudeuten, das sie durch unerklärliche weibliche Intuition in ihr eine Person erkannte, die früher eine untergeordnete Position in Mrs. Foxe' Haushalt eingenommen hatte.

»Wir haben gerade über die Ehe gesprochen«, sagte sie in einem aggressiven Ton.

Sie sprach zu Miss Weedon, die mit einem Lächeln antwortete, das scharf wie ein Messer war.

»Wirklich?«, sagte sie.

»Dieser Gentleman und ich haben unsere Erfahrungen miteinander verglichen«, sagte Mrs. Maclintick, auf Stringham zeigend.

»Ja, das stimmt«, sagte Stringham lachend. »Und es gab eine Menge, wo wir einer Meinung waren.«

Er hatte seine burleske Pose abgelegt und schien jetzt vollkommen nüchtern.

»Das hört sich nach einer sehr interessanten Diskussion an«, sagte Miss Weedon.

Sie sprach in einem Ton, der Mrs. Maclinticks Selbstachtung verletzen musste. Miss Weedon war offensichtlich bereit, sich mit jedem zu messen; mit Mrs. Maclintick; einfach mit jedem. Ich bewunderte sie dafür.

»Warum erzählen Sie uns nicht, wie Sie selbst über die Ehe denken«, fragte Mrs. Maclintick, die mehr Champagner getrunken, als ich vermutet hatte. »Man sagt, der Zuschauer sieht am meisten von dem Spiel.«

»Jetzt nicht«, sagte Miss Weedon mit dem kosmisch endgültigen Ton eines Menschen in der Stimme, der die Autorität besitzt zu entscheiden, wann das Spielzeug zurück in den Schrank zu packen ist. »Ich habe mein kleines Auto draußen stehen, Charles. Ich dachte, du möchtest vielleicht, dass ich dich nach Hause fahre.«

»Aber er wollte mich doch zu einem Nachtclub mitnehmen«, sagte Mrs. Maclintick. Ihre Stimme wurde laut vor Wut. »Er sagte, wenn wir einige Fragen zur Ehe geklärt hätten, würden wir zu einem ihm bekannten, sehr amüsanten Lokal gehen.«

»Das war mein Vorschlag, Tuffy.«

Er lachte wieder. Er musste aus Erfahrung wissen, dass sich am Ende zeigen würde, dass Miss Weedon alle Trümpfe in der Hand hielt, war aber anscheinend noch nicht zu einer Kapitulation bereit.

»Der Arzt hat dich inständig gebeten, nicht zu lange aufzubleiben, Charles«, sagte Miss Weedon, ebenfalls lächelnd.

Sie stand keineswegs hinter Stringham zurück, wenn es darum ging, einen kühlen Kopf zu bewahren.

»Mein medizinischer Berater hat mir in der Tat frühe Bettruhe verordnet«, sagte Stringham. »Da hast du recht, Tuffy. Ich erinnere mich ganz deutlich an seine Worte. Aber ich habe in

Gedanken mit der Möglichkeit gespielt, seinen Rat zu missachten. Ted Jeavons hat mir neulich von einer Nachtbar erzählt, wo er einige ganz ungewöhnliche Abenteuer erlebte. Das Lokal wird von einem gewissen Dicky Umfraville geführt, einem Menschen mit schlechtem Charakter, den ich während meiner Zeit in Kenia häufig sah und von dem ich wahrscheinlich schon erzählt habe. Der Name des Schuppens klang irgendwie attraktiv. Ich bot Mrs. Maclintick an, mit ihr dahin zu gehen. Ich kann mein Versprechen wohl kaum zurücknehmen. Natürlich, der Club hat zweifellos auch inzwischen dichtgemacht. Nichts was Dicky Umfraville in die Hände nimmt, hält lange. Außerdem, Ted war ein wenig vage, was das Jahr angeht, in dem er sein Abenteuer erlebt hat – das war möglicherweise während des Krieges, als er, ein tapferer Soldat, auf Urlaub von den Schützengräben war. Das kam alles zur Sprache, als er die Geschichte erzählte. Dennoch, wenn der Club pleite ist, könnten wir immer noch zum ›Sack voll Nägel‹ gehen.«

Mrs. Maclintick schnappte aus Spaß nach ihm.

»Sie wissen sehr gut, dass ich all diese Lokale hassen würde«, sagte sie fröhlich, »und ich glaube, Sie wollen nur mit mir dahin gehen, um mir ein schlechtes Gefühl zu geben.«

Miss Weedon blieb völlig gelassen.

»Ich hatte keine Ahnung, dass du etwas Derartiges geplant hattest, Charles.«

»Es war nicht eigentlich geplant«, sagte Stringham. »Vielmehr eine dieser brillanten Improvisationen, die mir immer so plötzlich einfallen. Sie sind die Grundlage meiner Karriere. Eine davon hat mich heute Abend hierhergeführt.«

»Aber ich hab noch nicht zugesagt, mit Ihnen zu kommen«, sagte Mrs. Maclintick ausgesprochen schelmisch. »Seien Sie sich dessen nicht zu sicher.«

»Mir ist sehr wohl bewusst, meine Dame, dass Sie mir eine solche Ehre nicht garantieren können«, sagte Stringham, für einen Moment in den vorherigen Ton zurückfallend. »Ich war nicht so anmaßend, Ihre Gesellschaft als etwas Selbstverständliches zu betrachten. Es mag sogar sein – und das wäre gewiss nicht das erste Mal in meiner bunt-bewegten Laufbahn –, dass ich mich, auf der einsamen Suche nach Vergnügen, allein in die Nacht hinauswagen werde.«

»Wäre es in Wirklichkeit nicht leichter, mein Angebot, dich nach Hause zu fahren, anzunehmen?«, fragte Miss Weedon.

Sie sagte das so leicht dahin, in einem so gleichgültigen Ton, dass man unmöglich vermuten konnte, sie drücke mit diesen Worten einen Befehl aus. Es gab keine Zurschaustellung von Macht. Und auch Stringham musste bewusst sein, dass Miss Weedon einen Grad von Respekt für seine eigene Situation bewies, der makellos war.

»Viel, viel leichter, Tuffy«, sagte er. »Aber wer bin ich denn, dass mir ein leichtes Leben geschenkt würde? ›Doch nicht für immer bei den stillen Wassern/Könn' wir der Muße uns und Ruh' erfreun …‹ Das Kirchenlied drückt genau meine Stimmung aus. Heute Abend muss ich die schwere Straße gehen, die zum Vergnügen führt.«

»Wenn die Dame möchte, könnten wir sie mitnehmen und nach Hause bringen«, sagte Miss Weedon.

Sie warf einen kurzen Blick auf Mrs. Maclintick, so als sei sie bereit, die Beförderung ihres Körpers auf sich zu nehmen, koste es, was es wolle. Es war ein nobles Angebot seitens Miss Weedons, ein sehr nobles Angebot. Niemand hätte das bestreiten können.

»Aber ich bin überhaupt noch nicht in der Stimmung, nach Hause zu gehen, Tuffy«, sagte Stringham, »und ich bin mir ziemlich sicher, Mrs. Maclintick auch nicht, trotz ihrer Behauptungen des Gegenteils. Wir sind jung. Wir wollen etwas vom Leben sehen. Wir haben das Gefühl, wir sollten unsere Erfahrungen nicht auf musikalische Veranstaltungen beschränken, so erbauend sie auch sein mögen.«

Es entstand eine kurze Pause.

»Wenn ich das nur gewusst hätte, Charles«, sagte Miss Weedon.

Sie klang traurig, fast so als ob sie selbst das Ausmaß ihrer Macht missbillige; als ob sie es zu minimieren versuche, weil ihr seine Größe peinlich sei – so wie der Diktator eines absolutistischen Staates den Journalisten versichert, auch seine eigenmächtigsten Dekrete seien natürlich immer das Ergebnis parlamentarischer Debatte.

»Wenn ich das nur gewusst hätte«, sagte sie, »hätte ich deine Brieftasche mitgebracht. Sie lag auf dem Tisch in deinem Zimmer.«

Stringham lachte aus vollem Halse.

»Du hast recht, wie gewöhnlich, Tuffy.«

»Ich hab sie zufällig gesehen.«

»Geld«, sagte Stringham. »Das ist immer die Lösung.«

»Aber selbst wenn ich sie mitgebracht hätte, es wäre viel vernünftiger von dir, nicht so lange aufzubleiben.«

»Selbst wenn du sie mitgebracht hättest, Tuffy«, sagte Stringham, »die Situation wäre die gleiche gewesen, denn es ist kein Geld drin.«

Er wandte sich an Mrs. Maclintick.

»Kleine Schäferin Bo-Peep«, sagte er, »ich fürchte, unsere Spritztour fällt ins Wasser. Wir werden Dicky Umfravilles Club oder den ›Sack voll Nägel‹ an einem anderen Abend besuchen müssen.«

Er zeigte mit einer Bewegung an, dass er bereit sei, Miss Weedon zu folgen.

»Ich wollte dich hier nicht wegzerren«, sagte sie, »aber ich dachte, es würde dir vielleicht Ärger ersparen, da ich zufälligerweise das Auto mithabe.«

»Das würde es ganz bestimmt«, sagte Stringham. »Eine Menge Ärger ersparen. Grenzenlosen Ärger. Unsagbaren Ärger. Ich wünsche euch allen eine gute Nacht.«

Es dauerte danach nur wenige Sekunden, bis Miss Weedon ihn aus dem Haus geschafft hatte. Eine ganz leichte Spur von Schlingern lag in seinem Gang, als er ihr durch die Tür folgte. Wenn man von diesem kaum wahrnehmbaren Torkeln absieht, hatte Miss Weedon Stringhams physischen Abgang ganz allgemein mit einer solchen Geschwindigkeit und Effizienz zuwege gebracht, dass wahrscheinlich niemand außer mir seine leichte Unsicherheit auf den Füßen bemerkte. Die von ihr angewandte moralische Taktik blieb fast ebenso erfolgreich verborgen und wurde mir erst am folgenden Tag klar. Es stand fest, man gab Stringham kein Geld; oder wenigstens hatte Miss Weedon an diesem besonderen Abend dafür gesorgt, dass er nur so viel Geld bei sich hatte, um sich die paar Drinks kaufen zu können, die ihn dann zu dem Haus seiner Mutter geführt hatten. Er vertraute wohl nicht mehr darauf, dass von ihm noch irgendwo ein Scheck angenommen werden würde, besaß auch vielleicht gar kein Scheckbuch mehr. Andernfalls hätte er zweifellos sein Vorhaben in die Tat umgesetzt. Möglicherweise hatte auch seine Erschöpfung, als sie ihm beim Anblick Miss Weedons bewusst wurde, eine Rolle dabei gespielt, dass sein Wunsch, in der Gesellschaft von Mrs. Maclintick die Nacht zum Tage zu machen, dann schnell verpuffte. Vielleicht war Stringham am Ende innerlich bereit, ›ohne viel Aufhebens‹ zu gehen. Das war das Wahrscheinlichste. Während sich dies alles abspielte, hatten sich Moreland und Priscilla davongemacht. Ich war allein mit Mrs. Maclintick zurückgeblieben.

»Wer war diese Frau, möchte ich gerne wissen?«, fragte Mrs. Maclintick. »Nicht dass ich besonders darauf erpicht gewesen wäre, dahin zu gehen, wohin immer er mich mitnehmen wollte. Ganz und gar nicht. Es war nur, dass er so drängte. Aber was für ein spaßiger Kerl er doch ist. Ich verstehe nicht, warum sich dieses alte Mädchen einmischen musste. Ist sie eine seiner Tanten?«

Ich wurde durch den langsam auf uns zukommenden Carolo der Notwendigkeit enthoben, Mrs. Maclintick über die Rolle Miss Weedons aufzuklären – was keine leichte Aufgabe gewesen wäre. Im Smoking sah Carolo melancholischer aus als je zuvor.

»Kommst du?«, fragte er.

»Wo ist Maclintick?«

»Nach Hause gegangen.«

»Abgefüllt mit Whiskey, wette ich.«

»Darauf kannst du wetten.«

»Gut.«

Stringham hatte keinen großen Eindruck auf sie gemacht. Sie muss in ihm eine jener exzentrischen Gestalten gesehen haben, denen man natürlicherweise in reichen Häusern wie diesem begegnete. Von ihrer Warte aus gesehen, war das wahrscheinlich die schlüssigste Einschätzung. Wie hätte sie auch vermuten können, dass sich vor ihren Augen gerade ein kleines, brutales Drama abgespielt hatte? Und sie wäre auch nicht besonders interessiert gewesen, wenn man ihr die näheren Umstände erklärt hätte. Jetzt – der Ton, wie sie mit Carolo sprach, zeigte es – kehrte sie, mit Körper und Seele, zurück in die Welt, in der sie normalerweise lebte. Die beiden verließen zusammen das Zimmer. Ich sah mich wieder nach Isobel um. Bei der Tür verabschiedete sich Korvettenkapitän Foxe gerade von Max Pilgrim.

»Also«, sagte Korvettenkapitän Foxe, als er mich erblickte, »das war elegant arrangiert, nicht wahr?«

»Was, bitte?«

»Charles zu überreden, nach Hause zu gehen.«

»Glücklicherweise kam Miss Weedon zufällig vorbei, meinen Sie?«

»Dafür gab es einen guten Grund.«

»Ach?«

»Ich hab sie angerufen und ihr gesagt, sie solle kommen«, sagte Korvettenkapitän Foxe kurz.

Diese Lösung war so simpel, dass ich nicht begreifen konnte, warum ich nicht selbst darauf gekommen war, ohne dass sie mir jemand sagte. Solche ganz offensichtlichen taktischen Siege sind immer diejenigen, die von den Zuschauern am wenigsten vorausgesehen werden, von den Gegnern ganz zu schweigen. Mrs. Foxe selbst empfand es vielleicht als würdelos,

Miss Weedon hierherzubestellen, damit sie ihren Sohn aus dem Haus schaffe; Buster wurde durch ein solches Feingefühl nicht behindert. Ja, man konnte in seinen Anruf einen wunderschönen Racheakt sehen für vieles, was er Charles in der Vergangenheit zu verdanken gehabt hatte – den Fall zum Beispiel, als Stringham, damals noch ein Junge, Buster, nachdem er und ich uns in dem Nebenzimmer kennengelernt hatten, zu befehlen schien, das Haus zu verlassen. Und zweifellos gab es noch eine Reihe anderer offener Wunden. Die Beziehung zwischen Korvettenkapitän Foxe und Miss Weedon selbst musste ebenfalls in Betracht gezogen werden. Wie bei zwei rivalisierenden Mächten – im Zusammenhang mit Miss Weedon drängten sich politische Metaphern förmlich auf –, die zeitweise ihre unterschwellige Kriegslust aufgeben, um sich gegen eine dritte Macht zu verbinden, gab es zwischen ihnen eine kurze Allianz, die für Miss Weedon allerdings auch, diplomatisch gesprochen, einen gewissen Gesichtsverlust bedeutete. Sie hatte sich gezwungen gesehen, ihrem Rivalen zuzugestehen, sich auf ein Abkommen berufen zu können, das verlangte, dass sie unter gewissen Umständen ihr eigenes, angeblich friedliebendes Protektorat oder Mandatsgebiet mit Truppen auszustatten hatte. In der Tat, für Korvettenkapitän Foxe war es ein Sieg auf der ganzen Linie gewesen. Er kostete seinen Triumph voll aus.

»Es ist so schade um den armen alten Charles«, sagte er.

»Ich muss mich jetzt verabschieden.«

»Kommen Sie bald mal wieder.«

»Das wäre schön.«

Die meisten Gäste machten jetzt Anstalten aufzubrechen. Mrs. Maclintick und Carolo waren bereits verschwunden. Gossage war noch in ein angeregtes Gespräch mit Lady Huntercombe verwickelt. Die Morelands waren nirgendwo zu sehen; auch Priscilla nicht. Isobel sprach gerade mit Chandler. Wir hielten Ausschau nach unserer Gastgeberin, um uns zu verabschieden. Mrs. Foxe hörte dem berühmten Dirigenten zu, der sich, wie Gossage, nicht von der Party losreißen konnte.

»Ich hoffe so sehr, dass es den Morelands heute Abend gefallen hat«, sagte Mrs. Foxe. »Es war so schade, dass Matilda Kopfschmerzen bekam und nach Hause gehen musste. Ich bin mir sicher, es war richtig, dass sie still gegangen ist. Sie ist eine so wundervolle Frau für jemanden wie ihn. Sobald er hörte, dass sie nicht mehr da sei, sagte er, er müsse auch gehen. Es ist eine solche Belastung für einen Musiker, wenn ein neues Stück von ihm aufgeführt wird. Wie eine Premiere im Theater – und Norman sagt mir, Premieren seien die reine Qual.«

Mrs. Foxe sprach das letzte Wort mit dem ganzen Gefühl, das Chandler in es hineingelegt hatte, als er ihr das sagte. Robert gesellte sich zu uns, um sich zu verabschieden.

»Es war sehr reizend von Charles vorbeizuschauen, nicht wahr?«, sagte Mrs. Foxe. »Ich hätte ihn natürlich eingeladen, wenn ich nicht gewusst hätte, dass Partys schlecht für ihn sind. Ich sah, dass Sie mit ihm sprachen. Welchen Eindruck hatten Sie von ihm?«

»Ich hatte ihn seit einer Ewigkeit nicht mehr gesehen. Er schien sich nicht verändert zu haben. Wir hatten ein langes Gespräch.«

»Und es hat Sie gefreut, ihn wiederzusehen?«

»Ja natürlich.«

»Ich glaube, es war richtig von ihm, mit Tuffy nach Hause zu gehen. Er kann manchmal ziemlich schwierig sein, wissen Sie?«

»Ja, doch.«

»Ich hoffe so sehr, es hat allen gefallen«, sagte Mrs. Foxe. »Einer der Gäste war ein Mr. Maclintick. Er hatte ziemlich viel getrunken, als er ging. Ich glaube, er ist ein Musikkritiker. Er war so reizend, als er sich von mir verabschiedete. Er sagte: ›Vielen Dank, dass Sie mich eingeladen haben, Mrs. Foxe. Ich mag großartige Empfänge wie diesen hier nicht, und ich werde nie wieder zu einem gehen. Aber ich weiß Ihre Freundlichkeit, Moreland als Komponisten zu unterstützen, sehr zu schätzen.‹ Ich sagte ihm, ich stimmte, was großartige Empfänge betreffe, vollkommen mit ihm überein – ich *hasse* sie einfach –, aber ich verstünde nicht, wie er denken könne, dieser hier sei ein solcher. Und ich sagte dann, dass ich, wenn ich je wieder einen geben sollte, ihn ganz anders arrangieren würde und dass ich hoffte, er würde seine Meinung ändern und doch kommen. ›Also, ich werde nicht kommen‹, sagte er. Ich sagte, ich wisse, er würde doch kommen, denn ich würde ihn ganz lieb bitten. Er sagte: ›Ich glaube, Sie haben recht, ich werde kommen.‹ Dann ist er die Treppe zwei oder drei Stufen heruntergerutscht. Ich hoffe, er kommt gut nach Hause. Es stimmt einen so froh, wenn Leute sagen, was sie denken.«

»Was ist mit Priscilla?«, fragte Isobel Robert.

»Jemand hat sie mit dem Auto mitgenommen.«

In diesem Augenblick drängte sich Lord Huntercombe zwischen uns. Er trug ein Porzellanteil in der Hand und war hocherfreut über eine Entdeckung, die er gerade gemacht hatte. Er wandte sich an Mrs. Foxe.

»Amy«, sagte er, »weißt du, dass diese Quatrefoil-Tasse eine Fälschung ist?«

4

WAHRSCHEINLICH WAR St. John Clarke, falls ein so abwegiger Vergleich zwischen mittelmäßigen Talenten überhaupt möglich ist, als Schriftsteller ›besser‹ denn Isbister als Maler. Dennoch kam St. John Clarke, als er zu Beginn des Frühlings verstarb, in den Nachrufen weniger gut weg als sein Zeitgenosse, der nur ein paar Jahre zuvor noch die letzten Reste einer salbungsvolleren Tradition von Zeitungsnekrologen, die dann wohl auch mit ihm zu Grabe getragen wurde, auf sich gezogen hatte. Dafür gab es mehr Gründe als den unweigerlichen Wandel im Geschmack am Mittelmäßigen. Die Welt bewegte sich jetzt in einer angespannteren Zeit. Während St. John Clarkes finaler Krankheit war die Nationalsozialistische Partei Danzigs in den Schlagzeilen; Nachrichten aus dem Ausland sorgten mehr und mehr dafür, dass Berichte über Ereignisse im Inland fast unbeachtet blieben. St. John Clarke war einer dieser Betroffenen. Wenn man Mark Members Glauben schenken konnte, hätte St. John Clarke selbst diese unfaire Zuteilung von Erfolg, auch von postumem Erfolg, für etwas gehalten, das in der Natur der Sache liege. Während einer von St. John Clarkes »Frühstückstisch-Agonien von Selbstmitleid«, wie Members sie nannte, hatte der Schriftsteller ganz offen das Gefühl des Gekränktseins, das er empfinde, wenn er das Schicksal seines alten Freundes mit seinem eigenen vergliche, zum Ausdruck gebracht.

»Isbister war ein Liebling der Götter, Mark«, hatte er laut gerufen, als er mit verhärmtem Gesicht von der Liste mit öffentlichen Auszeichnungen und Verleihungen, die die »Times« immer am Neujahrstag veröffentlicht, aufsah, »Mitglied der Royal Academy mit weniger als fünfundvierzig Jahren – Gewinner der Goldmedaille des Pariser Salons – Ehrendiplom bei der Internationalen Ausstellung in Amsterdam – Kommandant des Päpstlichen Ordens Pius' IX. – Weigerung, sich in den Ritterstand erheben zu lassen. Bedenken Sie, Mark, ein Mann, den der König mit Freuden geehrt hätte. Welche Anerkennung habe ich erfahren – verglichen mit diesen?«

»Warum hat Isbister sich geweigert, sich in den Ritterstand erheben zu lassen?«

»Um seiner Frau eins auszuwischen.«

»War das wirklich der Grund?«

»Diese Fotos, die die Presse ausgegraben hat – Rowenna und er nebeneinander stehend und aufs Meer hinaussehend –, die sind vorsintflutlich, vielleicht sintflutlich. Es war die Große Flut, auf die sie blickten, vermute ich. Sie hatten seit Jahren getrennt gelebt, als er starb. Isbister selbst hat natürlich behauptet, er habe so entschieden, weil weltliche Ehren sich nicht für einen Künstler ziemten. Das hat ihn nicht davon abgehalten, jedem von dem Angebot zu erzählen. Er wollte sowohl das eine als auch das andere haben.«

Damals war Members noch sehr darum bemüht, seinen Arbeitgeber ruhig zu stimmen.

»Also, es gibt doch eine Menge vergnüglicher Partys und Wochenendbesuche in vornehmen Landhäusern, auf die Sie zurückblicken können, St. J.«, sagte er. »Ein ganz anderes Leben als das Isbisters, aber reichhaltiger, wie ich meine.«

»Ein Wochenende auf Dogdene vor zwanzig Jahren«, hatte St. John Clarke in einem bitteren Ton geantwortet. »Ich war gezwungen, mit Lord Lonsdale Krocket zu spielen ... Zwei Diners bei den Huntercombes, beide Male war auch Sir Horrocks Rusby eingeladen ...«

Dies war gewiss eine unzureichende Einschätzung von St. John Clarkes gesellschaftlichen Triumphen gewesen, die, für einen Literaten, viel weniger unergiebig waren, als er sie in diesem Moment in seiner Verzweiflung dargestellt hatte. Members, der wusste, was von ihm erwartet wurde, hatte solche melancholischen Reminiszenzen mit einem Lächeln weggewischt.

»Aber er wird kommen ...«, hatte er gesagt.

»Er wird kommen. So wie ich hier sitze, wird der Nobelpreis kommen.«

»Doch leider«, sagte Members, den Bericht abschließend, »kommt er nie.«

Wie es sich dann ergab, waren die zwei informativsten Nachrufe auf St. John Clarke ironischerweise von Members respektive Quiggin geschrieben worden. Beide hatten sich ein paar Lobeskrümel für ihren früheren Herrn abgerungen und waren in relativer Kürze mehr auf ihn als ›eine Persönlichkeit‹ denn als Schriftsteller eingegangen. In der Wochenzeitschrift, bei der er stellvertretender Literaturredakteur war, wies Members auf St. John Clarkes »ephemere, doch auch fast schmerzlich integere Abschweifung in das, was für ihn das Wunderland der fauvistischen Malerei war«, hin. Quiggin, der seinen Artikel in einem ähnlichen, allerdings weit weniger angesehenen Organ veröffentlicht hatte, für das er manchmal, wenn er knapp bei Kasse war, schrieb, betonte vorsichtig »die selbst in sichtbar kritisch-zweifelnden Momenten grundsätzliche Sympathie des Verstorbenen für die Anliegen der Arbeiter«. Kein anderes Journal zeigte einen Grad von Interesse an den späteren Stadien in St. John Clarkes Karriere, der ausgereicht hätte, um die Leser über diese widersprüchlichen Aspekte seines letzten Jahrzehnts auf dem Laufenden zu halten. Sie schrieben nur von seiner tiefen Liebe für die Peter-Pan-Statue in Kensington Gardens und seinen Beiträgen zu dem Gabenbuch für Königin Mary. Bei der Bewertung seines Werkes wurde »Die Felder von Amarant« uneingeschränkt als der Gipfel seiner Leistung eingestuft, während »Selbst der längste Fluss« oder »Das Herz ist Hochland«, hier gingen die Meinungen auseinander, als von wesentlich geringerer Qualität jeweils der zweite Rang eingeräumt wurde. Das »Times Literary Supplement« fand, dass »seine im Italien der Renaissance und im Frankreich der Revolution spielenden Romanzen stark an den pseudoarchaischen Stil des neunzehnten Jahrhunderts erinnern, die das Leben der vornehmen Gesellschaft darstellenden Szenen in seinen anderen Romanen durch ihre Künstlichkeit beeinträchtigt sind und die Beschreibung der Armut weniger realistisch ist als die Gissings«.

Es überraschte mich, ein seltsames Gefühl des Bedauerns darüber zu verspüren, dass St. John Clarke nicht mehr unter uns weilte. Auch wenn er ein nur mittelmäßiger Schriftsteller war, sein Abgang von der literarischen Szene glich dem endgültigen Zerfall eines wohlbekannten Wahrzeichens: Es mochte Anstoß erregt haben, aber es hatte sich auch ein gewisses Ansehen damit verdient, dass es so lange dem Abriss widerstanden hatte. Die Anekdoten, mit denen Members und Quiggin ihn umgeben hatten, verliehen St. John Clarke in meiner Vorstellung eine gewisse Solidität, und zwar in einem stärkerem Maße, als das sein kurzes persönliches Erscheinen im Hause Lady Warminsters vermocht hatte. Dieser flüchtige Blick auf ihn, dann sein totales physisches Verschwinden brachten mir auch das schroffe Postskriptum des Todes ins Bewusstsein: In Hyde Park Gardens hatte St. John Clarke nur krank ausgesehen; jetzt war er, wie John Peel, weit, weit fort mit seiner Feder und seinen Zeitungsausschnitten am Morgen; war zu einem jener Namen geworden, denen man vielleicht in Klammern das Datum ihrer Geburt und ihres Todes beifügt, während ihre Besitzer aus den Nachschlagewerken und den ›Literaturteilen‹ der Zeitungen der Vergessenheit entgegeneilen.

Es war eine indirekte Folge des Empfangs bei Mrs. Foxe, dass sich unsere Beziehungen zu den Morelands durch die Unsicherheit und ein leises Gefühl der Peinlichkeit komplizierter gestalteten. Niemand wusste genau, was zwischen Moreland und Priscilla vor sich ging. Sie wurden nie zusammen gesehen, aber man nahm allgemein an, dass sich so etwas wie eine Liebesaffäre zwischen ihnen abspiele. Priscilla vermittelte viel mehr als sonst den Eindruck, dass sie von ihren Verwandten in Ruhe gelassen werden wolle; während eine zwar leichte, aber doch klar wahrnehmbare Atmosphäre des Unbehagens, die ahnen ließ, dass etwas im Argen lag, die Moreland'sche Wohnung durchdrang. Moreland selbst hatte sich in eine Flut von Arbeit gestürzt. Er war jetzt der Ansicht, dass seine Symphonie – teilweise zu Recht, wie er sagte – ein Reinfall gewesen sei und er nun die Scharte durch ein neues, besseres Werk wieder auswetzen müsse. Zum ersten Mal seit den Anfangstagen unserer Bekanntschaft schien er allein an den professionellen Bereichen der Musik interessiert. Wir hörten aus zweiter Hand, dass Matilda für die Rolle der Zenocrate in Christopher Marlowes »Tamburlaine« im Gespräch sei. Dies wurde mir von Moreland selbst bestätigt, als ich ihm zufällig irgendwo begegnete. Welches Ausmaß der Klatsch über Moreland und Priscilla angenommen hatte, zeigte sich mir, als ich eines Tages während einer Fahrt mit der Untergrundbahn auf Chips Lovell traf. Lovell hatte inzwischen seine Ambitionen verwirklicht und Anstellung bei einer Zeitung gefunden, wo er die Klatschspalte – eine von der relativ respektablen Sorte – schreiben half. Er war in ausgezeichneter Form und mit großer Sorgfalt gekleidet. Er hatte sich jenes jungenhafte, unschuldige Aussehen bewahrt, das ihn, in verschiedener Hinsicht, bei beiden Geschlechtern beliebt machte.

»Wie geht es Priscilla?«, fragte er.

»Gut, soweit ich weiß.«

»Ich hab etwas über sie und Hugh Moreland gehört.«

»Was denn?«

»Dass sie zusammen gehen.«

»Wer sagt das?«

»Ich kann mich nicht erinnern.«

»Ich wusste gar nicht, dass du Moreland kennst.«

»Tu ich auch nicht. Nur dem Namen nach.«

»Das klingt nicht sehr wahrscheinlich, oder?«

»Keine Ahnung. Leute machen so was.«

Obwohl ich Lovell mochte, sah ich keinen Grund, ihm bei seinen Nachforschungen über die Situation zwischen Moreland und Priscilla behilflich zu sein. Und außerdem gab es nicht viel, mit dem ich ihm hätte helfen können. Wie auch immer, Lovell lebte vom Beruf her in einer Welt zweifelhafter Gerüchte, und man musste ihn mit Vorsicht behandeln, wenn es um die Weitergabe von Informationen ging. Ich war überrascht über die Offenheit, mit der er die Sache erwähnt hatte. Seine Nachfrage schien eher von persönlichem Interesse geleitet als vom Spaß am Klatsch um seiner selbst willen. Ich vermutete, dass er immer noch eine Spur von Unzufriedenheit darüber empfand, dass es ihm nicht gelungen war, die Erfolge zu erzielen, zu denen ihn, wie er glaubte, sein gutes Aussehen berechtige.

»Ich habe Priscilla immer schon gemocht«, sagte er, ganz bewusst eine abstrakte Form gebrauchend. »Ich muss mich in der nächsten Zeit mal wieder mit ihr treffen.«

»Wie ist es dir so ergangen, Chips?«

»Kannst du dich an diesen Widmerpool erinnern, von dem du mir erzählt hast, als wir noch in dem Filmstudio waren? Sein Name ist mir im Gedächtnis geblieben, weil es ihm gelungen war, auf Schloss Dogdene eingeladen zu werden. Ich hab ihn dafür bewundert, dass er das geschafft hat, denn Onkel Geoffrey schmeißt ja nicht gerade mit Einladungen nur so um sich. Hast du mir nicht erzählt, es sei die Rede davon, dass Widmerpool jemanden heiraten wolle? Eine Vowchurch, oder? Wie auch immer, ich hab Widmerpool neulich getroffen, und er sprach von dir.«

»Was hat er gesagt?«

»Er erwähnte nur, dass er dich kenne. Er sagte, es sei vernünftig von dir gewesen zu heiraten. Er meinte, es sei schade, dass du keinen geregelten Job finden könntest.«

»Aber ich habe einen geregelten Job.«

»Nicht in seinen Augen. Bestimmt nicht in seinen Augen. Er sagte, er fürchte, du ließest dich ein wenig treiben.«

»Und wie war er sonst so?«

»Ich hab noch nie einen Menschen getroffen, der über den Thronverzicht so enttäuscht war«, sagte Lovell. »Als ob es Widmerpool gewesen sei, der abdanken musste. Meine Güte, wie der sich das zu Herzen genommen hat.«

»Und was hat ihn besonders getroffen?«

»Wenn ich das richtig verstanden habe, hatte er mit einer

brillanten gesellschaftlichen Karriere für sich gerechnet, wenn die Dinge anders verlaufen wären.«

»Der Beau Brummell der neuen Regentschaft.«

»So etwas Ähnliches.«

»Wo hast du ihn getroffen?«

»Widmerpool besuchte mich in meinem Büro. Er wollte, dass ich in meinen Artikel einen Absatz über einige seiner halbgeschäftlichen Aktivitäten einfließen lasse. Einen dieser ruhigen kleinen Lobgesänge, weißt du, die die Werbeabteilung nichts kosten, aber das Herz des Verkaufsleiters erwärmen.«

»Und? Hast du ihm den Gefallen getan?«

»Ich doch nicht«, sagte Lovell.

Lovell war keineswegs ohne eine gesunde Spur von Bosheit, und er hatte auch einen feinen Sinn für die Möglichkeiten der Machtausübung, die sein Job ihm bot.

»Ich höre, dein Schwager, Erry Warminster, ist auf dem Weg zurück von Spanien«, sagte er.

»Das ist mir völlig neu.«

»Errys eigene Familie ist immer die letzte, die hört, was er so treibt.«

»Wer ist deine Quelle?«

»Das Büro, wie gewöhnlich.«

»Langweilt ihn der spanische Krieg?«

»Er ist krank – hatte auch Streit mit Leuten von seiner eigenen Seite.«

»Was fehlt ihm denn?«

»Anzeichen von Ruhr, hat jemand gesagt.«

»Etwas Ernsthaftes?«

»Glaube ich nicht.«

Nachdem wir vereinbart hatten, dass er uns in der nahen Zukunft in unserer Wohnung besuchen würde, trennten wir uns. Am folgenden Tag traf ich Quiggin in Members' Büro. Er war in einer mürrischen Stimmung. Ich sagte ihm, dass mir sein Artikel über St. John Clarke gefallen habe. Normalerweise hörte Quiggin Lob genauso gerne wie die meisten anderen

Menschen. An diesem Tag aber schien meine Bemerkung seine üble Laune nur noch zu erhöhen. Doch er bestätigte die Neuigkeit über Erridge.

»Ja, ja«, sagte er ungeduldig. »Natürlich stimmt es, dass Alfred zurückkommt. Nimmt denn seine Familie gar kein Interesse an ihm? Das wenigstens hätte sie doch herausfinden können.«

»Geht es ihm schlecht?«

»Es sind unangenehme Beschwerden.«

»Aber sonst ist er mit heiler Haut davongekommen? Das ist ja schon etwas, wenn Krieg herrscht.«

»Alfred ist ein zu simpler Mensch, um sich auf etwas so Praktisches wie das Kämpfen in einem ideologischen Krieg einzulassen«, sagte Quiggin in einem strengen Ton. »Er ist ein typischer, aristokratischer Idealist, leider. Vielleicht ist es ganz gut, dass seine Gesundheit nicht mehr mitgemacht hat. Er war natürlich nie besonders kräftig. Er ist der Letzte, der das nicht zugeben würde. Redete ja auch dauernd von seiner Gesundheit. Wie ich früher schon mal gesagt habe, Alf ist ein wenig wie Fürst Myschkin in ›Der Idiot‹.«

Ich war erstaunt über Quiggins Haltung gegenüber Erridges Krankheit. Ich versuchte, mir vorzustellen, wer Quiggin in Dostojewskis Roman sein würde, wenn Erridge Fürst Myschkin wäre und Mona – vermutlich – Nastassja Filippowna. Es war zu kompliziert. Ich konnte mich nicht mehr deutlich genug an die Geschichte erinnern. Quiggin redete weiter.

»Ich habe etwas über Alfs Schwierigkeiten von einem unserer eigenen Agenten gehört, der gerade aus Barcelona zurückgekommen ist«, sagte er. »Alf scheint einen großen Mangel an politischem Fingerspitzengefühl – vielleicht sollte ich sagen ein großes Maß an kindlicher Unschuld – gezeigt zu haben. Offenbar hat er POUM, FAI, CNT und UGT behandelt, als seien sie alle die gleichen linksgerichteten Ableger der Labour Party. Es überraschte mich nicht zu hören, dass man im Begriff war, ihn zu verhaften, als er sich entschloss, Spanien zu verlassen. Wenn du nicht den Unterschied kennst zwischen einem Trotzkisten, einem Anarchosyndikalisten und einem vollgültigen Mitglied der Labour Party, solltest du dich besser von den Barrikaden fernhalten.«

»Wie du, nicht?«

»Es ist nicht fair den Arbeitern gegenüber.«

»Sicher nicht.«

»Alfreds Aufgabe war es, hier in England zu organisieren.«

»Warum nimmt er nicht die Idee wieder auf, eine Zeitschrift zu gründen?«

»Ich weiß es nicht«, sagte Quiggin in einem Ton, der das Thema beendete.

Erridge war bei Quiggin schlecht angeschrieben: ein Freund, über den in hohem Maße enttäuscht zu sein, Quiggin nicht verhehlen konnte; ein Mann, der der historischen Herausforderung nicht gewachsen war. Ich vermutete, dass Quiggin Erridges unmittelbar bevorstehende Rückkehr aus dem spanischen Krieg, wie immer unfreiwillig sie auch sein mochte, als einen Verrat betrachtete. Dies schien mir ungerecht von Quiggin, da doch Erridges gesundheitlicher Zusammenbruch die Folge seines Versuchs war, einer Sache zum Erfolg zu verhelfen, für die Quiggin selbst mit Worten so energisch eintrat. Auch wenn Erridge nicht im Feld (wo Howard Craggs Neffe bereits gefallen war) gekämpft hatte, so hatte er doch andere Risiken auf sich genommen, um seine Prinzipien in die Praxis umzusetzen. Wenn es stimmte, dass er für eine Verhaftung vorgemerkt war, hätte er vielleicht hinter den Linien exekutiert werden können. Quiggins Einsatz für die Verwirklichung seiner enthusiastischen Ziele war geringer. Doch wie sich später erwies, gab es an jenem Nachmittag wahrscheinlich einen anderen Grund für Quiggins Verärgerung über Erridge.

Erridge kam ein oder zwei Tage später in London an. Es ging ihm gar nicht gut, und er begab sich sofort in eine Klinik – zufälligerweise die gleiche, auf deren Korridoren ich Moreland, Brandreth und Widmerpool begegnet war. Den Platz dort hatte Frederica für ihren Bruder organisiert – eine Frau, die ihm von

allen Tollands ideologisch am fernsten, in anderer Hinsicht
jedoch am nächsten stand, und zwar sowohl weil sie vom Alter
her nahe beieinanderlagen, als auch weil sie eine gewisse Rigi-
dität im Vertreten ihrer individuellen Auffassungen gemeinsam
hatten. Die zwei mochten verschiedener Meinung sein, sie
verstanden aber ihre gegenseitige Hartnäckigkeit. Als Erridge
sich in der Klinik eingewöhnt hatte, besuchten ihn seine Brüder und Schwestern dort. Ihnen wurde ein lauwarmer Empfang zuteil. Erridge war einer jener egoistischen Menschen,
die praktisch unfähig sind, ihre Ichbezogenheit so in Szene
zu setzen, dass ihnen ein öffentlicher Vorteil daraus erwächst.
Er hatte ohne Zweifel ungewöhnliche Erfahrungen gemacht,
war aber nicht in der Lage, oder auch nicht willens, diese mit
anderen zu teilen. Isobel kam von einem Besuch zurück und
beschrieb, wie sein struppiger Bart über die Kante seiner mit
Papieren völlig übersäten Bettdecke ragte, die aussah wie ein
Patchworkquilt aus Publikationen des Verlags Boggis & Stone,
die von den verschiedenen Aspekten des spanischen Dilemmas
handelten. Norah, die bis zu einem gewissen Grad Erridges
politischen Standpunkt teilte, äußerte offen ihre Verachtung.

»Erridge hält sich stets für den einzigen Menschen auf der
Welt, der je krank war«, sagte sie. »Seine Zeit in Spanien scheint
ein totaler Reinfall gewesen zu sein. Er war nicht an der Front,
und Hemingway hat er auch nicht getroffen.«

Wie Norah – und vor ihr Quiggin – bemerkt hatte, beschäftigte sich Erridge sehr intensiv mit seiner eigenen Gesundheit,
die auch allgemein nicht gut war. Jetzt, wo er so krank war,
dass sein Befinden nicht mehr nur als bloße Unpässlichkeit
abgetan werden konnte, war ihm dieser körperliche Zustand
nicht unwillkommen. Die Krankheit verlieh seiner Existenz
eine erhöhte Realität, eine größere Seriosität als ihm, wie er
meinte, von seiner Familie bisher zugestanden worden war.
Nun konnte er sich ganz sicher darauf berufen, dass er von
einem Gebiet zurückgekehrt war, wo er sich als ein Mann der
Tat gezeigt hatte. Obwohl er es vielleicht vorzog, seinen Ver-

wandten mit Kälte zu begegnen, war er sich doch wenigstens sicher, nun ins Zentrum der Tolland'schen Aufmerksamkeit gerückt zu sein. Wie sich dann jedoch ergab, konnte er sich dieser Position nur kurze Zeit erfreuen, denn sein neuer Status wurde plötzlich durch den Autounfall seines Bruders Hugo wieder beeinträchtigt.

Hugo Tolland hatte nicht lange vor dieser Zeit seinen Abschluss an der Universität gemacht, wo er es unter dem ständigen Druck eines drohenden Verweises seitens der Verwaltung geschafft hatte, den dreijährigen Kurs durchzustehen und zu jedermanns Überraschung sogar ein einigermaßen passables Prüfungsergebnis zu erzielen. Vom Standpunkt der Familie aus gesehen, galt Hugo als derjenige unter den männlichen Tollands, der am wenigsten zu Hoffnungen berechtigte. Zwar war Erridge schon vor dem Tod seines Vaters als ›unheilbar merkwürdig‹ abgeschrieben worden, aber Erridge war ein ›ältester Sohn‹. Auch Angehörige der älteren Generation – wie sein Onkel, Alfred Tolland –, denen es sehr darauf ankam, dass die Konventionen streng eingehalten wurden, taten ihr eigenes, diszipliniertes Festhalten an der Konvention dadurch kund, dass sie anerkannten, dass Erridges Betragen, so bedauerlich es auch sein mochte, seine eigene Angelegenheit sei. Als ältester Sohn war er, obwohl auf keinen Fall jenseits aller Kritik, doch ausgenommen von jener bis zum Äußersten gehenden, absoluten Missbilligung, die die jüngeren Söhne treffen konnte. Außerdem, niemand konnte sagen, wie sich der älteste Sohn entwickeln würde, nachdem er das Erbe angetreten hatte. Dies war ein bevorzugtes Thema von Chips Lovell, der immer von »dem klassischen Fall Henry V. und Falstaff« sprach. Erridge mochte sonderbar sein; Tatsache war, er würde das Oberhaupt der Familie werden, beziehungsweise war es jetzt. Bei Hugo lag die Sache ganz anders. Er würde, wenn er einundzwanzig Jahre alt wurde, zwischen drei- und vierhundert Pfund im Jahr erben und seinen eigenen Weg in der Welt gehen müssen.

Während er noch auf der Universität war, gab es bei Hugo

keine Anzeichen dafür, dass er sich auf dieses Schicksal vorzubereiten gedachte. Äußerlich gesehen, war er ein ziemlich intelligenter, nicht sehr gutaussehender, unglücklicher, ganz amüsanter junger Mann, der gerne ungewöhnliche Kleidung trug und abwegige Dinge tat. Da die Tendenz in seiner eigenen Studentengeneration dahin ging, sich für Politik und Ökonomie – beides von einem linksgerichteten Standpunkt aus – zu interessieren, »posierte« er als »Ästhet« (seine eigenen Worte). Er pflegte Räucherstäbchen in seinen Zimmern zu verbrennen und eine halbe Flasche Grünen Chartreuse zu kaufen, einen Likör, an dem er von Zeit zu Zeit ›nippte‹ und der, wie das Öl im Krug der Witwe, sich nie zu erschöpfen schien, denn er trank nur viel, wenn er einen seiner Anfälle bewusst schlechten Betragens bekam. Zuerst hatte sich Sillery seiner angenommen. Zweifellos hatte er gehofft, Hugo würde für ihn auf Gebieten ein Pluspunkt sein, auf denen er mit anderen Professoren um die Macht kämpfte. Hugo aber hatte sich als widerspenstig erwiesen. Selbst Sillery, ein ausgewiesener Meister in der Behandlung von Studenten jeder Couleur und geübt darin, deren Fehlbarkeiten in seinen eigenen Vorteil umzumünzen, sah sich in große Verlegenheit gebracht, als auf einer seiner Teegesellschaften Hugo mit einem Stapel Pro-Franco-Pamphleten auftauchte und sie an die versammelten Gäste verteilte. Zu denen gehörte auch ein Parlamentsabgeordneter der Labour Party – zufälligerweise ein Katholik –, auf den für seine eigenen Zwecke einen guten Eindruck zu machen Sillery besonders großen Wert gelegt hatte. Die Geschichte hatte Sillerys altem Feind, Brightman, so großes Vergnügen bereitet, dass er sie dann Abend für Abend beim Essen am Tisch der Professoren wiederholte – *ad nauseam,* wie sich seine Kollegen beschwerten, sagte mir Short.

»Hugo wird in der gegenwärtigen Welt nie einen Platz für sich finden«, hatte seine Schwester Norah erklärt.

Norahs Schlussfolgerung, zu der sie nach einem Streit mit Hugo über Spanien gekommen war, stimmte mehr oder weniger mit der Auffassung des Rests der Familie überein. Doch dieses Urteil erwies sich als ein Irrtum. Anders als viele nach außen hin besser qualifizierte junge Männer fand er ohne offensichtliche Schwierigkeiten einen Job. Er erhielt eine Anstellung bei dem Antiquitätenhändler Baldwyn Hodges Ltd., einem Geschäft, das nebenbei auch innenarchitektonische Arbeiten ausführte. Obwohl bei weitem nicht die Art von Firma, die Molly Jeavons mit der Renovierung ihres eigenen Hauses beauftragen würde – oder, finanziell gesehen, könnte –, war, wie so viele andere seltsame Leute, ihre Geschäftsführerin, Mrs. Baldwyn Hodges selbst, eines Abends, als auch Hugo zugegen war, bei den Jeavons aufgetaucht. Eine ausgesprochene Expertin in der Behandlung reicher Leute, war Mrs. Baldwyn Hodges, eine fähige, lederzähe Dame mittleren Alters, der Typ von Frau, den Mr. Deacon, hätte er den Aufstieg ihres Geschäfts von kleinen Anfängen zum großen Erfolg in der stilbewussten Gesellschaft noch miterleben können, besonders verabscheut hätte. Am Abend bei den Jeavons fanden Hugo und Mrs. Baldwyn Hodges einander sympathisch. Bei der Ausstellung der Surrealisten trafen sie sich wieder. Was immer der Grund gewesen sein mochte – wahrscheinlich ja Hugos eigene, obwohl damals noch nicht allgemein erkannte, aber unterschwellig vorhandene robuste Härte –, Mrs. Baldwyn Hodges bewies, dass sie Hugo mochte, auf eine praktische Weise dadurch, dass sie ihn als Anlernling in ihr Geschäft aufnahm. Am Anfang bekam er nicht viel Geld. Vielleicht musste er zu Beginn sogar eine Art Gebühr entrichten. Aber von Zeit zu Zeit verdiente er ein wenig, indem er etwas in Kommission verkaufte. Und er mochte seinen Job. Ja, es gab mehr und mehr Anzeichen dafür, dass er gut darin war, Leuten Möbel zu verkaufen und sie hinsichtlich der Wände ihres Salons zu beraten. Chips Lovell (dem man kürzlich von Freud erzählt hatte) erklärte, dass Hugo »nach einer Mutter suche«. Vielleicht hatte er recht. Mrs. Baldwyn Hodges lehrte Hugo gewiss eine ganze Menge.

Wie auch immer, Hugos Anstellung hielt ihn nicht davon ab, die Gesellschaft von Leuten zu suchen, die Mr. Deacon »unartige junge Männer« zu nennen pflegte. Bei einem Ausflug mit dieser Art von Kumpanen überschlug sich das Auto, und Hugo brach sich ein Bein. Eine Folge dieses Unfalls war, dass Hugo einige Wochen lang in Hyde Park Gardens ans Bett gefesselt war, wo er einen »Konkurrenzsalon«, wie er es selbst bezeichnete, zu Erridges Zimmer in der Klinik einrichtete. Diese Situation hatte, so absurd das klingen mag, eine beträchtliche Wirkung auf die Geschwindigkeit von Erridges Genesung. Hugo versuchte sogar, seine eigene Indisponiertheit als eine Art Travestie auf Erridges Lage darzustellen, indem er vorgab, der Unfall mit dem Auto sei das Ergebnis politischer Sabotage gewesen, die von seiner Schwester Norah zusammen mit Eleanor Walpole-Wilson organisiert worden sei. Es war alles sehr albern und typisch Hugo. Aber Hugo zu besuchen war unter diesen Umständen, darin stimmten alle überein, amüsanter als ein Besuch bei Erridge. Doch auch wenn Erridge nie erkennen ließ, dass er sich über Besuche freute, und nicht willens war, viel von seinen Erfahrungen in Spanien preiszugeben, so tolerierte er zumindest das Interesse anderer Leute an dem, was ihm in Spanien zugestoßen war. Etwas anderes war es, wenn seine Verwandten nur zu ihm kamen, um ihm von den Kapriolen seines jüngsten Bruders zu berichten, der für ihn eine Art zu leben repräsentierte, die er am allermeisten missbilligte. Die Konsequenz war, dass Erridge früher als erwartet nach Thrubworth zurückkehrte. Bei seiner Ankunft dort traf er auf eine Menge Sorgen, denn sein Butler, Smith, erkrankte unmittelbar an einer Bronchitis.

Etwa zu der gleichen Zeit, als Erridge London verließ, rief Moreland mich an. Ohne dass beide Seiten etwas gesagt hätten, waren unsere Treffen irgendwie eingeschlafen. Wir hatten nur auf Partys oder bei sonstigen Gelegenheiten, wo wir von anderen Leuten umgeben waren, miteinander gesprochen. Und es war eine Ewigkeit her, seit wir jene langen Unterhaltungen über das Leben oder die Künste geführt hatten, die in der Vergangenheit ein so dominanter Aspekt meiner Bekanntschaft mit Moreland gewesen war. Am Telefon klang seine Stimme beherrscht, praktisch, farblos – so wie die des »nüchternen Engländers mit seiner Pfeife«, wie er selbst gesagt hätte.

»Wie geht es Matilda?«

»Sie verbringt einen großen Teil ihrer Zeit ohne mich außer Haus, auf Theaterproben und so weiter. Heute Abend zum Beispiel geht sie mit einigen ihrer Theaterleute aus.«

»Komm zu uns und iss mit uns zu Abend.«

»Ich kann nicht. Ich hab musikalische Verpflichtungen bis so gegen zehn. Ich hab gesagt, ich würde danach bei Maclintick vorbeischauen. Ich dachte, du hättest vielleicht Lust mitzukommen.«

»Warum?«

»Ich frage dich, weil ich Unterstützung brauche. Ich gebe zu, es ist kein sehr einladender Vorschlag.«

»Noch weniger einladend als gewöhnlich? Erinnerst du dich an unseren letzten Besuch?«

»Also, du weißt, was passiert ist?«

»Nein.«

»Maclinticks Frau hat ihn verlassen.«

»Das ist mir neu.«

»Mit Carolo.«

»Wie unbesonnen.«

»Und obendrein hat Maclintick noch seinen Job verloren.«

»Ich wusste gar nicht, dass er einen Job hatte.«

»Doch, hatte er. Jetzt nicht mehr.«

»Hat eine Zeitung ihn entlassen?«

»Ja. Ich dachte, wir könnten uns in einer Kneipe treffen und dann zu Maclintick nach Hause gehen. Er sitzt nur da und arbeitet die ganze Zeit. Ich hab mit Gossage über Maclintick gesprochen. Wir sind ein bisschen in Sorge. Ein Besuch heitert ihn vielleicht auf.«

»Ich bin sicher, er würde dich viel lieber nur alleine sehen.«

»Das ist ja gerade das, was ich vermeiden will.«

»Warum nimmst du nicht Gossage mit?«

»Gossage ist heute Abend beschäftigt. Außerdem, er ist ein zu alter Freund. Er geht Maclintick auf die Nerven.«

»Aber ich doch auch.«

»Aber anders. Zudem, du hast keine Ahnung von Musik. Es sind Leute, die mit Musik zu tun haben, die Maclintick nicht ausstehen kann.«

»Ich sehe ihn nur einmal alle zwei Jahre, und selbst nach solchen Intervallen kommen wir nicht besonders gut miteinander aus.«

»Genau, weil Maclintick dich nie sieht, möchte ich, dass du mitkommst. Ich will nicht eine peinliche Zeit tête-à-tête mit ihm verbringen. Ich kann das jetzt nicht ertragen. Ich hab genug eigene Sorgen.«

»Also gut, wo sollen wir uns treffen?«

Moreland besaß eine extensive Kenntnis der Londoner Gastwirtschaften. Er nannte eine Kneipe in Maclinticks Nachbarschaft. Ich erzählte Isobel, was wir vereinbart hatten.

»Versuche herauszufinden, was mit Priscilla los ist«, sagte sie. »Soweit wir wissen, planen sie vielleicht auch, zusammen durchzubrennen. Man muss nach vorne sehen.«

Das »Nag's Head«, die Kneipe, die mir Moreland genannt hatte, war kein besonders attraktives Lokal. Mir fiel wieder ein, dass es dieses Etablissement gewesen war, an das sich Mrs. Maclintick durch das ungeschlachte Betragen ihres Mannes auf dem Empfang von Mrs. Foxe erinnert gefühlt hatte. Moreland sah müde aus, als er eintraf. Er sagte, er sei den ganzen Tag in London herumgestiefelt. Ich fragte nach weiteren Details der Situation Maclinticks.

»Da gibt es nicht viel zu sagen«, meinte Moreland. »Audrey und Carolo sind an einem Nachmittag in der letzten Woche zusammen abgehauen. Maclintick war zu seinem Arzt gegangen, um mit ihm über seine Nierenprobleme zu sprechen. Sie werden nicht richtig durchgespült oder so was. Er fand eine

Nachricht, als er zurückkam. Sie sagte, dass sie für immer gegangen sei.«

»Und dann hat er noch obendrein seinen Job verloren?«

»Er hatte einen scharfen Artikel über ein Konzert geschrieben, zu dem er geschickt worden war. Die Zeitung weigerte sich, ihn zu drucken. Maclintick machte Ärger. Der Redakteur gab zu bedenken, ob Maclintick nicht glücklicher wäre, wenn er für eine Zeitschrift schriebe, die auf ein begrenzteres Publikum abzielt. Maclintick antwortete, dieses Gefühl habe er selbst schon seit einiger Zeit. Und so trennten sich ihre Wege.«

»Ist er jetzt völlig pleite?«

»Wahrscheinlich hat er noch ein paar kleinere Eisen im Feuer. Ich weiß es nicht. Maclintick ist nicht gerade jemand, der mit finanziellen Dingen gut zurechtkommt.«

»Sieht er sich nach einem anderen Job um?«

»Er arbeitet entweder an seinem Buch, oder er nimmt sich ganz schön einen zur Brust, seit das alles passiert ist – und wer könnte ihm das verdenken?«

Wir machten uns auf zu Maclinticks Haus.

»Wann ist die Aufführung von Matildas Stück?«

»Sie scheinen es nicht genau zu wissen.«

Moreland machte nicht den Eindruck, dass er das Thema der Bühnenkarriere Matildas weiter zu verfolgen wünschte. Ich drängte ihn auch nicht mehr dazu. Ich fragte mich, ob er wisse, dass Matilda mir von ihrer früheren Ehe mit Carolo erzählt hatte. Wir gingen wieder an jenen düsteren, trostlosen Plätzen entlang, von denen die Dunkelheit selbst den kleinen Rest von Leben vertrieben hatte, der sie bei Tage heimsuchte. Moreland war deprimiert und sprach nur wenig. Der vor uns liegende Abend bot auch wirklich keine Aussicht auf etwas, das unsere Laune hätte stimulieren können. Endlich erreichten wir Maclinticks schreckliche kleine Behausung. Im oberen Stockwerk brannte Licht. Ich fühlte mich niedergedrückt. Doch als Maclintick die Haustür öffnete, schien er in einem besseren Zustand zu sein, als mich Morelands Berichte hatten erwarten lassen. Er trug keinen Kragen und hatte sich seit mehreren Tagen nicht mehr rasiert, doch diese Unterlassungen schienen eher bewusste Zeichen seiner Emanzipation von der Sklaverei der Ehe und des Journalismus zu sein als Nachlässigkeiten, die von Trauer und Verzweiflung provoziert worden waren. Im Gegenteil, die nervöse Spannung, von der er in den Tagen zuvor beherrscht gewesen war, hatte seine normalerweise grantige Art in so etwas wie Leutseligkeit verwandelt.

»Kommt herein«, sagte er. »Ihr braucht was zu trinken.«

Uns kam ein wirklich kolossaler Whiskeydunst entgegen, als wir die Türschwelle überschritten.

»Wie ist die Lage?«, fragte Moreland. Er klang ziemlich unsicher.

»Gefeuert werden hält einen jung«, sagte Maclintick. »Ihr solltet es versuchen. Alle beide. Ich hab endlich die Ruhe gefunden, um wirklich arbeiten zu können, jetzt, wo ich das verdammte Käseblatt los bin – und auch in anderer Hinsicht freier, möchte ich hinzufügen.«

Trotz dieser von Maclintick zur Schau gestellten, eher aggressiven Gleichmütigkeit hing eine schreckliche Wolke der Resignation über dem Haus. Das Wohnzimmer war unsagbar verdreckt, schmutzige Teetassen standen oben auf dem glastürigen Bücherschrank, Gläser mit Bierpfützen zwischen den grässlichen Ornamenten auf dem Kaminsims. Die Hintergrundatmosphäre ungemachter Betten und ungespülten Geschirrs wurde beherrscht von einem abscheulichen, undefinierbaren Geruch. Wie es Menschen tun, wenn sie in einer solchen Situation sind, begann Maclintick sofort, über seine missliche Lage zu reden; und zwar ganz objektiv, ganz so als ob die Erfahrung weit entfernt liege, als ob es – was ja in gewissem Sinne stimmte – keinen Grund auf der Welt gebe, warum wir über irgendetwas anderes als die persönlichen Angelegenheiten Maclinticks sprechen sollten.

»Als ich feststellte, dass sie abgehauen war«, sagte er, »hab ich einen großen Seufzer der Erleichterung ausgestoßen. Das war meine erste Reaktion. Später habe ich dann kapiert, dass ich mein Abendessen selbst zu machen hatte. Ich fand auch etwas, das ich endlich mal mochte – Sardinen und eine Menge Paprika – und dazu einen steifen Drink. Dann begann ich, über alles nachzudenken. Ich dachte über Carolo nach.«

Moreland lachte gequält. Er war ein Mensch, dem es nicht leichtfiel, mit menschlichem Kummer umzugehen. Seinem Temperament fehlte jene leichte, unmittelbare Sympathie, die auf ganz einfache Weise reagiert und instinktiv das richtige Wort zu jemandem zu sagen weiß, der verzweifelt unglücklich ist. Es mangelte ihm auch an jener subjektiven, rücksichtslosen Neigung, sich anderer Leute Angelegenheiten anzunehmen, die oft Menschen, die im Grunde herzlos sind, sehr geschickt darin sein lässt, wirkungsvollen Trost zu spenden. »Ich weiß nie, welches der richtige Moment ist, einem trauernden Hinterbliebenen bei einer Beerdigung den Arm zu drücken«, hatte er einmal gesagt. »Einige Leute können das auf die Sekunde genau beurteilen.« Kurz gesagt, nichts außer echtem Mitleid für Maclinticks Lage hätte ihn an diesem Abend zu dessen Haus bringen können. Es war ein Freundschaftsakt beträchtlicher Größe.

»Hat Carolo jetzt einen Job?«, fragte Moreland.

»Dass er einen Job angenommen hat, scheint der Auslöser der ganzen Sache gewesen zu sein«, sagte Maclintick, »oder vielleicht auch *vice versa*. Er hat sich endlich dazu durchgerungen, dass es seinem Genie durchaus erlaubt ist, Unterricht zu geben. Irgendwo im Norden Englands, habe ich gehört. Da kommt er ja eigentlich her. Ich kann mich jetzt nicht erinnern. Kurze Zeit bevor sie zusammen abgehauen sind, hat er mal davon gesprochen. Muss ich erwähnen, dass er gegangen ist, ohne die Miete zu bezahlen? Ich frage mich, wie er und Audrey miteinander zurechtkommen werden. Gestern bin ich bei einem Rechtsanwalt gewesen.«

»Du willst dich scheiden lassen?«

Maclintick nickte.

»Warum nicht«, sagte er, »wenn man schon mal die Chance hat? Vielleicht ändert sie ja ihre Meinung. Lasst mich euch etwas einschütten.«

Dieses ganze Gerede war ausgesprochen peinlich. Ich vermutete, Moreland wisse genauso wenig wie ich, ob Maclintick wirklich froh war, seine Frau losgeworden zu sein, oder im Gegenteil am Boden zerstört, weil sie ihn verlassen hatte. Beide Möglichkeiten waren glaubhaft. Anzunehmen, Maclintick müsse, weil sie sich dauernd gestritten hatten, gewünscht haben, sich von ihr zu trennen, konnte ein völliger Irrtum sein. Es war gleichermaßen schwierig zu sagen, ob er wirklich erleichtert darüber war, nicht länger für die Zeitung zu arbeiten, bei der er bis zur vorhergehenden Woche eine Anstellung gehabt hatte, oder ob ihm, im Gegenteil, die Aussicht, sich einen neuen Job suchen zu müssen, extreme Sorgen bereitete. Was den Job anging, war es durchaus wahrscheinlich, dass bei ihm beide Gemütslagen gleichzeitig existierten; und was seine Frau betraf vielleicht ebenfalls. Moreland war offensichtlich unsicher, wie er auf Maclintick reagieren solle, der anscheinend Freude daran fand, mit seinen wahren Gefühlen hinter dem Berg zu halten, während er über die Auswirkungen seiner eigenen Situation sprach.

»Habe ich euch je erzählt, wie ich Audrey kennengelernt habe?«, fragte er plötzlich.

Wir hatten uns eine Zeitlang über Anstellungen bei Zeitungen unterhalten. Moreland hatte seine Meinung über Musikjournalismus im Besonderen dargelegt, aber früher oder später gab Maclintick das vorliegende Thema auf und kam immer wieder auf seine Frau zu sprechen. Moreland sah nicht glücklich aus, als die Frage kam.

»Nie«, sagte er.

»Durch Gossage«, sagte Maclintick.

»Welch eine Überraschung.«

»Es gab da einen Angestellten in Gossages Bank, der sich sehr für Sibelius interessierte«, sagte Maclintick. »Sie unterhielten sich immer über Musik, wenn Gossage zu der Bank kam, um einen Scheck zu kassieren oder über seine Überziehung zu sprechen – falls Gossage je etwas so Unordentliches wie eine Kontoüberziehung hatte, was ich bezweifele.«

»Wenn Gossage zu der Bank kam, um dort die Schmiergelder von korrupten Musikern, die gute Kritiken wünschten, einzuzahlen«, meinte Moreland.

»Möglich«, sagte Maclintick. »Ich wünschte nur, einige von ihnen böten mir auch gelegentlich Schmiergeld an. Also, Gossage lud diesen jungen Mann, er hieß Stanley, ein, ihn zu einem privaten Kammerkonzert zu begleiten.«

Moreland lachte laut auf, viel lauter, als es der Stand der Geschichte gerechtfertigt hätte. Es war seine Nervosität. Auch ich lachte sehr.

»Stanley fragte, ob er seine Schwester mitbringen dürfe«, sagte Maclintick. »Ich musste, meiner Sünden wegen, ebenfalls zu dem Kammerkonzert gehen. Audrey war die Schwester.«

Moreland schien von der Geschichte genauso überrascht wie ich. Solche autobiografischen Details von sich zu geben, sah Maclintick gar nicht ähnlich. Die Umwälzungen in seinem Leben hatten sein ganzes Verhalten geändert.

»Ich fand sofort Gefallen an ihr, als ich sie sah«, sagte Maclintick. »Das ist seltsam, denn gut aussehen tut sie ja nicht gerade. Das war ein schwarzer Tag für mich – ein schwarzer Tag für beide von uns, nehme ich an.«

»Was passierte dann?«, fragte Moreland.

Seine Neugier war geweckt. Selbst er, der Maclintick so viel besser als ich kannte, fand diese Eröffnungen erstaunlich.

»Weißt du«, sagte Maclintinck. Er sprach langsam, als ob er sich immer noch über seine eigene Ungeschicklichkeit in solchen Dingen wundere.« Weißt du, ich hab den ganzen Abend kein Wort mit ihr gewechselt. Wir wurden nur einander vorgestellt. Mir fiel nichts ein, was ich hätte sagen können. Sie schlenderte zu irgendeiner anderen Gruppe, und ich ging früh nach Hause.«

»Und was hast du als Nächstes getan?«

»Ich musste Gossage dazu bringen, ein weiteres Treffen zu arrangieren. Das war verdammt schwierig. Gossage wollte es absolut nicht machen. Er mochte Stanley, aber mit seiner Schwester wollte er nichts zu tun haben.«

»Und dann?«

»Ich hatte nicht die geringste Ahnung davon, was man so macht, wenn man mit Frauen ausgeht, auch als Gossage uns dann wieder zusammenbrachte.«

»Wie hast du es denn dann geschafft zu heiraten?«

»Weiß Gott«, sagte Maclintick, »das frage ich mich auch oft.«

»Es muss doch einen Moment gegeben habe, wo ihr zu einem gewissen Einverständnis gekommen seid.«

»Es hat nie viel Einverständnis zwischen uns gegeben. Wir haben uns von Anfang an gestritten. Aber eine Sache ist interessant. Gossage sagte mir später, dass Audrey an dem Abend des Kammerkonzerts nur einmal ihren Mund aufgemacht habe – und das war, um nachzufragen, wie ich hieße, und um sich zu erkundigen, welchen Beruf ich hätte.«

»Es hat keinen Sinn, gegen das Schicksal anzukämpfen«, meinte Moreland lachend. »Das habe ich immer gesagt.«

»Gossage erzählte ihr, dass ich Musiker sei«, sagte Maclintick. »Ihr Kommentar war: ›Ach Gott.‹«

»Das halte ich für einen ganz natürlichen Kommentar«, sagte Moreland.

»Sie ist absolut unmusikalisch«, sagte Maclintick. Er sprach, als ob er lange über diese Sache nachgedacht habe. »Sie hat so ihre Vorlieben und Abneigungen. Aber sie ist ziemlich gut darin, sich an Fakten zu erinnern und dir später deswegen zu widersprechen. Ihr Bruder hatte sie zu dem Kammerkonzert geschleift. Ich weiß überhaupt nicht, warum.«

»Er hat sie als Anstandsdame mitgebracht«, sagte Moreland.

»Stanley war der Einzige in der Familie, der was von Musik verstand«, sagte Maclintick. »Ich werde unsere gelegentlichen

Treffen vermissen. Wir hatten zweimal im Jahr einen gemeinsamen Bierabend. Stanley kann keinen irischen Whiskey trinken. Aber wisst ihr was, es ist erstaunlich, wie schnell sich Frauen technischen Jargon aneignen können. Audrey pflegte sich mit mir – mit jedem – über Musik zu streiten. Ich hörte einmal, wie sie Gossage dazu brachte, sich in seinen Ansichten über ›Les Six‹ selbst zu widersprechen. Seltsam, wie sich die Musik in einer Familie zeigt. Ich hab sie durch meine Mutter, die eine Halbjüdin war. Mein Vater und mein Großvater hatten einen Leinenhandel. Sie sind vielleicht gelegentlich in ein Konzert gegangen. Das war aber auch schon alles.«

Moreland ergriff diese Gelegenheit, das Gespräch in allgemeine Bahnen zurückzulenken.

»Man kann nie sagen, was die Familien einmal hervorbringen werden«, sagte er. »Guckt euch Lortzing an, dessen Familie in Thüringen zwei Jahrhunderte lang das erbliche Henkeramt innehatte. Dann hörten die Lortzings plötzlich auf, Henker zu sein und brachten einen Komponisten hervor.«

»Man konnte sehr wohl ein musikalischer Henker sein, nehme ich an«, sagte Maclintick, »und bei der Arbeit Melodien summen.«

»Ich könnte mir gut vorstellen, dass einige der Musiker, die ich kenne, Henker werden«, sagte Moreland.

»Es ist erstaunlich, dass Lortzing bei solchen Vorfahren nicht Kritiker geworden ist«, sagte Maclintick. »Es lag ihm doch im Blut, wenn's nötig war, Leute zu exekutieren. Wusste sicher auch, den richtigen Knoten zu knüpfen für den Fall, dass er selbst an der Reihe war, diese sterbliche Hülle abzuschütteln. Lortzing hat eine Oper über deinen Freund Casanova geschrieben, nicht wahr? Erinnerst du dich noch an jenen Abend in Casanovas chinesischem Restaurant? Es ist Jahre her. Wir sprachen über Verführer und Don Juan und so was. Dieser Maler, Barnby, war auch da. Ich glaube, du auch, nicht wahr, Jenkins? Aus irgendeinem Grund habe ich oft über diesen Abend nachgedacht. Ich musste noch gestern

Abend daran denken. Ich hab mich gefragt, ob Carolo einer dieser Typen ist.«

Moreland zuckte leicht zusammen. Mir war nicht klar, ob Maclintick wusste, dass Matilda einmal mit Carolo verheiratet gewesen war. Ich entschied, dass er es wahrscheinlich nicht wusste. Maclintick war ein Mensch, der sich gewöhnlich wenig für die Vergangenheit anderer Leute interessierte. Es war sogar erstaunlich zu sehen, dass er ein so verhältnismäßig großes Interesse an seiner eigenen Vergangenheit zeigte.

»Carolo passt nicht in die Casanova-Don Juan-Kategorie«, sagte Moreland. »Ihm fehlt die Vitalität. Ist zu passiv. Allerdings, Passivität ist eine ganz gute Methode. Carolo sitzt einfach nur herum, bis eine Frau ihn heiratet oder mit ihm durchbrennt – aus schierer Verzweiflung darüber, dass es nichts gibt, über das sie reden könnten.«

Maclintick nickte mehrmals nachdenklich mit dem Kopf. Ihm schien diese Ansicht über Carolos Verführungstechnik zu gefallen. Er füllte unsere Gläser nach.

»Ich glaube, man kann einen Mann daran testen, welche Art von Frau er heiraten möchte«, sagte er. »Es war ganz vernünftig, was du gesagt hast, Moreland, und du hast richtig geraten. Ich hätte mich völlig aus dem Heiratsmarkt heraushalten sollen.«

»Die Ehe ist ein ganz schönes Problem für viele Leute«, sagte Moreland.

»Wisst ihr, Audrey war in gewisser Hinsicht mein Ideal«, sagte Maclintick, der, nachdem er den ganzen Tag – wahrscheinlich mehrere Tage lang – getrunken hatte, lallte und nicht immer absolut verständlich sprach. »Zweifellos war das von Anfang an ein Fehler. Wahrscheinlich ist überhaupt etwas falsch an der Vorstellung, man hätte sein Ideal verwirklicht – in der Kunst und auch überall sonst. Es ist ein Konzept, das immer nur geistiges Ziel bleiben sollte.«

»Nicht umsonst war Petrarcas Laura eine aus der Familie der Sadisten«, sagte Moreland.

»Mein Gott, ich wette, das stimmt«, sagte Maclintick. »Sie hätte ihm ganz schön die Hölle heißgemacht, wenn sie geheiratet hätten. Ich werde mich jetzt immer daran erinnern, dass sie eine Sadistin war, wenn ich dieses Bild von ihnen sehe. Ihr wisst, welches ich meine. Man sieht es ständig an den Wänden von Pensionen.«

»Das Bild, an das du denkst, Maclintick, stellt Dante und Beatrice dar«, sagte Moreland, »nicht Petrarca und Laura. Aber ich kenne das Bild, das du meinst – und ich denke, die fragliche Szene ist nicht weniger weit von dem entfernt, was wirklich passierte, als wenn es das andere Paar darstellte.«

»Du hast absolut recht, Moreland«, sagte Maclintick. Er schüttelte sich jetzt vor Lachen. »Dante und Beatrice – und ein verdammt schlechtes Bild, wie du sagst. Doch das ist die Art von Bildern, die ich eigentlich mag. Bilder spielen keine Rolle in meinem Leben. Die Musik gibt mir alles, was ich brauche. Vielleicht noch ein paar Gedichte, etwas deutsche Philosophie. Die Bilder kannst du behalten, ob sie nun eine Geschichte erzählen oder nicht.«

»Heutzutage kannst du beides haben«, sagte Moreland, aufgemuntert vom Alkohol. Er hatte endlich seine gute Laune wiedergefunden. »Der literarische Inhalt einiger Picassos lässt Arthur Hughes' ›Lange Verlobung‹ oder Barmleys ›Hoffnungsloser Morgen‹ wie trockene, pedantische Studien in reiner Abstraktion aussehen.«

»Du könntest genauso gut argumentieren, dass ›Ulysses‹ mehr ›erzählt‹ als ›Onkel Toms Hütte‹ oder die ›Rosenkranzsonaten‹«, sagte Maclintick. »Ich vermute, in gewisser Weise tut er das auch. Ich finde, allen Romanen mangelt es an Wahrscheinlichkeit.«

»Wahrscheinlichkeit ist der Ruin unserer Zeit«, sagte Moreland, in Fahrt kommend. »Alle möglichen Leute glauben doch, sie wüssten, was wahrscheinlich ist. Tatsache ist, dass die meisten nicht die geringste Idee davon haben, was um sie herum vorgeht. Ihre Schlussfolgerungen über das Leben basieren auf äußerst irrelevanten – und gewöhnlich fehlerhaften – Voraussetzungen.«

»Das trifft ganz sicher auf Frauen zu«, sagte Maclintick. »Aber wie auch immer, es braucht eine ziemliche Zeit, bis man realisiert, dass all der Kram, der einen dauernd so umschwirrt, der Prozess des Lebens ist. Mit Audrey hatte ich immer das Gefühl: ›Das kann nicht die Ehe sein‹ – und jetzt ist sie es nicht.«

Plötzlich begann im oberen Stockwerk das Telefon zu klingeln. Der Lärm kam aus dem Zimmer, in dem Maclintick arbeitete. Es klang schrill und alarmierend, wie eine bewusste Warnung. Maclintick machte zunächst keine Bewegung. Er schien stark beunruhigt. Dann nahm er, ohne etwas zu sagen, einen Schluck aus seinem Glas und ging die Treppe hinauf. Moreland sah mich an. Er verzog sein Gesicht.

»Ob Audrey zurückkommt?«, fragte er.

»Wir sollten bald gehen.«

»Das werden wir auch.«

Wir konnten Maclinticks Stimme nur schwach hören. Seine Worte waren nicht zu unterscheiden. Es klang so, als sei er unfähig zu verstehen, was man von ihm verlangte. In Anbetracht der Menge, die er getrunken hatte, war das nur allzu wahrscheinlich. Eine Minute später kam er ins Wohnzimmer zurück.

»Jemand für dich, Moreland«, sagte er.

Moreland sah sehr beunruhigt aus.

»Es kann nicht für mich sein«, sagte er. »Niemand weiß, dass ich hier bin.«

»Irgendeine Frau«, sagte Maclintick.

»Wer in aller Welt kann das sein?«

»Sie sagte dauernd, sie kenne mich«, sagte Maclintick, »aber ich konnte ihren Namen nicht verstehen. Die Leitung war ganz fürchterlich. Außerdem dröhnt mir der Kopf.«

Moreland ging zur Treppe. Maclintick hievte sich auf das Sofa. Er schloss seine Augen und atmete schwer. Ich hatte das Gefühl, viel getrunken zu haben, ohne dass sich eine große Wirkung eingestellt hätte. Wir verharrten im Schweigen. Moreland schien seit Jahrhunderten weg zu sein. Als er in das Zimmer zurückkam, lachte er.

»Das war Matilda«, sagte er.

»Sie klang kein bisschen nach Matilda«, sagte Maclintick, ohne die Augen zu öffnen.

»Sie sagte, sie habe nicht gewusst, dass du das warst. Du hättest so ganz anders geklungen.«

»Ich habe immer Schwierigkeiten, an diesem verdammten Telefon einen Namen zu verstehen«, sagte Maclintick. »Jetzt, wo ich darüber nachdenke: Sie sagte so etwas wie, sie sei deine Frau.«

»Matilda hat ihren Schlüssel vergessen. Ich muss sofort zurück. Sie steht dort vor der Tür.«

»Typisch Frau, das«, sagte Maclintick. »Es gab dauernd Ärger mit Carolos Schlüssel.«

»Wir müssen gehen.«

»Ihr erwartet nicht, dass ich euch zur Tür bringe, oder? Es war lieb von euch zu kommen.«

»Du solltest ins Bett gehen, Maclintick«, sagte Moreland. »Du kannst nicht die Nacht auf dem Sofa zubringen.«

»Warum nicht?«

»Es ist zu kalt. Das Feuer wird bald ausgehen.«

»Ich bin schon okay.«

»Geh ins Bett, Maclintick«, sagte Moreland.

Er stand da und sah zögernd auf Maclintick hinunter. Moreland konnte sehr bestimmt sein, wenn es um seine eigenen Meinungen ging; er verstand es, wie man hörte, auch sehr wohl, ein Orchester zu kontrollieren; aber ihm fehlte völlig die Kraft, einem Freund gegenüber eine autoritäre Haltung einzunehmen, der zu viel getrunken hatte und der Führung bedurfte. Ich erinnerte mich an die Szene, als Widmerpool und ich Stringham nach dem Ehemaligentreffen ins Bett gebracht hatten, und fragte mich, ob hier eine noch seltsamere Version jener Handlung vonnöten sei. Doch Maclintick rollte sich in eine sitzende Position, nahm seine Brille ab und rieb sich die Augen – ganz so, wie mein früherer Hausdirektor, Le Bas, wenn er sich nicht sicher war, ob einer seiner Schüler die Wahrheit sagte oder nicht.

»Vielleicht hast du recht, Moreland«, sagte Maclintick.

»Sicher habe ich recht.«

»Ich werde ins Bett gehen, wenn du darauf bestehst.«

»Ich bestehe darauf.«

Daraufhin machte Maclintick jene beängstigende Bemerkung, die für alle Ewigkeit seine Beziehung zu Moreland festlegte.

»Ich gehorche dir, Moreland«, sagte er, »mit dem angemessenen Respekt eines armseligen Zeitungskritikers gegenüber einem wahrhaft kreativen Künstler.«

Moreland und ich lachten sehr, aber es war ein schrecklicher Augenblick. Maclintick hatte mit jener seltsamen, gespenstischen Würde gesprochen, die ein Betrunkener plötzlich annehmen kann. Wir verließen ihn, als er unsicher die Treppe hinaufstieg. Wie durch ein Wunder wartete am anderen Ende der Straße ein Taxi.

»Ich hoffe, Maclintick ist okay«, sagte Moreland, als wir losfuhren.

»Er ist in einer ziemlich schlimmen Lage.«

»Ich bin selbst in einer schlimmen Lage«, sagte Moreland. »Du weißt wahrscheinlich Bescheid. Ich will dich nicht mit den Komplikationen meines eigenen Lebens langweilen. Ich hoffe, Matty macht sich nicht allzu viele Vorwürfe, wenn ich nach Hause komme. Aber was hat sie sich nur dabei gedacht, ihren Schlüssel zu vergessen? Etwas Freudianisches, vermute ich. Ich bin froh, dass wir Maclintick besucht haben. Was hältst du von ihm?«

»Ich glaube, er ist in einer schlimmen Verfassung.«

»Wirklich?«

»Ja.«

»Maclintick ist in einer schlimmen Verfassung«, sagte Moreland. »Es hat keinen Sinn, so zu tun, als ob er es nicht sei. Ich weiß nicht, wie das enden wird. Ich weiß nicht, wie überhaupt irgendwas enden wird. Es war seltsam, dass Maclintick Casanovas chinesisches Restaurant erwähnte.«

»Er wollte dich an deine Vergangenheit erinnern.«

»Barnby strebte geradewegs auf das Ziel zu«, sagte Moreland. »Das hat mir imponiert. Man muss Entscheidungen fällen, wenn es um Frauen geht.«

»Was sind deine Pläne – ungefähr?«

»Ich habe keine, wie gewöhnlich. Du kennst ja schon meine Theorie, dass jeder Mann drei Frauen haben sollte. Ich räume ein, dass ein solches Arrangement in der gegenwärtigen gesellschaftlichen Ordnung nicht realisierbar ist. Das ist der Grund, warum so viele Männer in solch einer misslichen Lage sind.«

Wir fuhren bis zu dem Haus, in dem ich wohnte. Moreland setzte die Fahrt zu Matilda in dem Taxi fort. Isobel schlief schon. Sie wachte kurz auf und fragte: »Hast du etwas Interessantes gehört?« »Nein«, antwortete ich. Sie schlief wieder ein. Auch ich schlief ein, schreckte aber nach ein, zwei Stunden auf und lag wach da und dachte darüber nach, wie grauenhaft der Besuch bei Maclintick gewesen war – nicht nur grauenhaft, sondern auch leicht außerhalb meines jetzigen Lebensbezirks; eine Zeitblase; ein Abend, der seinem Charakter nach zu einem Leben passte, das ich einige Jahre zuvor geführt hatte. Die Ehe verminderte die Zahl derartiger Episoden. Sie gehörten im Wesentlichen zu einer früheren Periode, zu den Tagen des Mortimer und des Casanova. Maclinticks Situation war unendlich bedrückend; doch Menschen fanden Auswege aus ihren bedrückenden Situationen. Nichts ist erstaunlicher, als die Fähigkeit des Menschen zu überleben. Ehe man sich's versah, hatte Maclintick vielleicht einen besseren Job, war er vielleicht mit einer erträglichen Frau verheiratet. Doch ich bezweifelte, dass das passieren würde. Weiter von quälenden Gedanken verfolgt, fiel ich schließlich in einen unruhigen, unerholsamen Schlaf.

Die Atmosphäre tiefer Resignation, die, wie ich zu spüren geglaubt hatte, an dem Abend, als Moreland und ich ihn besuchten, über Maclinticks Haus, ja, über der ganzen Gegend, in der er wohnte, hing, erwies sich dann als äußert real. Zwei oder drei Tage später erschien in der Abendzeitung ein kurzer Artikel, der berichtete, dass Maclinticks Leiche »in einem mit Gas gefüllten Zimmer« gefunden worden sei. Es war zweifellos das Zimmer, in dem er immer arbeitete und das seine Frau als »das einzige im Haus, in dem es warm ist« bezeichnet hatte. Der Geruch von Gas war aufgefallen; die Polizei öffnete gewaltsam das Haus. Die Zeitung beschrieb Maclintick als »einen Mann, der über musikalische Themen schrieb«. Wie beim Ableben St. John Clarkes verhinderten neue, beunruhigende Entwicklungen in der europäischen Situation, dass Maclinticks Tod der Grad von Aufmerksamkeit geschenkt wurde, den der Selbstmord eines Musikkritikers in friedlichen Zeiten erregt hätte. Die Nachricht war erschreckend, aber sie kam nicht als ein Schock daher. Es war ein kalter, zeitlupenhafter Schrecken; der Ablauf einer Geschichte, der deutlich das Ende fehlte. Ich versuchte, Moreland zu erreichen. Niemand beantwortete das Telefon. Es schien nie jemand zu Hause zu sein. Als ich es dann eines Tages wieder versuchte, war Matilda am Apparat. Sie begann sofort, über Moreland zu reden.

»Der arme Junge leidet furchtbar wegen Maclintick«, sagte sie. »Du weißt, wie sehr er auch nur die mildeste Form von Geschäftsgesprächen hasst. Jetzt hat er gerichtliche Untersuchungen und Gott weiß was am Hals.«

Matilda hatte sich stets gut mit Maclintick verstanden. Er war einer jener unausgeglichenen Menschen, mit denen sie perfekt umzugehen wusste. Es war anzunehmen, dass der Tod Maclinticks sie erschütterte. Dennoch merkte ich an ihrem Ton am Telefon, dass sie über etwas erfreut war; dass Maclinticks Selbstmord ihr Leben aus irgendeinem Grund leichter gemacht hatte. Wir sprachen eine Zeitlang über Maclintick und seine Angelegenheiten.

»Der arme alte Carolo«, sagte sie.

»Du meinst, er kann sich auf was gefasst machen?«

»Diesmal hat es ihn erwischt.«

»Und dein Stück?«

»Wird bald aufgeführt. Ich denke, es wird ein Erfolg werden.«

Ich vereinbarte ein Treffen mit Moreland. Es fand ein oder zwei Tage später statt. Er sah aus, als habe er eine unangenehme Zeit durchgemacht. Ich befragte ihn über Maclintick.

»Gossage und ich mussten das alles aufräumen. Es war ganz schön die Hölle.«

»Warum ihr zwei?«

»Es schien sonst niemanden zu geben. Ich kann dir nicht sagen, worauf wir uns eingelassen hatten. Es war schrecklich, dass er das getan hat. Natürlich konnte man es kommen sehen. Ganz sicher konnte man das. Aber das macht es überhaupt nicht besser. Maclintick war so was wie ein großer Freund von mir. Er konnte lästig werden. Aber er hatte auch einige sehr gute Seiten. Zum Beispiel war es nett von ihm, sich nicht an dem Abend umzubringen, an dem wir ihn besucht hatten. Das wäre noch viel unangenehmer gewesen.«

»Ja, das stimmt.«

»Ich hab keinen Grund anzunehmen, dass er nicht dann schon genauso sehr die Absicht hatte, den Sprung zu tun, wie drei Tage später.«

»Kannst du dich daran erinnern, dass er im Casanova über Selbstmord sprach?«

»Selbstmord war immer eines von Maclinticks Lieblingsthemen.«

»So?«

»Natürlich.«

»Damals sagte er, er gebe sich fünf Jahre.«

»Es sind dann acht oder neun Jahre geworden. Gossage hat das musikalische Zeug geordnet. Er hat das sehr gut gemacht. Es waren Massen zu bewältigen.«

»Taugt es was?«

Moreland schüttelte den Kopf.

»Der Geruch in dem Haus war abscheulich«, sagte er. »Absolut fürchterlich. Gossage musste manchmal nach draußen gehen, um sich zu erholen.«

»Hast du was von Mrs. Maclintick gehört?«

»Sie hat mir geschrieben und mich gebeten, bestimmte Dinge zu erledigen. Ich glaube, Carolo möchte sich aus beruflichen Gründen so weit wie möglich aus der Sache heraushalten – ist ja auch verständlich.«

»Glaubst du, Maclintick konnte einfach nicht weiterleben ohne diese Frau?«

»Maclintick hat immer sehr stark an Melancholie gelitten, ganz abgesehen davon, was die Ehe, oder ihr Fehlen, dazu beigetragen haben mag.«

»Und dass seine Frau abgehauen ist, hat die Dinge dann zugespitzt?«

»Möglich. Es muss scheußlich sein, Selbstmord zu begehen, auch wenn es einem manchmal ein wenig danach ist. Wie auch immer, diese ganze Maclintick-Geschichte hat mir geholfen, bestimmte Dinge klarer sehen.«

»Wie zum Beispiel?«

»Kannst du dich daran erinnern, dass wir manchmal über die Geisterbahn gesprochen haben und sagten, wie sehr sie dem täglichen Leben, oder zumindest unserem eigenen täglichen Leben, ähnele?«

»Du meinst: Man saust bergab in totaler Dunkelheit und jagt durch verschlossene Türen?«

»Ja – und die Leiche liegt quer auf den Schienen. Die Maclintick-Affäre hat mich an die unangenehmen Möglichkeiten der Welt erinnert, die ich bewohne – und an die Tatsache, dass es umso besser ist, je weniger Menschen ich in diese Welt hineinziehe.«

»Wie meinst du das? Wie immer man lebt, einiges davon ist doch gar nicht zu vermeiden.«

»Das weiß ich wohl, aber man wird vertraut mit den Umständen, mit denen man selbst fertig werden muss. Du hast vielleicht gehört, dass es eine gewisse Beziehung zwischen mir und einer Person gibt, die deinem eigenen Familienkreis nicht allzu fern steht.«

»Solche Gerüchte sind durchgesickert.«

»Das habe ich vermutet.«

»Aber du wärest erstaunt, wenn du wüsstest, wie wenige Details ich kenne.«

»Es freut mich, das zu hören. Muss ich noch mehr sagen? Du bist dir ganz gewiss des Kontrasts bewusst zwischen dem, womit ich in den letzten paar Tagen im Zusammenhang mit den sterblichen Überresten des armen alten Maclintick beschäftigt war, und einer Atmosphäre, die man sich wünscht, wenn man eine idyllische Liebesaffäre zu unterhalten gedenkt.«

»Den sehe ich sehr wohl.«

»Ich will damit nicht sagen, dass die tägliche Routine in meinem Leben weniger als mehrere Millionen Lichtjahre von einer Idylle entfernt sei – aber normalerweise liegt sie doch um einige wenige Grade über dem Leben, das ich zuletzt geführt habe.«

Ich verstand langsam den Grund, warum Matilda erleichtert geklungen hatte, als ich zwei oder drei Tage zuvor mit ihr telefonierte.

»Tatsache ist«, sagte Moreland, »nur wenige Leute können zu einer gegebenen Zeit mehr als eine begrenzte Anzahl von emotionalen Problemen verkraften. Ich wenigstens kann es nicht. Bis zu einem gewissen Punkt kann ich auf einem Drahtseil balancieren, das an dem einen Ende von Matilda und an dem anderen von der Person gehalten wird, von der du, wie du mir sagst, schon Kenntnis hast. Aber ich kann nicht auch noch Maclintick auf meinem Rücken tragen. Ein Maclintick, der sich vergast hatte, war einfach ein wenig zu viel.«

»Aber was ist es, das du mir damit sagen willst?«

»Dass du jedwedes Gerücht, das du in Zukunft hörst, rückhaltlos bestreiten kannst.«

»Aha.«

»Vergib mir meine direkte Art.«

»Sie steht dir.«

»Ich hoffe, ich hab mich klar ausgedrückt.«

»Eigentlich nicht. Es gibt noch 'ne Menge Dinge, die ich gerne wissen möchte. Zum Beispiel: Hast du wirklich daran gedacht, deine gegenwärtige Ehe zu beenden?«

»Es sah für einen Moment so aus.«

»Mit der Zustimmung der dritten Seite?«

»Ja.«

»Und sie weiß, dass du jetzt anders denkst?«

»Sie versteht, was ich meine.«

»Und denkt ebenso?«

»Ja.«

Auch ich verstand, was er meinte. Zumindest glaubte ich, dass ich es verstünde. Moreland meinte, Maclintick habe durch seinen Freitod auf die Bedingungen der Lebensweise, an die Moreland selbst unerbittlich gebunden war, aufmerksam machen, ja ihnen besonderen Nachdruck verleihen wollen – auf die Bedingungen einer Welt, zu der Priscilla noch nicht gehörte, auch wenn sie auf dem Weg dahin war. Ich glaube nicht, dass Moreland dabei die krudesten Aspekte einer Gegenüberstellung verschiedener Schicksale im Auge hatte; nämlich in dem Sinn, dass Priscilla zu jung, eine wegen ihrer Geburt und Erziehung zu delikate Blume sei, um mit Armut, Treulosigkeit, Verzweiflung und Tod in Verbindung gebracht zu werden. Falls er das annahm – was ich bezweifle – machte er einen großen Fehler. Priscilla besaß, wie auch die übrigen Mitglieder ihrer Familie, ein beträchtliches Maß an Widerstandskraft. Ich glaube vielmehr, Moreland war Maclinticks verzweifelte Lage bewusst geworden: Maclinticks Unfähigkeit, sein eigenes Gefühlsleben zu ordnen; seine Erfolglosigkeit als Musiker; kurz gesagt das ganze Chaos, das er angerichtet hatte oder das über ihn gekommen war. Moreland war wahrscheinlich der einzige Mensch, den Maclintick von ganzem Herzen gemocht hatte. Moreland hatte seinerseits Malintick auch gemocht – seine Intelligenz, die Gespräche und Trinkgelage mit ihm. Durch seinen Selbstmord hatte Maclintick eine Krise auch in Morelands Leben verursacht. Er hatte das Dreiecksverhältnis zwischen Moreland, Priscilla und Matilda beendet. Wie genau dieses Verhältnis aussah, blieb unklar. Was Matilda dachte, was Priscilla dachte, blieb ein Geheimnis. Alle Seiten einer solchen Situation zeigen sich selten sofort, wenn sie sich denn überhaupt zeigen. Nur eins war sicher. Die Liebe hatte einen jener vernichtenden Stöße erhalten, die besonders schmerzhaft verwunden, wenn äußere Umstände sie verursachen.

»Diese Maclintick-Geschichte hat dich sicher völlig von der Arbeit abgehalten?«

»Du kannst dir vorstellen, dass ich keinen Schlag getan habe. Ich glaube, Matilda und ich werden vielleicht für ein oder zwei Wochen wegfahren, wenn wir das Geld aufbringen können.«

»Wohin wollt ihr fahren?«

»Nach Frankreich, nehme ich an.«

Die Morelands fuhren in der folgenden Woche ins Ausland. An diesem Sonntag rief Frederica, Isobels älteste Schwester, bei uns an und fragte, ob sie zum Tee zu uns kommen könne. Diese Anfrage, die für Frederica, die eigentlich dazu neigte, alle ihre Schritte lange im Voraus zu planen, ein wenig ungewöhnlich war, ließ vermuten, dass sie etwas Besonderes zu berichten hatte. Zufälligerweise hatte auch Robert angekündigt, dass er an diesem Nachmittag ebenfalls bei uns vorbeischauen werde. Der Tag würde also eine entschieden familiäre Note erhalten. Es war möglich, Frederica und Robert zusammen zu Besuch zu haben, denn man konnte davon ausgehen, dass sie sich relativ herzlich zueinander verhalten würden. Das würde nicht für Frederica und Norah gelten. Hugo war ein weiteres gefährliches Element, und man lud ihn besser nur ein, wenn keiner seiner

Brüder und Schwestern zugegen war. Bei Frederica und Robert brauchte man keine Sorgen zu haben.

Schon bald nach ihrer Ankunft wurde es offensichtlich, dass Frederica kürzlich etwas erfahren hatte, über das sie in hohem Maße erstaunt war. Sie war eine Person von sehr beherrschtem, einige – Chips Lovell, zum Beispiel – meinten sogar: gebieterischem Auftreten. Es gab keine Anzeichen dafür, dass sie, eine Witwe, sich wieder zu verheiraten beabsichtigte. Sie fand Erfüllung ihrer Interessen und ihrer Bedürfnisse nach gesellschaftlichem Umgang in ihren Tätigkeiten und Verpflichtungen als königliche Hofdame. An diesem Nachmittag jedoch erlaubte sie es sich, sich ganz einer relativ undisziplinierten Entspanntheit hinzugeben und die Neugier ihrer Verwandten zu wecken.

»Ich nehme an, ihr habt schon von einem Schriftsteller namens St. John Clarke gehört«, sagte sie, kaum dass sie sich gesetzt hatte.

Diese Vermutung wäre, hätten einige meiner Freunde sie geäußert, eine Methode gewesen, St. John Clarkes Namen mit einer Phrase ins Gespräch zu bringen, die andeuten sollte, dass in ihren Augen, und zweifellos gleichfalls in meinen eigenen, St. John Clarke nicht als eine so ausreichend eminente literarische Gestalt klassifiziert werden könne, dass ernsthafte Menschen wie wir je von ihr gehört hätten. Der Satz hätte nicht einmal die Andeutung einer Frage enthalten, sondern wäre bloß ein kaum wahrnehmbares Kompliment gewesen, der nicht besonders wichtige Ausdruck eines gemeinsamen Selbstwertgefühls. Bei Frederica konnte man da jedoch nicht so sicher sein. Sie hatte eine völlig angemessene, ja ganz ausgezeichnete Erziehung erhalten, um sie auf ihre Stellung im Leben vorzubereiten, aber sie gab nie vor, über die Literatur ›Bescheid zu wissen‹. Ja, sie neigte dazu, sich zu rühmen, sie habe es überhaupt nicht nötig, sich an den Diskussionen über die Prinzipien der Kunst zu beteiligen, denen sich einige ihrer Verwandten und Freunde ohne Ende hingaben.

»Ich lese gerne und gehe gerne ins Theater«, hatte sie einmal bemerkt, »aber ich möchte nicht dauernd über Bücher und Dramen reden.«

Wenn Frederica wirklich völlig darauf verzichtet hätte, einer laienhaften Neigung nachzugeben, sie wisse besser als andere, nach welchen Gesetzen ästhetische Fragen zu beantworten seien, wäre eine solche Haltung gewiss lobenswert gewesen. Unglücklicherweise konnte man aber nie sicher sein, dass sie sich an eine solche Verhaltensregel hielt. Oft schien sie in diesen Dingen genauso feste Ansichten zu vertreten wie jene, die sich hier mit äußerster Leidenschaft engagiert fühlten. Außerdem, ihr Widerwille dagegen, allgemein über diese Themen zu diskutieren, öffnete ein breites Feld der Unsicherheit darüber, wie weit ihr Geschmack im Hinblick auf, zum Beispiel, Romane und Theaterstücke entwickelt war. Ihr Selbstwertgefühl mochte leicht und mit verheerender Wirkung durch eine allzu wörtliche Interpretation ihrer Verleugnung aller intellektuellen Interessen beschädigt werden. Zu alldem passte, dass Frederica alle Personen, die mit der Malerei, der Schriftstellerei und der Musik in Verbindung standen, zu einem unförmigen, nicht besonders ansehnlichen Konglomerat zusammenfasste. Ich glaube, entsprechend jener altehrwürdigen, leicht sympathischen Denkgewohnheit verdächtigte sie sie, von moralischen Prinzipien geleitet zu sein, die irgendwie schlechter waren als die anderer Leute. Aus diesen Gründen kam ihre Erwähnung des Namens von St. John Clarke ziemlich unerwartet.

»Sicher haben wir von St. John Clarke gehört«, sagte ich. »Er ist kürzlich verstorben. Nicht lange bevor er erkrankte, haben Isobel und ich ihn zum Lunch in Hyde Park Gardens getroffen.«

»Nicht ich«, sagte Isobel, »ich war selbst krank.«

»St. John Clarke war zum Lunch in Hyde Park Gardens?«, fragte Frederica. »War er häufig dort?«

»Er tauchte auch gelegentlich bei Tante Molly auf«, sagte Isobel. »Du musst dich doch an die Geschichte mit Hugo und den Himbeeren erinnern ...«

»Ja, ja«, sagte Frederica. Sie schien keinen Wunsch zu verspüren, jene Anekdote noch einmal zu hören. »Ich hatte vergessen, dass es St. John Clarke war. Aber was ist mit ihm?«

»Du hast doch sicher heimlich ›Die Felder von Amarant‹ gelesen, als du ein Mädchen warst?«, sagte Isobel. »Ein Exemplar davon ohne Einband stand in diesem Schrank im Schulzimmer auf Thrubworth.«

»Ach, ja«, sagte Frederica, diesen literarischen Hinweis als ebenso irrelevant beiseitewischend. »Aber was für eine Art von Mensch war St. John Clarke?«

Das war ein Thema, bei dem ich mich für so etwas wie einen Experten hielt. Ich begann einen erschöpfenden, vielleicht zu erschöpfenden, Bericht über St. John Clarkes Leben und Charakter. Zweifellos war diese eingehende Analyse des Schriftstellers weniger interessant für andere – und gewiss weniger interessant für Frederica – als für mich selbst, denn sie unterbrach mich fast sofort mit der Bitte innezuhalten.

»Das ist alles nicht so wichtig«, sagte sie. »Erzähl mir einfach nur, wie er so war.«

»Das habe ich gerade versucht, dir zu sagen.«

Ich war verärgert darüber, dass meine Beschreibung St. John Clarkes für so unangebracht gehalten wurde. Ohne Zweifel hätte ich ihn in einem einzigen, kurzen, brillanten Epigramm zusammenfassen sollen. Nur fiel mir in diesem Augenblick keins ein. Außerdem war das nicht die Art, ein Gespräch zu führen, die Frederica guthieß. Ich versuchte gerade, mich St. John Clarke von einem anderen Blickwinkel aus zu nähern, als Robert eintraf. Worauf auch immer Frederica hinausgewollt hatte, es musste für den Moment aufgegeben werden. Auf seine seltsam gedämpfte Weise war Robert ungewöhnlich lebhaft.

»Ich habe eine Neuigkeit«, sagte er.

»Was?«, sagte Frederica, »hast du es auch gehört, Robert?«

»Ich weiß nicht, was du meinst«, sagte Robert. »Soweit mir bekannt ist, bin ich der Einzige, der über diese besondere Sache unterrichtet ist.«

»Was ist es denn?«

»Ihr werdet es alle sehr bald sowieso erfahren«, sagte Robert leichthin, »aber man möchte doch gerne der Erste sein. Wir werden einen neuen Schwager bekommen.«

»Willst du damit sagen, dass sich Priscilla verlobt hat?«

»Ja«, sagte Robert. »Priscilla, nicht Blanche.«

»Mit wem?«

»Was meint ihr?«

Es wurden einige Namen genannt.

»Mach schon«, sagte Isobel, »sag es uns.«

»Chips Lovell.«

»Und wann war das?«

»Heute Nachmittag.«

»Wie hast du es erfahren?«

»Chips' Antrag war gerade angenommen worden, als ich dort eintraf.«

»Er war ja vorher schon fast ein Verwandter«, sagte Frederica.

Alles in allem schien sie die Neuigkeit wohlwollend aufzunehmen, zumindest sah sie deren positive Seite, denn es muss eine Reihe von Dingen an Chips Lovell gegeben haben, die ihn Frederica nicht besonders empfahlen. Sie mochte Schlimmeres befürchtet haben. Es war unwahrscheinlich, dass sie von Moreland gehört hatte, aber ihr waren vielleicht vage, nicht näher begründete Gerüchte zu Ohren gekommen, die letztlich aus der gleichen Quelle stammten.

»Ich hab mir schon gedacht, dass etwas dieser Art in der Luft lag, als mir Priscilla sagte, sie werde ihren Opernjob aufgeben«, sagte Robert. »Es gab Zeiten, da dachte sie an nichts anderes.«

Wir unterhielten uns eine Zeitlang über Chips Lovell.

»Und jetzt«, sagte Frederica, »nach dieser Neuigkeit, will ich auf meine eigene Geschichte zurückkommen.«

»Und was ist deine Geschichte?«, fragte Robert. »Du warst gerade dabei, als ich ankam.«

»Ich sprach über St. John Clarke.«

»Was ist mit ihm?«

»Wem, glaubt ihr, würde St. John Clarke sein Geld hinterlassen?«

»Das ist die große Frage, Frederica«, sagte ich.

Dass Frederica uns etwas über die Eröffnung von St. John Clarkes Testament zu sagen hatte, kam völlig unerwartet. Auch ich hatte mich nach dem Tod St. John Clarkes gefragt, wer wohl sein Geld bekommen würde, hatte aber dann nicht mehr weiter darüber nachgedacht. Wahrscheinlich war der Begünstigte jemand, den ich gar nicht kannte. Doch jetzt, wo Frederica es erwähnte, begann ich wieder darüber zu spekulieren, welches überraschende Vermächtnis – oder welche überraschenden Vermächtnisse – es wohl geben möge. Es war bekannt, dass St. John Clarke keine nahen Verwandten besaß. Members und Quiggin hatten dieses Faktum oft erwähnt, nachdem sie die Anstellung bei ihm aufgegeben hatten und es offensichtlich war, dass keiner von ihnen auf mehr als eine kleine Summe der alten Zeiten wegen hoffen durfte; und selbst das war in höchstem Maße unwahrscheinlich. Es gab da noch den deutschen Sekretär, Guggenbühl. Er hatte St. John Clarke ohne Streit verlassen, obwohl es ihm quasi nahegelegt worden war zu gehen, weil, wie Quiggin sagte, St. John Clarke wegen Guggenbühls marxistischer Orthodoxie zunehmend nervös geworden war. Aus diesem Grund war es unwahrscheinlich, dass die Wahl auf ihn gefallen war. So verblieb noch die Möglichkeit, dass sich St. John Clarke in seinen letzten Monaten irgendeiner verlorenen Seele aus einer früheren Dynastie von Sekretären aus der Zeit vor Members und Quiggin erinnert hatte – aus einer Reihe von Namen, die, wie jene prähistorischen Könige, entweder nicht überlebt hatten oder bestenfalls einem nur in verstümmelter Form in Volkslegenden begegneten – in diesem Fall in Legenden, die in Members' und Quiggins gemeinsamer Mythenbildung um St. John Clarke ihren Ursprung hatten. Die Kommunistische Partei war wohl auch ein möglicher Legatar; und St. John Clarke hatte für seine Tage großbürgerlicher Freizügigkeit vielleicht Wiedergutmachung leisten wollen, so wie ein Räuberbaron der Feudalzeit seine Ländereien der Kirche vermachte.

Wenn St. John Clarke seine weltlichen Güter ›der Partei‹ hinterlassen hätte, hätte das Frederica wohl kaum besonders gekümmert, außer vielleicht, dass sie sich nur noch in ihrem Misstrauen Literaten gegenüber bestärkt gefühlt hätte. Ich fragte mich also, was wirklich passiert war. Frederica bemerkte, dass sie genug gesagt hatte, um unsere volle Aufmerksamkeit zu erregen. Den Schlüssel zu Informationen in der Hand zu halten, die ihrer wesentlichen Natur nach ganz andere Lebensbereiche als die eigenen betreffen, verschafft besondere Befriedigung. Das war Frederica sehr wohl bewusst. Sie zögerte ein paar Sekunden. Unsere Neugier so völlig gefangen zu haben erfüllte sie mit Genugtuung.

»Wem?«, fragte ich.

»Ja, was glaubt ihr?«

»Wir können nicht den ganzen Nachmittag mit Raten verbringen«, sagte Isobel. »Unser Einfallsreichtum ist schon durch die möglichen Verlobten Priscillas erschöpft.«

Robert, der wahrscheinlich keinen Grund sah, sich mit den Angelegenheiten St. John Clarkes zu beschäftigen und zweifellos lieber über die Aussichten, Chips Lovell zum Schwager zu haben, spekuliert hätte, verlor sein Interesse. Er schlenderte durch das Zimmer, um sich ein Bild näher anzusehen. Frederica sah ein, dass sie, um sich die Aufmerksamkeit ihrer Zuhörer zu erhalten, auf den Punkt kommen musste.

»Erridge«, sagte sie.

Das war ohne Zweifel eine Überraschung.

»Wie hast du das herausgefunden?«

»Erry hat es mir selbst gesagt.«

»Wann?«

»Ich habe eine Nacht auf Thrubworth verbracht. Ich hatte ein paar Dokumente, die Erry unterschreiben musste. Sie selbst dahin zu bringen schien mir der einzige Weg zu erreichen, dass er es auch tat. Er ließ die Neuigkeit so nebenbei fallen, während er seinen Federhalter weglegte.«

»Wie viel ist es?«, fragte Robert, den diese Eröffnung wieder zu uns zurückbrachte.

»Es war nicht so einfach, das herauszufinden.«

»Ungefähr?«

»St. John Clarke scheint irgendeine Jahresrente gekauft zu haben, von der niemand etwas wusste«, sagte Frederica. »Soweit ich erfahren konnte, gibt es darüber hinaus noch weitere sechzehn- oder siebzehntausend Pfund. Es wird natürlich in den Zeitungen stehen, wenn das Testament bestätigt ist.«

»Und die kriegt Erry?«

»Ja.«

»Er wird sie seinen spanischen Freunden übergeben«, sagte Robert ruhig.

»O nein, das wird er nicht«, sagte Frederica mit ziemlichem Nachdruck.

»Sei dir nicht zu sicher.«

»Man kann nicht sicher sein«, sagte Frederica. Sie sprach jetzt in einem nüchterneren Ton. »Aber Erry klang so, als ob er das nicht tun würde.«

»Warum nicht.«

»Er hatte mit niemandem dort ein sehr gutes Verhältnis, als er Spanien verließ.«

»Das Geld würde den Überziehungskredit auf dem Gutskonto abdecken«, sagte Isobel.

»Genau.«

»Und die Wälder brauchten nicht verkauft zu werden.«

»Dieser unerwartete Geldsegen«, sagte Robert, »käme in der Tat sehr gelegen.«

»Ich möchte nicht zu früh darüber reden«, sagte Frederica, »besonders da es sich um Erry handelt. Dennoch, soweit ich sehen konnte, besteht durchaus die Hoffnung, dass er endlich einmal etwas Vernunft annimmt.«

»Aber wird sein Gewissen es ihm gestatten, Vernunft anzunehmen?«, sagte Robert.

Ich verstand nun, warum Quiggin so gereizt gewesen war, als ich ihn das letzte Mal gesehen hatte. Er muss bereits von St. John Clarkes Legat an Erridge gewusst haben. Quiggin konnte zu diesem Zeitpunkt kaum noch darauf gehofft haben, irgendetwas von St. John Clarke zu erhalten, aber dass dieser goldene Apfel vor Erridges Füße fallen würde, war eine ganz andere Sache. Völlige Gleichgültigkeit zu empfinden angesichts der Tatsache, dass ein bereits reicher Freund unerwartet ein so vergleichsweise großes Kapital erbte, setzte eine Indifferenz dem Geld gegenüber voraus, die Quiggin nie für sich beanspruchte. Hinzu kam das Patron-Protegé-Verhältnis zwischen Erridge und Quiggin, das noch durch seine Erinnerung daran verkompliziert wurde, dass Mona ihn verlassen hatte. Unter diesen Umständen konnte einen Quiggins schlechte Laune kaum überraschen; ja, sie war durchaus verständlich. Wenn auch St. John Clarke zu Lebzeiten oft von Members und Quiggin provoziert worden war, nach seinem Tod war *er* es, der gewissermaßen zuletzt lachte. Dennoch, es war nicht leicht zu erkennen, welche Motive St. John Clarke dabei geleitet hatten, Erridge zu seinem Erben zu ernennen. Er mochte das Gefühl gehabt haben, dass Erridge derjenige unter seinen Bekannten sei, der das Geld am ehesten in einer Weise verwenden würde, die seinen zuletzt gehegten Vorstellungen entsprach. Andererseits war er auf seinem Totenbett vielleicht zu dem simpleren, altmodischeren Snobismus seiner frühen Jahre zurückgekehrt, oder zu jener tief verwurzelten, altehrwürdigen Tradition, dass Geld zu Geld gehen solle. Diese und viele andere Theorien boten sich der Spekulation durch diese Neuigkeit an – eine Neuigkeit, die auf ihre Art absurd war; wenn denn überhaupt etwas, dass mit Geld verbunden ist, wirklich absurd genannt werden kann.

»Hat Chips erwähnt, wann er und Priscilla heiraten werden?«, fragte Isobel.

Die Frage erinnerte mich daran, dass Moreland – in einem negativen Sinn – ebenfalls einen entscheidenden Schritt getan hatte. Mir fiel seine kürzlich gemachte Bemerkung über die Geisterbahn wieder ein. Er liebte sie fast genauso sehr wie das elektrische Klavier. Wir waren wenigstens einmal, auf einer Kirmes oder auf dem Pier eines Seebads, zusammen Geisterbahn gefahren: langsam steile Anstiege hochkriechend; in wilder Fahrt in tintenschwarze Tiefen stürzend; scharfe Kurven nehmend, wo jammernde Schreckgespenster zur Attacke ansetzten; geradewegs auf eisenbeschlagene Türen zusausend; bedroht von sofortiger Kollision; befingert von Geisterhänden; und endlich dann mit schrecklicher, wachsender Geschwindigkeit auf den Körper zujagend, der quer über den Schienen lag.